執刑官們

집행관들

趙完善 조완선——著
盧鴻金——譯

登場人物關係圖

崔柱浩：歷史學教授。宋基白的學生。
宋基白：歷史學榮譽教授。崔柱浩的老師、文基旭的前輩。
許東植：電影導演。崔柱浩的高中同學。
文基旭：首爾中央地方檢察廳長。宋基白的後輩。
宇慶俊：首爾中央地方檢察廳刑事部檢察官。接受文的指示，進行調查。
趙熙成：首爾中央地方檢察廳特殊部檢查官。

執刑官：被追查對象。
裴東徽：預備役中校。
安熙川：前青瓦臺行政官。
鄭潤周：社會部記者。
尹敏旭：人權聯盟政策室長。
嚴基石：律師。
梁世宗：法醫學者。
李基浩：前監察院監察官。
北極星：情報員。

目次

第一章　危險的邀請

1

「我……是東植啊……許，東，植。」

剛開始不知道他是誰，這個名字非常陌生，即便緩慢的聲音兩度傳進崔杜浩的耳膜，他仍然想不起來。姓徐的倒是認識兩個，但不認識姓許的啊！儘管如此，他還是努力地在記憶中尋找。突然，類似木魚碎裂的聲音敲擊他的耳膜。

「大同高中三年三班！」

那個聲音一下子把杜浩敲醒。大同高中是完整印刻他十多歲青少年記憶的地方，他在那裡孕育了希望，夢想著幸福的未來。他緩口氣後，攀爬進回憶的箱子裡。感情深厚的面孔爭相探出頭來嘻笑著。他叫許東植？杜浩環視教室一圈，好不容易才記起那名字。

「哦，對……，東植……。」

杜浩下意識回答。那時，東植並非那種非常顯眼或擁有非凡個人特長的孩子，只是個隨處可見的尋常學生。聲音的主人公乾咳兩聲，然後稍微停頓了一下。在那短暫的沉默中，不自然的幻聽輕輕地撓了撓杜浩的後腦勺：現在知道我是誰了吧？杜浩緊握手機，等待他接下來的話。

「我在你們學校正門前面的咖啡廳，自由地帶！」

留下這句話後東植就掛斷了電話。什麼意思啊？這讓杜浩感到有些荒唐和困惑。東植生平第一次聯絡就已經讓他很驚訝了，竟然還找到學校門口，叫他趕緊出來。掛斷電話好一陣子後，他仍覺得口乾舌燥。

高中畢業後就沒見過他了。因爲彼此不熟，所以都沒有聽到他的消息。雖然參加過多次同學會，但東植一次也沒有露過臉。許東植這個名字在同學之間是個被徹底遺忘的存在。

他究竟是爲什麼事而來？其實這並非完全沒有頭緒，應該就是兩者之一吧：推銷東西或者借幾個錢，除此之外，實在是想不起有什麼特別的事。時隔二十五年，如果不是特別著急的事情，似乎不會來找自己不太熟悉的同學。崔柱浩確認授課時間表後，離開了大學研究室。

在進入咖啡店之前，他不由放慢了腳步。能一眼就認出他嗎？時間過得太久，除了像海鞘一樣滿臉的青春痘以外，無論再如何回想也記不住他的臉孔。打開咖啡店的門，眼角無緣無故地覺得刺痛。

擔心根本就是多餘的。尋找許東植並不太難，咖啡廳裡只有兩位客人。一個是短髮的年輕女子，另一個便是剛步入中年的蓬頭男子。

「好久不見！」

崔柱浩勉強握住了他伸出的手，那溫度像冰塊一樣。仍然覺得他的臉很陌生，完全不知道他變了多少，以前長著青春痘的臉孔，現在四處長滿黑斑。

「你嚇了一大跳吧？」

「還好。」

事實上，對於他的到訪，崔柱浩感到非常尷尬，而且壓力不小。因爲對他所知甚少，也不知道應該說些什麼。

「你寫的專欄，我一直都在留意。」

沒一會，結束客套問候的他拋出一句令崔柱浩感到意外的話。

「你辛苦了，要對付那些人渣。」

崔柱浩有些驚慌失措，沒想到東植的嘴裡會提到自己的專欄。他對自己的近況一定非常瞭解，不只是最近寫的專欄，甚至研究論文都背得滾瓜爛熟。在打開話匣子之後，東植開始特別指名，提到最近在酒桌上成爲話題的政治人物，青瓦臺政務首席出身的三連霸議員。用一句話概括就是厚顏無恥，連國家財庫都上下其手，卻仍然穩如泰山。他說此人是與生俱來的高手，總是能從法網中全身而退。

「世道眞是黑暗啊。」

他用一句話概括了最近的社會。這話說得沒錯，幾天前，因涉嫌非法調查民間人士而接受審判的國家情報院負責人被判緩刑，當庭釋放；逃稅數百億韓元的財閥會長的拘捕令被駁回。當記者詢問他們的感想時，他們似乎都不約而同地大放厥詞：尊重司法部的明智判決。

「有什麼事？」

崔柱浩把腰挺得筆直，脖子左右旋轉。這是不要再囉嗦了，趕緊把你來找我的事情說出來的信號。

「事實上，我來是有事要拜託你。」

許東植將白皙的臉孔向桌前傾，然後在咖啡廳裡東張西望。他的雙眼湧上莫名的警戒心。咖啡廳裡沒有其他人，短髮女子在櫃檯結帳。

「我需要魯昌龍的資料。」

「誰？」

「解放前曾擔任過高等係[1]的刑警，你去年春天在專欄裡也寫過的。」

現在想起來了。在三一節[2]即將到來之際，崔杜浩曾接受一家報社的委託，寫過有關魯昌龍的專欄文章。當時他主張，作爲清算親日的證據，一定要逮捕魯昌龍，一定要審判這恥辱的歷史。魯昌龍是日本帝國主義強佔時期惡名昭彰的高等係刑警，是唯一生存在這片土地上的親日派。雖然有很多傳聞說他在日本生活，但目前尚不清楚他的居住地。

「那篇專欄的題目……應該是《爲了最後一名親日派的辯解》。」

許東植甚至記住了專欄的題目。到了這種程度，可說他是熱血粉絲也不爲過。崔杜浩詢問他需要魯昌龍的哪些資料。

「什麼都好，親日行爲或解放後的行蹤也好，反正你有什麼就給我什麼。」

這與預想的結果落差太大。崔杜浩以爲東植會讓自己買一臺淨水器或是拜託借錢，雖然最近比較少這種情況，但幾年前還經常有處境艱難的同學聯絡他。他甚至想過，如果眞的是來要

1　注：日帝占領時期負責監視、鎮壓韓國人獨立運動及政治思想動向的警察部門。

2　注：三一節是韓國紀念三一運動的節日，時間是每年的三月一日。一九一九年三月一日韓國獨立人士在塔洞公園舉行群眾大會，公開宣讀《獨立宣言書》，引發首爾和韓國其它各地民眾的大規模反日遊行示威。之後，三一運動的獨立浪潮席捲整個朝鮮半島，有兩百萬以上群眾參加了上千起反日示威和武裝起義。三一運動遭到當時佔領朝鮮半島的日本人的殘酷武力鎮壓。根據日本官方的統計數字，三一運動期間被殺害的韓國人數有近八千人，一萬六千人受傷，數萬人被捕。

錢的話，他決定最多給許東植三十萬韓元，因爲多次被騙，所以不可能超過這個上限。可是最後，東植居然是向自己索取惡劣的親日派資料，眞是荒唐的請求。在答應東植的要求之前，他建議他在網路上查找看看。

「網路上沒有什麼可用的資料。你不是這方面的專家嗎？」

「你要他的資料做什麼？」

「正在構思作品，我眞的很需要。」

「你在寫小說嗎？」

「不是。怎麼樣？能幫我找找看嗎？」

「我試試。」

實在是無法對時隔二十五年才出現的同學的請託視而不見。事實上，滿足他的請求似乎並不困難。

「什麼時候能好？」

「大概兩天左右。」

「到時候我來之前會先聯絡你。」

許東植從座位上站了起來，好像該做的事情都已經做完。從咖啡館出來後，崔柱浩配合著他的步伐，並排走向大街。那時天空陰沉，好像就快下起雨，烏雲競相湧來。走到學校前面的斑馬線，許東植停下腳步。

「我相信你會幫我的。」

「……」

「我太瞭解你了。」

他眨了眨眼睛，便匆匆消失在綠燈亮著的對面道路。他留下的話語如箭矢飛來，緊緊貼著耳膜。幫什麼？瞭解什麼？

許東植的約見有些可疑。在咖啡廳裡，他像一個想銷售贓物的竊賊一樣，始終沒有放鬆警覺。在提到魯昌龍時，他刻意注視自己的眼神。說實在話，他還不如來賣淨水器或來借錢的同學，但是他們之間未曾交流過異常的微笑或不自然的話語。之所以對他的來訪掛心的另一個理由，是他們分手之前，許東植留下的微妙餘韻。**「我相信你會幫我的」**這句話裡讓人隱隱感到是一種祕密的交易。雖然不是什麼重要的事，但這句話總是讓崔柱浩掛心。

心裡不踏實，還有些恍惚。時隔二十五年突然來訪的高中同學、唯一生存下來的親日派人士資料、還有像暗號一樣突然拋出的話語……。他真的是來拜託親日派人士資料的嗎？是不是還別有用心？突然間，一大團疑問滾進他的腦海裡。

2

哦，對，東植……。

當崔杜浩發出這個聲音的瞬間，許東植一下子就知道了。爲了尋找這個無謂的名字，眞是辛苦了。劃開記憶的長流，像鮭魚一樣逆流而上。到了三年級三班，崔杜浩應該是在教室裡不斷地東張西望。連握著手機的手指關節也能感覺到對方腦袋正在不停地轉動。雖然比期待的要晚，但幸運的是還是能尋覓得到。

許東植無法消除內心鬱悶的心情，當然，從一開始他就沒有期待杜浩會大大咧咧地擁抱他，但即便如此，他也沒有想到杜浩會出現一副大白天看到鬼一樣的荒唐表情。說來也是，時隔二十五年才突然聯絡，一般人確實會有如此反應。如果咖啡廳裡有好幾個人，也許找到自己也不是件容易的事情。

崔杜浩在咖啡廳裡一直顯得很不自在，甚至能看出他對有可能被不怎麼熟悉的半吊子同學騙取冤枉錢的警戒心。爲了拉近距離，許東植還稍微提到最近受到攻擊的政治人物，但反應並不如理想。彼此畫清界線，似乎還不是能進行這種對話的關係。不管怎樣，只要見了面就行，這次見面作爲初次接觸還算可以。

崔杜浩實際看起來比在電視上看到的更好，即使上了年紀，閃亮的聰穎依然如昔。在高中時期也沒有比崔杜浩心思更縝密的人。他的思考中隱含著尖銳的批判意識，他不像那個年齡的孩子，非但邏輯分明，連寫作能力也非常出色。特別是因爲他經常手不離書，所以大家早就知道他會走上學者之路。許東植離開大學附近的街道，坐上停在便利商店前面的車。

鄭記者發動車子時問道。許東植想起崔柱浩在斑馬線前僵住的模樣。**我相信你會幫我的……**。他只是輕輕地戳了一下，但崔柱浩的反應要比想像中敏感。

「他怎麼說？」

「只是小試了一下。」

話雖如此，但事已至此，再也無法走回頭路了。時隔二十五年找到他是有理由的，不管是什麼，沒有不努力就會自動滾來的東西。爲了得到想要的，總是需要付出相應的努力。

「馬上就會收到魯昌龍的資料。」

「這是誘餌啊。」

是的，正如鄭記者所說，這是釣他心臟的誘餌。現在還不能輕易給他安排工作，這種需要豁出性命來幹的事，不能隨便牽扯到別人身上，所以想先用誘餌讓他嚐嚐滋味，再觀察他內心的想法。事實上，許東植會在這個時候正式邀請崔柱浩，是因幾天後魯昌龍就要回國了，時機非常適合。

從很久以前開始，他就一直關注著崔柱浩，從他的研究論文到最近三年的專欄文章，雖然還沒有確認他的心臟究竟有多麼熾熱。僅靠專欄文章是不夠的。雖然覺得他的文字讓人嘆服，但還不能確定他心臟的熱度。

根據預感，想要讓他順服地加入絕對不容易。但即便如此，也沒有必要盲目地急於求成。現在只是邁出了第一步，適當地燜一會，飯才會更好吃。

車子經過首爾火車站，駛向市政府方向。許東植將身體深深地埋進副駕駛的座位之中。

「最近都睡不好。」

鄭記者降下車窗。大家都一樣，自從魯昌龍的歸國日期確定後，經常因為激動和興奮而徹夜未眠。天一亮就懇切祈禱，拜託上帝讓魯昌龍以完整的身體入境。

「如果只是一場夢的話，就太讓人嘔氣了。」

悶熱的風吹過鄭記者的長髮後消失。

「什麼夢？就算是開玩笑，也不要這樣說。」

鄭記者狠狠地頂了他兩句。是的，絕對不能是夢，也不可能是夢。這兩年心無旁騖，一步一步走來，連一刻都未曾鬆懈過。在給無聊的生活充電這件事情上，沒有什麼比明確的目標更加有效。

「他也好久沒回國了，我們得好好禮遇他。」

不必擔心這些。魯昌龍不是能隨便對待的人物，大家打算最大程度地迎接他，以符合他的名聲。雖然不是能夠到機場接機的立場，但心裡總是懷抱著一束鮮花等待他的到來。

正要進入光化門廣場的瞬間，車停了下來。叭叭，前後不斷響起汽車喇叭聲。紅綠燈換了三次，車還是一動不動。

「發生什麼事？」

許東植降下車窗，探出頭查看。聲嘶力竭的擴音器聲音不斷地敲擊耳膜。

「好像有集會吧。」

拆遷戶居民們正在廣場上進行絕食示威，第十七天的數字讓眼睛為之模糊。靜坐示威帳篷前飄揚著寫有「保障拆遷戶居民生存權」的橫幅，剎那間，妻子的臉孔不知不覺間浮現在眼前。如果妻子還活著，會不會和他們在一起呢？即使不進行同步絕食，也會向他們伸出溫暖的鼓勵之手吧。一根釘子悄悄扎進許東植被掏空的內心。

「我在這裡下車。」

車子在清溪廣場斑馬線前停了下來。光化門大路完全沒有能通行的跡象，還不如走過去。現在時間是三點半，離約定的時間還剩半個小時。

「許大哥，等一下！」

鄭記者拉住許東植的衣袖。

「我明天約好要跟安課長見面，要不要一起去？」

「我就不去了。」

三天前他和安課長一起查看了魯昌龍的住處，沒有漏洞。魯昌龍的晚餐場所、晚餐結束後要包的計程車等事項也進行了確認。安課長在情報系統裡是身經百戰的老手，他曾一度在青瓦臺擔任行政官，以情報專業見長，是個聞一知十的人。

「魯昌龍回國以後再聯絡吧！」

許東植下車後有氣無力地走向獨立門方向。第一次開業的布置做得很好，只剩下把獵物放在那個盤子上，做出美味的料理了。B組也把焦點對準魯昌龍回國的時間，馬不停蹄地忙碌著。他們不僅在機場睜大雙眼等待，連魯昌龍下榻的酒店也做好了萬全的準備，這種程度簡直可以與VIP級別的歡迎相媲美。

另外，還留有一張迎接他的王牌。在最後一程中，他們一定會使用那些愛國志士之所以夭折的手法送他遠行，完全原封不動地交還給他。光是想到這點許東植就氣得渾身顫抖，天年不是任何人都能享受的。

3

今天實在是寫不出文章。

雖然從凌晨開始就待在研究室，但進展並不順利。寫文章總會有時機問題，有的時候可以非常快速地寫下去，電腦鍵盤就像要冒出火花一樣，但有些日子即使熬夜，字也無法塡滿一行。

崔杜浩放低椅背，伸了個長長的懶腰，視線依然停留在電腦螢幕上。

究竟是為誰施行的特赦？

政府在光復節即將到來之際，預告了將再次施行大規模赦免復權的舉措。媒體忙於挑選誰將進入赦免對象名單，其中不僅包括惡劣的財閥總裁，還包括很多無恥的政治人物。雖明知政府的舉措即將成爲現實，但絕不能置之不理，不做任何反應。因此，他決定在此次專欄中將討論統治權者的赦免權問題。所謂赦免，早就失去原本的立意，只是便宜了那些敗類。

這時，研究室的電話鈴響起。

「有一個小孩子到警衛室說要找您。」

金助教拿著電話聽筒轉頭看了看崔杜浩。

「小孩子？」

「是的，要不要讓他上來研究室？」

「不用，我下去吧。」

本來就打算休息休息，去一趟超商。整天待在研究室裡讓人渾身發癢。杜浩走近人文學院警衛室時，一個孩子把頭探出側門外。

「你是崔杜浩教授嗎？」

嘻皮笑臉的孩子臉上流露出一股不良的氣質。

「對，你找我有什麼事？」

孩子走出警衛室，並攤開手掌。

「幹嘛？」

「先給我跑腿的費用啊！」

眞是個荒唐的孩子。孩子的另一隻手緊握著一個信封袋，看來是有人讓他轉交這個東西給自己。崔杜浩從皮夾裡掏出一張五千韓元的鈔票，孩子瞇起細眼，盯著崔杜浩，想以此表達內心的不滿。

「哎呀，眞小氣，只給五千元啊？」

「五千元很少嗎？」

「那個叔叔給我兩萬呢！」

孩子從口袋裡掏出兩張一萬塊的鈔票輕輕搖晃。

「不要就算了。」

崔杜浩假裝要把錢放回皮夾裡，孩子很快就搶走了錢。

「算了，小氣鬼。」

孩子無趣地結束了交易，走下人文學院的臺階。崔杜浩打開孩子送來的信封，裡面有一張從報紙上剪下來的專欄文章。《國民作爲監視者的角色》……熟悉的題目蠕動著。

只要國家存在，貪污和腐敗就會在我們周圍像毒蘑菇一樣生長。這個地球村沒有不存在貪污和腐敗的國家，但是懲罰和處決貪腐公職人員的方法因國家而異。也許沒有哪個國家像我國一樣，以國民融合的名義給予他們免罪符。現在該是清醒的市民們站出來的時候了，在存活的權力面前，司法機關變得愈發渺小，我們不能再將未來交給司法機關了。在苦惱毫無對策之前，我們應該要成為徹底的監視者和執行者，這才是作為民主市民的任務。

這是崔杜浩在青瓦臺祕書官因涉嫌收賄被羈押時所寫的專欄文章，其主要內容是，國民應睜大雙眼監視此祕書官是否會服刑期滿之後才出獄。崔杜浩本想去超商一趟，但現在已打消了這個念頭，直接回到研究室。

「是誰啊？」

「以前沒見過的孩子。」

金助教確認了信封裡的東西後直搖頭。

「這不是您寫的專欄文章嗎？是誰讓那個小孩子拿過來的？」

這件事十分不尋常，有必要這麼費盡心思把專欄還給自己嗎？到目前爲止，雖然曾接到過匿名電話，但直接收到專欄文章還是第一次。心情不是很好，那是無言的示威，無聲的指責，他們在嚴厲地追問只會道貌岸然地寫文章，卻沒能起到監視者作用的自己。這時，手機在口袋裡震動，螢幕上出現了陌生的號碼。

「是我。」

是許東植。杜浩此時才想起自己沒有把他的電話號碼儲存在手機裡。

「昨天有話沒說完。」

差一點就忘記他的請求。爲了集中精力寫專欄文章，把魯昌龍忘得一乾二淨。他令人懷疑的造訪也暫時沉入水面底下。

「拜託你找一下魯昌龍使用過的拷問手法資料。」

「拷問手法資料？」

「對，不是有水刑或者電刑之類的東西嗎？」

許東植的手機裡不斷傳來鳥叫聲。他打電話的地方像是在山裡，鳥鳴中偶爾夾雜著樹枝搖晃的聲音。

「能找到吧？」

「我試試看。」

「我暫時不能去你們學校了。我會用簡訊發你地址，你用郵件寄給我。」

「……」

「是因爲有其他事要忙。」

「等一下。」

崔杜浩阻止想要掛斷電話的許東植。

「我只問你一件事情，你爲什麼需要這類資料？」

「你很快就會知道的。」

隨著這句話的結束，電話被掛斷了。這傢伙完全沒有通話的禮貌，在學校門口分手時，他也說了怪裡怪氣的話，讓他失魂好一陣子，總之，因爲種種原因，他眞是不喜歡這傢伙。過了一會，許東植的地址出現在手機裡。

「金助教！幫我一個忙。」

現在不是能悠閒地接受他請求的時候，沒有什麼比寫專欄文章更急迫的了。韓次長已經打了兩次電話來，催問他什麼時候能把文章發過去。

「魯昌龍的資料？」

「嗯，他的簡歷和親日行爲，解放後的行蹤也需要一些……。總之，能找到的都去找來。」

在廁所洗完臉回來後，又坐回電腦螢幕前。腦海裡堆滿了要說的話，但始終無法形成文章。首先，必須集中精力撰寫專欄草案。

說到特赦最先想到的是什麼？也就是從事政治、經濟的人士在付出罪行的代價之前，讓他們毫髮無傷地重返社會。此次光復節也毫無例外地預告了特赦，其中還包括許多曾犯下權力型貪腐的政客、曾使民生陷入混亂的企業家。仔細觀察這些人的情況，真可謂是貪污百貨公司，腐敗的集合地。

距離開始寫專欄文章已經過了很長一段時間，但是每次看到這些文字，心裡的一角總是十分空虛。這樣的文章究竟能發揮什麼作用？無論如何下功夫、修文章，也從未實現過自己的心願。文字和現實是分開的，專欄只是願望，只不過是無謂的牢騷而已。不知是不是因為這個原因，有時甚至分不清自己是在寫專欄還是寫願望。

崔杜浩沒有繼續寫下去，而是打開了電子信箱。今天也沒有收到妻子的郵件，也沒有女兒的。今年以來，女兒的郵件一下子減少了許多，才不過兩年前，每週還可以收到她兩、三封郵件。

爸爸，我愛你。郵件結尾從不遺漏的這句話比任何補品都具有力量，但是最近一個月連一次都很難見到。把妻子和女兒送到美國已經兩年多了，一想到今後還要像孤雁一樣生活，杜浩眼前就一片漆黑。

關閉郵箱，重新回到專欄草案。送來專欄文章的人是誰呢？白天那個孩子送來的專欄總是讓崔杜浩在意，應該監視執政者的專欄作家反而受到了匿名讀者的監視。崔杜浩調整好心態，重新敲起鍵盤。

就像往常一樣，法律對他們十分寬大。這次也是大發慈悲和寬容，像跳樓大拍賣一樣廉價。沒有反省和犯罪意識的赦免，不僅不會讓國民團結，反而會導致國民的分裂，這個社會的正義有可能連根動搖。在討論赦免之前，首先要反省國民的眼光停留在何處，法律到底是為了誰而存在的。如果只對特權勢力給予恩賜與優惠，那麼誰會相信法律，誰會服從判決的結果？

4

天色漸晚，如同蒸籠的熱氣終於有所緩解。

汗水順著脖子往下流，滴落到鎖骨，安課長拿出手帕擦了擦自己的脖子。本來是不容易出汗的體質，過了五十歲，身體大不如前，現在從手帕裡擠出來的汗都有一個手掌那麼多了。

「你看到那座大理石建築物了嗎？」

安課長用下巴指著馬路對面的三層建築物，鄭記者的視線很快移到那裡。用大理石砌成的三層建築被紅霞籠罩，這裡是舉行魯昌龍晚餐活動的地方。魯昌龍的入境被徹底保密，名義上這裡準備了「爲了亞洲的和平之夜」活動，參加活動的人士也不知道他的入境情況，魯昌龍的登場是晚宴活動的驚喜。

「反正祭日也定好了。」

安課長甩了甩手帕後，將它放進後口袋裡。

「魯昌龍是……九十二歲吧？」

「九十四！」

安課長很快地糾正了他的年齡。如果放任不管，他可能可以輕鬆地活過一百歲。魯昌龍的氣運令人好奇，活到九十四歲已經很不容易，踏上最後的路之前還預定要舉行晚宴，這是普通人不敢想像的。許導演也特別強調了這一點，絕對不能讓他安享天年。

「他會從那裡出來吧？」

鄭記者指著晚宴會場建築物的入口。安課長點了點頭。晚餐結束後，第一個計畫將立即啟動。爲了萬無一失，已經進行了五次預演，還準備兩輛普通計程車和一輛模範計程車。他們還確認了將前往活動現場的出差自助餐訂購處。晚餐時間從下午六點開始到晚間十點結束，晚宴結束後，魯昌龍將前往他下榻的酒店，如果不是乘坐計程車，就是利用活動主辦單位提供的車輛，兩者之一。

安課長把重點放在前者。如果有人打賭，他願意孤注一擲。魯昌龍不喜歡坐別人的車，疑心重的人也會警惕對方的好意。那是B組提供的情報，B組對魯昌龍入境後的日程也瞭如指掌。

「要是他不坐計程車怎麼辦？」

這是一個很簡單的問題，安課長瞟了一眼鄭記者。她是明知故問，還是眞不知道才問的？十天前，他們才在石牆獨院內面對面制定了劇本。

鄭記者的意思應該是要安排到百分之百完美吧。他決定接受這個「石橋也要敲一敲再過」的愼重要求。

「不用擔心，那時就會啟動第二個計畫。」

既然已經踏入故國的土地，魯昌龍就沒有逃離的縫隙。地雷區不只一兩處，爲了應對各種情境，他們在突發情況下也採取了萬無一失的措施。

「我看到了幾臺閉路監視器。」

今天鄭記者總是插嘴。面對實戰，她多少有些緊張。

「那些都是垃圾，就算有一百臺又怎麼樣？」

安課長微微笑著，似乎在強調監視器沒什麼大不了的。不僅是監視器的位置，他們還仔細檢查了死角地帶。他畢竟是在情報系統打滾了二十年的老將，單就犯罪白皮書就閱讀了數十本之多。掌握魯昌龍的晚宴場所後，他首先就確認了監視攝影機的位置，沒有比監視器更確切的證據了。犯罪痕跡是提供調查線索、折磨犯罪者到最後的原因，沒有比曝露自己的犯罪更愚蠢的事情了。

「許導演怎麼樣了？昨天是不是見了崔教授？」

「他說只是小試了一下。」

「什麼意思？」

「大概還沒完全告訴他吧。」

「應該是吧，崔教授跟我們不一樣。」

安課長曾經預測，要拉攏崔教授並非易事。只會寫文章和直接付諸實踐的做法是不同的，他的專欄是否像心臟那樣熾熱還有待觀察。即使說以後崔教授的命運將取決於許導演也不為過。一如既往，命運總是會在毫無預告的情況下降臨。

突然想起第一次見到許導演的日子。那年秋天，他因涉嫌洩露機密文件而被青瓦臺開除。當時安課長負責管理青瓦臺首席祕書官的親戚動向，是監視他們是否利用職權進行貪污的位置。但是在派遣到青瓦臺工作半年後，他被迫離職，因涉嫌向外界洩露祕書官親戚貪污的資料。在與負責採訪青瓦臺的記者一起喝酒時，他無意間將資料洩露給記者，這也成為禍根。兩天後，機密資料被大幅刊登在報紙上。他頓時目瞪口呆，他被約好會進行非正式、不供發表內容的記者騙了。這份資料引起軒然大波，青瓦臺的黑暗內幕曝露在世人面前。隨著時間流逝，此次事件朝著意想不到的方向發展。祕書官親屬的貪污變成了機密資料洩露事件，他們的貪污腐敗被埋沒，只剩下資料外洩一事遭到撻伐。媒體將該事件定調爲公職者的不道德行爲，像狗群一樣撲來，集中攻擊自己，從頭到腳都被撕咬。最終，他被青瓦臺開除，工作了近二十年的警察職務也被罷免。國家不僅切斷了他的四肢，還砍斷他的身體。他只覺得在一瞬間失去了一切，痛苦無處可訴。就這樣，每天都在喝酒買醉的時候，四十歲出頭、留著蓬亂頭髮的男人來家裡找他，那個男人就是許導演。

「要不要跟我一起做一些事？」

這是危險而又隱密的提議，令人毛骨悚然，簡直不敢想像，安課長沒有馬上給出答案。這不是一件容易做出決定的事情。稍有不慎，就有可能家破人亡，也有可能失去生命。但是他始終無法掩飾每天晚上沸騰的憤怒，以及憤怒平息後蔓延而來的凄涼。

他用了整整半個月的時間才決定接受許導演的提議。最讓他滿意的是許導演清澈明亮的眼神，沒有任何謊言，眞誠而清淡。就這樣，他與許導演結下了不解之緣，這樣的緣分變成命運並沒有花很長時間。

「裴中校還沒有消息嗎？」

鄭記者這個問題也就是在詢問是否找到了烹烤魯昌龍的場所。從一週前開始，裴中校便四處奔波，尋找風水寶地。他說首次開張，不能隨隨便便找一個地方，所以勤快地奔走。

「應該是快找到了。」

昨天深夜才和裴中校通了電話。當被問及進展如何時，他簡短地回答道：沒有比這裡更好的地方了。

5

「這樣可以嗎？」

金助教拿出二十張左右的影印紙，是些報章雜誌的影印資料和從網路中找到的內容。其中詳細記錄了魯昌龍的親日行爲、解放後的活動等。首先崔杜浩翻看了魯昌龍的簡歷。

慶尚北道蔚山人，畢業於農蠶學校，十七歲之前在蔚山的日本商店擔任雇員。一九三八年畢業於慶尚南道巡警培訓所，第二年從警察部保安科工作開始積累親日、叛國的經歷。一九四四年因逮捕獨立運動家的功勞得到認可，獲得了日本帝國主義的勳章。解放後，在美國軍政體制下，在首都廳調查科工作。一九四八年，他被列為反民族行為特別調查委員會的處罰對象，但在安全獲釋後，他積極參加威脅反民特委委員等意圖解散特委的活動。韓國戰爭當時，擔任忠清北道嶺東的警察局長，抓獲了左翼犯罪分子；自由黨執政時期曾擔任首爾市警保安科科長。一九六〇年四一九革命[3]爆發後，他辭去了所有公職，卻又在隔

3　注：是一場於一九六〇年四月十九日，由韓國勞工和學生領導的人民起義，推翻了李承晚統治之下獨裁的韓國第一共和國。

年的五一六軍事政變[4]後再次重返公職。朴正熙維新政權初期，他一直在中央情報部負責調查共產黨的工作。

從解放前到四一九後、維新政權初期是魯昌龍的主要活動時期。他的親日行爲多達十張A4紙。與只有四年的親日經歷相比，這是非常大的分量。特別是在擔任高等係刑警期間，他因嚴刑拷打而臭名昭著。

「不僅僅是拷問，他在誣陷上也是專家。」

魯昌龍爲了對日本帝國表示忠誠，捏造了各種虛構的事件。這樣的操作背後，無一例外地伴隨著嚴酷的拷問。對於高等係刑警來說，酷刑是比刀槍更可怕的武器。

以魯昌龍爲首的高等係刑警們大部分都是出人頭地的親日派。他們學歷低，而且從最底層開始晉升，因此很合日本警察幹部的胃口。解放後，他們之所以能生存下來，也與他們的經歷不無關係。經由誣陷的技術掌握了生存的要領。

「我查最近的資料發現，他好像把居住地遷移到京都了。」

魯昌龍在一九九七年國民政府執政後逃到美國，那時正是民族問題研究所[5]準備發行親日人名詞典的消息正成爲熱門話題之際。三年後，魯昌龍從美國祕密移居日本，從那時起，有關魯昌龍的消息開始在國內傳開，後來也偶爾傳出在大阪見到他本人的聲音。二十一世紀初期，光復會會員們爲了刺殺魯昌龍，曾直接前往大阪，但是此舉卻失敗了。對此，韓國的情報院在背後照顧魯昌龍的傳聞一直未曾間斷。

從過去到現在，魯昌龍的存在一直非比尋常，但也無法不如此，因爲魯昌龍是列入親日人名詞典的民族叛國者中唯一的生存者。

「辛苦了。」

專欄的文章終於在截止時間用電子郵件寄出，中間修改了三次還是不滿意。其實時事專欄和牛骨湯差不多，用鹽和胡椒調味，熬兩、三次之後就會非常爽口。專欄的文章也是一樣，只要適當地批評掌權者，輕輕撓一撓國民的癢處就可以了。創造合適的爭議議題、試探輿論也是專欄作者的責任。

將專欄文章寄出去後，崔杜浩整理了金助教拿回來的資料。資料中還收錄了魯昌龍逮捕的愛國志士名單，大約二十名獨立運動家被他逮捕且遭受凌辱，在拷問的過程中失去生命的人也有三人。那是一個非常悲慘的時期。解放前夕，魯昌龍以蔚山爲舞臺，致力於逮捕連接臨時政府和祖國的聯絡人。

「拷問的資料也拜託你了。」

他稍遲才想起許東植的請求。再次看了金助教帶回來的資料，雖然分量不少，但拷問資料卻寥寥無幾。有三、四個雖很顯眼，但內容著實太少。要不就這樣寄出去？他猶豫了一會。金助教去上研究所的課，因而不在座位上。無論如何，這些資料似乎遠遠不夠。因爲是許東植另

4 注：一九六一年五月十六日，朴正熙等人發動的軍事政變。
5 注：韓國的民間團體，是韓國為繼承追查、研究親日派者林鍾國的遺志而設立的機構。

外拜託的，所以更加上心。崔柱浩離開研究室，前往大學圖書館。

尋找拷問資料比想像中要難得多。日本帝國主義強佔時期的拷問資料分散在各處，由於沒有單獨整理出拷問的種類，只能在文章中一一查找。僅在圖書館閱覽相關圖書就花費了相當長的時間，原以爲一、兩個小時就足夠了，但直到圖書館關門爲止，還是沒有找到合適的資料。最終迫於時間，只能借閱相關書籍，然後離開圖書館。

從圖書館借來的書是《日本帝國主義強佔時期拷問殘酷史》。這本書如實地記錄了高等係刑警們是如何拷問愛國志士的。強行餵水、扭手指、跳鶴舞、纏藤條……，查閱反民特委審判中記錄的拷問受害者的證詞就像看獵奇電影一樣，令人心驚膽寒。

用棍棒、竹棒、竹劍等亂打全身；兩、三天不給飯吃、不讓人睡覺，還讓人將熱火爐頂在頭上；或用吊桶繩捆綁後，把身體深深地埋在深井裡。嚴冬時節，打破江邊的冰層後，用繩子捆住全身，將其推入水中。從水中出來後，就將刨冰倒在頭頂，倒掛在樹上。如果在拷問途中暈厥，則全身用柴火烙燙，讓受害者打起精神。

他一直在研究室待到深夜，把魯昌龍的資料按主題蒐集在一起。拷問的資料中，影印出重要部分，爲便於辨識，也在底下畫上紅線。魯昌龍的親日行爲按年度分類，用資料夾集中在一起。如此蒐集起來一看，大約有三十張A４紙的分量。如果是這種程度，可以說充分滿足了許東植的要求吧。第二天早上到達研究室後，他再次確認是否存在遺漏的部分。

江西區禾谷洞16-593。

利用午餐的時間，他在校內郵局以限時掛號寄出。尋找和整理魯昌龍的資料，花掉他整整一天的時間。事情辦完了，只剩下香菸盒大小的郵局收據。

6

車子行駛在蜿蜒的山路上。越過矮小的山脊後，連荒廢的屋子都沒有出現過，人跡戛然而止，只偶爾傳來鳥鳴聲。

裴中校捨棄大路，故意開進狹窄的道路。除此之外，還特別選擇沒有閉路監視器的道路。這是安課長要求的特別注意事項，依據多年的經驗和學習，下達了這樣的指示。別說尾巴，連影子都不能留下。

「還沒到嗎？」

坐在副駕駛座上的安課長問道。

「再進去一點就到了。」

「眞想快點看到，嘻嘻。」

從上車開始，安課長就哼起了歌，臉色似桃花盛開。最近，安課長的話也突然多了起來。裴中校觀察他將近兩年，從沒見過他像現在這樣充滿活力。說來也是，這是多麼令人翹首以待的日子啊。

事實上，誰也沒有想到魯昌龍會被選爲第一個執刑對象。到去年春天爲止，還爲了究竟要選擇前任青瓦臺民政首席還是軍隊將軍出身的連任國會議員，陷入了長期考量。既然要做，就想把重量級人物當作第一個祭品。每個人的想法都一樣，即使動了小魚，也無法受到媒體的關注。在圍繞這兩人舉行第三次執刑會議時，B組的情報網出現了意外的喜訊：魯昌龍將於今年夏天回國。

所有人對當初的計畫進行了全面修正。民政首席和連任議員延後，在第四次執刑會議上，一致通過第一個執刑對象是魯昌龍，沒有任何人加以反駁。

唯一生存的親日派……，開業時以他爲對象也不是件容易的事情，簡直就是天上掉下來的餡餅。對此，許導演吹捧說這是上帝賜予的啟示。

「到了。」

車子停在雜草叢生的院子中間。一下車，一絲微風首先歡迎他們，隨後，飛蟲成群結隊地出來迎接。

廢棄的房屋流淌著寂靜。窗戶紙被撕破的窗櫺、打碎的醬缸、被狗尾巴草覆蓋的舊瓦片……。前院裡雜草叢生，根本沒有人跡，連飛禽的氣息也中斷了。

「哇，眞有你的。」

安課長環顧四周發出了感嘆。在這裡，似乎無論做什麼事，都不會有人知道。

「你知不知道這裡是什麼地方？」

裴中校的嘴角微微上揚。

「獨立運動家的後代住過的地方。」

「你選得眞好。」

「這是第一個作品，總不能隨便找個地方鋪上草席吧？」

這是許導演的特別要求。許導演希望送走魯昌龍的地方是個與眾不同之處，這是從「來而不往非禮也」這句話中得到的靈感。意思是說，對於特別的人應給予特別的待遇。他立即前往國家報勳處[6]，拿到了獨立有功人士後代的名單，花了整整一個星期才找到這裡。裵中校的部下給予了很大幫助。

「總之，他眞是一個福大命大的人，在祭日即將到來之際，既享受晚餐，又去看了墳地。」

安課長又開始嘮叨魯昌龍的生辰八字。

「你打算什麼時候把那傢伙帶過來？」

「他明天回國，只剩下三天了。」

從機場到入住酒店，將由B組負責；抵達晚宴會場後，將由A組負責。

「中間的運送過程絕對不能出問題！」

「別擔心，我會盡心盡力，好好服侍他的。」

裵中校微微一笑。他與安課長有很多相似之處：原本擁有國家的鐵飯碗，卻被迫離職，還被烙上內部舉報者的印記。在深陷挫折的時候，有許導演的出現也十分相似。如果前世沒有特別的緣分，那是不可能發生的事情。也許正因如此，他與安課長很談得來。說到一件事情，很快就能理解對方想說的所有內容。

6　注：韓國負責國家有功人士及其遺屬的獎勵、撫卹、退伍軍人的補償，和保護以及軍人保險等事務的中央行政機關。

裴中校跨坐在廢棄房屋的前廊地板上。

如果沒有許導演，他該如何度過那些如噩夢般的歲月？恐怕會變成廢人吧？是不是每天晚上都與露宿街頭的流浪漢一起喝上一杯，然後像豺狼一樣哭喊咆哮呢？一想起那個時候，裴中校現在全身還是會顫抖。

被當作內部舉報者的結局非常悲慘。直到發表良心宣言為止，其名分非常明顯。他曾試圖阻止國民的稅金流失，沒有任何私慾、賄賂根本看不上眼，因為這是要整頓國家綱紀的事情，所以也為之感到自豪。但是反而被烙上擾亂軍部綱紀的罪人印記。沒有人傾聽自己的話，無論走到哪裡，都不被當人看待。就這樣，當他被困在無盡的黑暗中，四周全是牆壁時，許導演伸出了援手。從他的手裡看到一道亮光，這是脫下軍服後第一次見到的光線。

「我想和你一起做有意義的事。」

因為這一句話，他一下子就看穿了許導演的內心，聽起來像是要顛覆世界一般。雖然許導演告訴他會給他時間，要他好好考慮一下，但裴中校當場就欣然接受了提議。說實話，做出這個決定並不困難。沒有必要動腦筋，也沒有必要字字句句地說明。也許是因為過於輕易地做出決定，許導演反而露出茫然的表情。他心想如果許導演指定自己，那就沒有理由加以拒絕，不僅如此，反而還要感謝他在眾人之中選擇了自己。本來就決心在脫下軍裝後，無論任何事情都要去做。一直到現在為止，他從來沒有後悔過當時的決定。如果許導演再次提出這樣的建議，他還是會大力握住他的手，難得有一雙散發著人情味的手。

「過來一下，有東西讓你看。」

裴中校走向廢棄房屋大門旁邊的庫房。庫房裡整齊地擺放著皮繩、水壺和用長棍做成的刑具。

「這些是什麼？」

「是魯昌龍年輕的時候一直放在身邊的東西，他如果看到這個，一定會有很深的感情。」

那是日本帝國主義強佔時期高等係刑警們經常使用的拷問工具。

「你是要以牙還牙嗎？」

裴中校搖了搖頭。不是以牙還牙，而是想要他為此加付兩、三倍的代價。

對於魯昌龍的執刑方法，他思考了很久。他想好好送那個傢伙踏上陰間路，但沒有什麼好辦法。在第五次執刑會議上也出現了很多建議，但都沒有令他滿意的。反正都要公開那傢伙的屍體了，就應該抓住人們的視線。用火焚燒太可怕了，把他吊死則看起來沒有誠意。

「這些都是許導演的作品。」

許導演乾淨俐落地解決了這個煩惱，幾天前還親手把拷問工具送來這裡。

「你看這個。」

裴中校將刑具上的資料遞給安課長，上面詳細記錄了高等係刑警們使用的拷問方法。

「高等係的刑警們進行拷問時，還互相打賭被拷打的人能忍受多久。」

許導演拿來的資料對初接觸的人而言，就像拷問指南一樣。讀著那些資料時，脊梁上似乎結霜，頭髮也能熊熊地燃燒起來。

「我也要照著這樣做。」

裴中校對於除掉魯昌龍一事，沒有賦予太大的意義。只是除掉一個渺小的親日派，世界不會因此改變。這與民族正氣、歷史審判相去甚遠。只是除掉一個必須除掉的人渣，就是如此而已，一丁點的自豪感可以當作是額外的收穫。

現在所有的準備都結束了。正如許導演所說，現在剩下的只是在精心布置的盤子上放上獵物，做出美味的料理而已。

7

可能是因爲昨天喝多了，胃裡一陣翻騰。

崔柱浩昨天參加了一個市民團體舉辦的演講會。演講結束後，與主辦方負責人共進晚餐。原本以佐餐酒輕鬆開始，隨著續攤的進行，便喝了平時酒量的兩倍。因爲早上起不來，別說解酒了，連飯都沒吃就從家裡出來。

爲了參加歡迎新生的運動會，崔柱浩一到研究室就急忙換上運動服。按照慣例，迎新活動應該在四月份舉行，但是因爲學校的情況不好，所以一直到了第一學期期末考試結束之後才舉辦。在大運動場上，農樂隊敲鑼打鼓助興。

換上運動服，準備離開研究室時，金助教大力地開門進來。

「教，教授，看，看今天的報紙了嗎？」

好不容易才洗把臉就趕緊出門，不要說報紙了，連網路都還沒來得及連上呢。

「魯，魯昌龍……。」

金助教無法正常說話，喘著粗氣。

「魯昌龍，他怎麼了？」

「他，他被殺了。您看這個報紙。」

崔柱浩一把搶過金助教手中的報紙。

解放後擔任首爾市警保安課課長的魯昌龍（九十四歲，居住在日本京都），二十六日在京畿道楊平郡兩水里的一處廢棄房屋裡被發現身亡。據悉，屍體被發現時，魯某的身體被堅硬的皮繩捆綁在一起，部分身體嚴重受損。警方表示「魯某在被殺害之前，可能受到了長時間的拷問」，「將委託國立科學調查研究所對事件現場的拷問工具進行查驗」。據悉，魯某於本月二十二日祕密歸國。

這是怎麼回事？杜浩不由得寒毛直豎。昨天晚上喝酒的時候發生了大事，將魯昌龍的資料寄給許東植不過就在五天之前。

「現在網路上鬧翻天了。」

打開電腦，進入入口網站，魯昌龍事件席捲了網路的所有新聞版面。在新聞欄目中，各媒體就像競相進行即時報導一樣，頻頻更新最新情況。報導下方的留言數也達到了數千條。大部分內容都是關於這樣的可惡親日派現在也應該接受歷史的審判了，無論在何處都找不到譴責殺人犯的留言，實在令人驚訝。

胸口發漲，呼吸急促。魯昌龍歸國已經是令人驚訝的事件，竟然在入境四天後就被殺害。崔杜浩下腹部發力，讀完了相關報導。

報紙幾乎使用全部版面在報導魯昌龍的事件，如同把散落在各處的新聞像整理重點一樣聚集在一起。魯昌龍以金德戍這個假名祕密歸國，嫌犯知道他入境後，周密地策劃犯罪。警方推測此次事件可能有三人以上參與。魯昌龍的親日行爲和自由黨時期的惡行等也摻雜在文中。在瀏覽報紙的過程中，崔柱浩的目光停留在有關拷問手法的報導上。

在我國一直延續到二十世紀末的拷問手法，是從解放前開始實施的日本帝國主義惡習，無數愛國志士因遭受水刑和拔掉指甲等殘酷的拷打而飽受痛苦。根據公認的說法，這種拷問行為是日本帝國主義強佔時期被高等係刑警們扎根在這片土地上的。

魯昌龍的直接死因「纏藤條」是日本煤礦地帶肆意施行的拷問方式之一，也是日本帝國主義向朝鮮傳授的惡劣拷問手法，亦即所謂的どかた（土方，土木作業）的建設工人對煤礦勞工施行的私刑方式之一。高等係刑警們進一步將此方法予以發展，用皮帶代替繩索。第一個步驟是用被水泡漲的粗皮繩將全身緊密地捆綁起來，如果直接置於火爐或烈陽之下，皮繩就會乾癟，並鑽進受害者的肉裡。遭受拷問的一方在死亡之前會遭受極大的痛苦，但施加拷問的一方則連一根手指都不需使用。對於施刑的人來說，這是一種極其舒適的方式。

嫌疑人著眼於魯某年邁這一點，在他死亡之前，以「纏藤條」的方式將其殺害。另外，從魯氏雙手被捆綁的痕跡來看，推測還使用了「跳鶴舞」的拷問手法。

剛才看到了什麼？此時，崔柱浩的眼眶泛紅，太陽穴像被針扎入一樣刺痛。報導中「纏藤條」的內容與他從大學圖書館借閱書籍中的內容一模一樣，從頭到尾，連一個字都沒有漏掉。

不僅如此，魯昌龍的親日行爲、日本帝國主義高等係刑警們肆意施行的各種拷問手法也與交給許東植的資料一致。一行一行讀下去，許東植的臉似乎就漂浮在紙面上。

「怎麼會發生這種事情？」

金助教的臉變得僵硬，費了半天時間才找到資料的主人公竟然慘遭殺害，金助教當然會大吃一驚。

「教授……。」

崔柱浩對著金助教點了點下巴，讓他有什麼話就都說出來。瞬間，腦細胞對他下達指令，讓他不能顯示出太在意的神情。

「活著活著，竟然還會碰到這種偶然。」

崔柱浩裝作沒什麼大不了似的，輕鬆地做出回應。沒有必要把事情鬧大，金助教還不知道許東植的存在。

「爲什麼用那種眼神看我？」

金助教仍然沒有放鬆警惕的目光。

「沒，沒有啦。實在是太荒唐了。」

「我也這麼覺得。」

「……」

「你先去吧，我馬上就會過去。」

金助教獨自嘟囔著離開了研究室，崔柱浩無力地跌坐在椅子上。彷彿是晴天霹靂，突然感覺自己成了魯昌龍事件的幫手。思緒萬千，但首先想到了一個疑問，寄給許東植的資料是如何流入報社的？即使報社在蒐集資料方面十分出色，也不會出現如此相同的文章。緊接著，第二個疑問狠狠地重擊他，許東植事先知道魯昌龍會因拷問而被殺害嗎？

你很快就會知道的……。

許東植的聲音順著脊椎緩緩地爬了上來。當被問到爲什麼需要拷問資料時，許東植曾經如此回答。

他拿起手機給許東植打電話，訊號無異常，卻沒有人接，但他還是一直按著同樣的按鍵，清楚的電腦語音勸他不要再打了。緊接著，他致電給高中同學，詢問許東植的消息。同學們的第一句話都恰似約好：許東植是誰？別說許東植的消息了，連他是誰都不知道。沒有一個同學記得這個名字。

不知運動會是否已經開始，大運動場上響起了吶喊聲。腦子裡像佈滿灰塵一樣沉悶，崔杜浩用力按壓太陽穴，然後冷靜地回憶前幾天的事情。許東植來學校是在十八日，魯昌龍入境是在二十二日，向許東植提供資料是在二十一日，而魯昌龍是在二十六日被殺害的，所有事情都發生在不過短短的十天當中。許東植應該知道魯昌龍要回國了吧？即使不計算日期，許東植介入此次事件的可能性也相當高。

過了一會，又有另一個疑問無情地壓在他的頭頂。許東植爲什麼要拜託自己蒐集魯昌龍的資料？如果有意殺害魯昌龍，應該會在神不知鬼不覺的情況下處理掉才對，但是許東植不僅公開魯昌龍的惡劣親日行爲，還揭露了所有的拷問資料。如果不是傻瓜，根本不需要那麼親切地告訴別人。這時，研究室的門被打開了。

「系主任請您趕快過去。」

金助教揮手示意，要崔柱浩趕快出來。

「知道了，馬上過去。」

現在不是關注運動會的時候，得先弄清楚這晴天霹靂的事件本質爲何。這個從天而降的災禍是從哪裡飛來，接下來又瞄準了誰。稍有不慎，似乎就會莫名其妙地被捲入殺人事件。

需要回想一下，崔柱浩再次回到第一個疑問。魯昌龍的資料是如何流到報社的？資料內容可以適當修改，但連一個字都沒有更改就原封不動地加以刊登，實在過於異常。尤其是「纏藤條」的報導，實在讓人覺得刺眼。

崔柱浩爲了確認其他報紙，去了校內的商店。在大運動場上，新生和在校生分成兩邊，正在進行足球比賽。

一進商店，崔柱浩就買了所有報紙，逐一查看有關魯昌龍事件的報導。在七份報紙中，刊登「纏藤條」報導的只有一家，也就是金助教拿來的報紙，亞洲日報。撰稿記者的名字是鄭潤周。

冷森森的寒氣湧上背脊，手臂上也冒出雞皮疙瘩。起初杜浩只感覺到荒唐和困惑，但隨著時間的流逝，不知原因的危機感襲來。有種只有自己不知道的怪異陰謀正在祕密進行的感覺。與此同時，各種疑惑和雜亂思緒紛至沓來。在如此繁多的念頭中，他只確定了一件事情：這絕對不是偶然。

8

今天的手感不一樣。

既沒有緊貼在手心上的刺激感，也沒有腳尖抵住的緊張感，更別說是令人戰慄的快感了。雖然肩胛骨有點酸痛，也有點發麻。

宇慶俊解開纏在腰上的繩子，摘掉了攀岩的安全吊帶。

今天像海鞘突起一樣的岩壁顯得又高又陡。雖然最多也才十公尺左右，但爬到頂點花了不少時間。第三次挑戰時，他錯過了繩子，身體像掛在肉舖的肉塊一樣旋轉。

開始攀岩運動已有兩個多月了，現在才剛有些上手。攀岩和看起來的不同，體力消耗很大，運動量也不亞於一般的球類運動。也是，宇慶俊並不是爲了耍帥才選擇這個運動的，過了四十歲才發現需要更多體力。

在更衣室裡換衣服時，嘈雜的震動聲從肋間傳來。螢幕上顯示的是檢察長文基旭的名字。他把手機放在耳朵旁，低沉的聲音傳來。

「在新宿訂一間安靜的包廂，我們晚點一起吃午飯。」

意外的電話。宇慶俊放下手機，看著掛在更衣室裡的時鐘，七點五十分，還沒到上班時間。是因爲什麼事見面呢？從體育中心出來時，他分析了文檢察長的內心想法。他不是一個沒有什麼特別的事，非要把自己叫到檢察廳外部的人。文檢察長祕密邀約單獨見面的理由，應該和最近檢察機關的氣氛不無關係。

是不是被抓到把柄了？刑事八部的部長檢察官因贊助商曝露而被拘留後，檢察廳內部的氣氛變得異常沉重。檢察機關的公告欄上陸續出現了應趁此機會整頓綱紀的意見。有傳聞稱，最高檢察廳監察局正在調查第一線檢察官，並已傳出一位部長檢察官和兩位普通檢察官正在接受內部調查的傳言。

最近，檢察機關內部的氣氛變得極爲混亂。檢察廳外部因酷暑，連日來水銀柱達到最高點，但辦公室內部卻是大雪前的嚴冬，大家都怕薄冰會裂開，低著頭偷偷看臉色。不知從何時起，辦公大樓裡的笑話已然消失，凝重的沉默和適當的緊張感取而代之。

宇慶俊也無法置外於贊助商的行賄，擁有贊助商是只有檢察官才能享有的特權，沒有檢察官會拒絕這種特權。越是擁有華麗職務的檢察官，贊助商的支援就越豐厚。食髓知味後，很多人沒有開業當律師，而是留在檢察機關內坐享其成。

宇慶俊心想，該整理自己的贊助商了。爲了那幾個錢，不能讓至今爲止付出的努力化爲泡影。不久前，雖然密實地對贊助商進行封口，但心裡還是不踏實，知人知面不知心啊！

可能是因爲已經過了午餐時間很久，日式餐廳裡非常悠閒。將頭髮染成黃色的社長在櫃檯前與穿著短裙的服務生閒聊。

正想伸直桌子下方的雙腿時，門被拉開，文基旭檢察長走了進來，宇慶俊趕忙從座位上站起。

「我晚到了點。」

不是只晚到一點。現在是下午一點五十分，已經超過約定的時間一個小時了。宇慶俊恭敬地將坐墊推到他前面。

「先吃飯吧？」

文檢察長翻閱著菜單。

「老闆說最近蝦子很新鮮，所以我預約了A套餐。」

「取消。」

「啊？」

「吃烏龍麵吧！」

宇慶俊就知道會這樣，說要在新宿見面，他還懷疑了一下。文檢察長從來沒有出入過高級餐廳或酒店，像他這個職位，其實可以擺出架子接受招待，但他根本就讓人無法接近。

「你，最近怎麼樣？」

文檢察長挺直腰部，雙手環抱在胸前。

「過得很好。」

宇慶俊非常緊張。他的下一句話應該就會出現把自己叫到大樓外的理由。

「現在應該要做大事了！」

「大事？」

「檢察官本來不就是靠職位維持生計嗎？」

這是考慮到明年春天檢方的人事調動而說的話。即使任職首爾，但若職務不高，就會連能拿出來說嘴的頭銜都沒有。檢察機關內的職位是最重要的，贊助商們也這麼認爲。

「事件呢，總是在盲目的時候變得粗暴和危險。我們認爲是盲目的，但對方一定是有目的的。衝突不就是在那裡發生的嗎？沒有妥協也沒有協商，只有對決。」

聽不懂他在說什麼。文檢察長說話的時候總是繞著圈子，很難掌握其眞實意圖。

「我約你見面不是爲了別的。」

他從褲子的後口袋裡掏出一張皺巴巴的報紙，並將之攤開。

《警察要解開的五個疑惑》、《讓閉路監視器成爲無用之物的完美犯罪》……巨大的黑體字標題進入眼簾。

「你知不知道魯昌龍的侄子是高等檢察長？」

「知道。」

「那就行，沒有必要再多說了。」

現在聽懂了。一言以蔽之，就是要他負責魯昌龍事件。宇慶俊暗自鬆了一口氣，不知道從文檢察長的嘴裡會說出什麼話。

「事關重大，廣域搜查隊會支援你，調查本部暫時先設在西部支廳。」

意思是說，釣魚工具都已經準備好了，趕快把魚釣上來。有點奇怪，如果是這種事，大可以在辦公室裡說，爲什麼非要把自己叫到外面來呢？

「犯人在網路空間裡已經成了英雄。」

宇慶俊也看到了新聞下方的留言。犯人被冠以「喚醒民族精神的正義使者」的稱號，某社群網站甚至呼籲要守護犯人。

「我想請問您一件事。」

「你說。」

「魯昌龍歸國的事情還有誰事先知情？」

文檢察長搖搖頭。

「連高等檢察長都不知道魯昌龍已經回國了，是媒體報導後才知道的。」

魯昌龍在入境四天後被殺害，在這四天期間，爲什麼不聯絡高等檢察長呢？高檢長是魯昌龍留在祖國的唯一親人。過去光復會會員曾一度爲了懲罰魯昌龍而前往日本，當時在檢察機關裡有傳聞稱告知魯昌龍這些消息的人是高檢長，難道這段期間已經斷絕了聯絡？

「你要切實記住一件事。」

文檢察長把上半身伸到桌子前。

「請說。」

「調查進行的狀況一定要先向我報告。」

「……」

「意思是絕對不能跟別人說。」

「我知道了。」

爲了一個親日派老人的死亡，全國上下一片譁然。因爲這點事，國家亂成一團，眞是可笑。妄想殺死一個老親日派就能恢復民族正氣，這更令人覺得可笑。

宇慶俊悄悄握起了拳頭。不管他是親日派還是惡劣的高等係刑警出身，都無所謂。目標和箭靶非常明確，就是抓獲犯人，讓他們站在法律的審判臺上。自己順便期待一下明年的檢察人事安排，如果是這樣，那就值得全力以赴。

9

崔杜浩徹夜未眠。

一睜開眼睛，許東植用那像山雀一般的細眼警戒周圍的臉孔似乎就在面前晃動，那是一張充滿陰險的臉。

閉上眼睛，低沉的聲音不停地在耳際盤旋。**你很快就會知道的、我相信你會幫我的……**那煩人的聲音未曾消失過。就是這個嗎？那天心裡很不踏實的本質。

結束第一學期的最後一堂課後，崔杜浩立即來到亞洲日報。他決心要解開第一個疑問：他發給許東植的資料是如何流入報社的。

亞洲日報的編輯部非常悠閒。社會部的記者們可能是出去採訪了，只有編輯部負責人在辦公室。

「哇！稀客啊，怎麼會來這裡？」

崔杜浩跟著韓次長走進編輯部的會議室。好久沒來報社了，專欄文章主要都是使用電子郵件和傳眞交稿。

「這個週末要不要一起去吃補湯？」

韓次長露出一口白牙，嘻嘻笑著。

「我是看你最近的文章都沒什麼力氣才這麼說的。」

「得了吧你。」

「倒也是，老婆又不在身邊，沒必要大張旗鼓地補什麼身，哈哈！」

韓次長和他是大學同學，因爲韓次長的關係，崔柱浩才得以進入亞洲日報固定撰稿人的名單中。

「你最近也常去看宋基白教授嗎？」

韓次長把會議室裡的半島日報拿了過來。

「過年的時候去過一次，之後就沒去了。」

「你讀讀看！」

韓次長指著刊登宋教授專欄文章的地方。

從殖民地解放後，沒有清算反民族犯罪的國家只有我國。解放後，雖然有過多次處決民族叛徒的機會，但都失敗了。自由黨政權和維新政權躲在反共口號的陰影下，鎮壓和蹂躪愛國志士和民主人士。親日餘黨與不正當的權力聯手，仍然享受著權勢。進入二十一世紀後，親日派二代像毒蘑菇一樣成長，並逐漸增加勢力。

這是會令在地底下無數愛國先烈痛哭的事情。究竟要被親日叛國勢力擺布到什麼時候？遺忘歷史的民族沒有未來，如何復原失去的歷史反而出乎意料地簡單，就是果斷地剷除親日叛國者，讓他們站在法律的審判臺上。如果沒有歷史將之定罪，如何高呼社會正義、談論民族正氣？

每一句話都流露出老教授的熱血。魯昌龍事件對宋教授來說是很好的專欄素材，他當然不會忽略這種有利因素。雖然年過八旬，但他的熱情絲毫不亞於任何年輕人。

「你下一篇專欄要不要探討一下魯昌龍事件？」

「……」

「痛快地寫一次吧！趁這次機會修理那些現在還在袒護親日派的政客。」

「有幾個人會受傷。」

「輿論也會希望如此的。你看過網路新聞了吧？」

崔柱浩點點頭。

「沒想到因為一名親日派的死亡，會讓國民如此狂熱。昨天讀者們的電話接連不斷，甚至讓整個報社都癱瘓了，都說那種垃圾早就應該被送到那個世界去了，這就是現在韓國國民的情緒。」

今天早上還出現了意味深長的留言。也有不少人提出趁此機會將親日派後代的財產完全沒收，將其國有化的意見。

還有一篇文章相當引人注目，內容是將此次事件比喻為以色列政府追蹤納粹戰犯到地球盡頭。崔柱浩詢問韓次長這次事件正如何發展。

「和一般的殺人案件本質不同，很有可能是專家介入。」

「專家？」

「嫌犯們掌握巨大的情報力量，有意思的部分不只一、兩個。」

韓次長隱約將這次事件導向以有趣為主。

「警察怎麼說？」

「好像還沒找到方向。剛開始認為是恩怨關係，後來又宣布改變調查方向。」

崔杜浩的想法也是一樣。如果是個人恩怨的話，絕對不可能將魯昌龍的屍體放置在殺害現場。

「一定會有犯罪目的吧？」

「警察認為是意圖引起社會混亂的勢力。那實在是太模糊了，一定有什麼深重的內幕。」

事件發生至今才過不久，還沒有撈到什麼特別的情報，關於事件的進展也就是如此而已。

崔杜浩小心翼翼地提到來亞洲日報社拜訪的目的。

「社會部有個叫鄭潤周的記者吧？採訪這個事件的記者。」

韓次長點點頭。

「你找她幹嘛？」

「她在這方面是老手。一撲上去，就會不擇手段。」

「她的材料是從哪裡找到的？」

「什麼材料？」

「拷問手法的報導，寫得非常詳細。」

鄭記者是如何知道拷問手法並寫出報導的呢？如果不是抄襲了《日本帝國主義強佔時期拷問殘酷史》這本書，則必定是得到某人的幫助，只有這二者之一。前者的機率很小，身為歷史專家的自己也花了不少時間才找到該資料。之所以關注鄭記者，是因為大部分報導的重點都集中在拷問上。將日本帝國主義高等係刑警的拷問手法如此完整報導出來的報紙只有《亞洲日報》，而這也就是自己來到《亞洲日報》的原因。

「事件一發生，鄭記者就拿來了拷問資料，資料正好和殺害魯昌龍的手法一致。直到那時，警察都還不知道拷問手法的名稱。」

「鄭記者直接看到魯昌龍的屍體了嗎？」

韓次長搖搖頭。

「那她是怎麼知道拷問手法的？」

「她一看現場照片就立刻知道了。事件現場留有對魯昌龍施行拷問的工具。」

眞是太離譜了，光看案發現場的繩索就知道是「纏藤條」的手法？難道鄭記者是日本帝國主義拷問手法專家嗎？如果沒有與犯人的交流，這是不可能發生的事情。

「我可以見她嗎？」

事實上，崔杜浩對於犯人們究竟是職業殺手還是業餘殺手所爲並不在意，甚至他連這些人的犯罪動機也並不關切，但是他一定要查明許東植是否介入此次事件，還有鄭記者是如何掌握到魯昌龍資料的。

「鄭記者？見她幹嘛？」

「只，只是……」韓次長的眼角微閉。

「你很關心這次事件啊？」

「比得上你嗎？她現在不在？」

「馬上就會回來。總之這次事件有很多疑點有待釐清，犯人對於魯昌龍的入境、去處都很清楚，怎麼看都覺得是一個組織在行動。」

「組織？」

「我的意思是不是一、兩個人，警察也說犯人至少是三個人以上。」

就在那時，一個留著長直髮的女性走進編輯部。

「她剛好回來了。」

「等一下！」

崔柱浩抓住韓次長的衣袖。

「我先走了。」

「你不是說想見鄭記者嗎？」

「下次再說吧！我忘了下午還有課。」

「搞什麼嘛。」

崔柱浩像逃跑一樣離開了編輯部。他在亞洲日報一樓大廳暫時喘了一口氣，詢問自己是不是太不瞻前顧後了？他原本心想，去亞洲日報社以後一定要見到鄭記者，試圖弄清楚拷問資料的來源，但是當他看到鄭記者後卻改變了想法，總覺得坦率提問還嫌太早。

妳認識許東植嗎？拷問資料是從哪裡弄來的？

他沒有自信能這樣直接詢問，而且根本不確定她是否會乖乖地回答問題。

他決定即使感到好奇，也要暫時忍住。總有一天等到適當的時機出現，一定能水到渠成。現在要見的人不是鄭記者，而是許東植。不見到他，就無法平息這種種猜測。

崔柱浩一回到研究室就立刻上網，入口網站仍然被魯昌龍事件所佔據。該事件在海外媒體上也成爲主要新聞進行了報導，尤其是處決納粹戰犯的法國和以色列等國家表現出特別的關注。此時，電腦螢幕旁邊的收據一下子映入眼簾，那是將魯昌龍的資料寄給許東植後，校內郵局開具的收據。與此同時，他想起了許東植用簡訊發來的地址。

啊啊，爲什麼沒想到呢？他忘了許東植的住址早就被儲存在手機裡，只一味按著通話按鍵。唉，眞是令人寒心啊，即使許東植的地址就在身邊，但他只追問了根本不知情的同學。

崔柱浩一下子站了起來，準備立刻前往許東植的家。若見到他，一定要狠狠地質問他：你給我好好解釋這古怪的事情，你到底在耍什麼把戲？

第二章　沒有時效

1

歷史並未縱容親日派的罪行，魯昌龍的死亡並不是一介高等係刑警死亡的單純問題，對於反民族行為者，必須留下追究其罪責，並加以審判的歷史教訓。

政府應以謙虛的態度傾聽國民對於此次事件的期望和要求。這絕不是要袒護嫌犯，對於意圖尋回民族正氣的嫌疑犯，我們不應冷漠的原因也在於此。就歷史的審判而言，絕對沒有時效性。

歷史的審判沒有時效？宇慶俊非常不喜歡該記者的文章。表面上說不是袒護，但其用意卻顯露無遺。只要不是瞎子，都能夠立刻看出這點東西。記者的論調從頭到尾都在包庇嫌疑犯。在這篇名爲「記者手冊」的專欄中，掛上的名字是鄭潤周。

宇慶俊仔細觀察了媒體刊登的分析報導：把閉路監視器變成無用之物，周密而無懈可擊的動線，在大路邊綁架的膽量……。事實上，與其說是分析，不如說其情節更接近於小說。一兩句事實後方，伴隨著數十句虛構的內容，以及具有刺激性、奇特的文采，以吸引讀者的目光。

掌握犯人的意圖並不困難，從公開魯昌龍屍體的時候就有那種感覺，亦即要讓全體國民看到因拷問而遭到損壞的屍體，這無異於公開處決，更何況還原封不動地使用了魯昌龍過去喜歡用的拷問手法。究竟是認爲這樣能緩解人們的壓力，還是認爲恥辱的歷史會獲得復原？凶手們眞是罕見的賤種啊。

「似乎有情報專家參與。」

一名刑警一直在仔細觀察魯昌龍的行蹤，從他入境到被殺害之前爲止的動線，但是還沒掌握到任何有價值的情報。

「犯人們對於魯昌龍歸國的日期，乃至於參加晚宴的時間都相當清楚。」

是的，如果能夠知道魯昌龍入境的情況，那麼這些人的情報能力實在非同小可。

知道魯昌龍入境日期的人寥寥無幾，他們徹底隱藏魯昌龍入境的消息，晚宴主辦方也特別注意保密。被邀請參加晚宴的人士表示，大家都沒想到魯昌龍會在活動接近尾聲時出現，用一句話來概括就是「驚喜活動」。到那時爲止，整個狀況還算完美地按照主辦方的意圖進行。但是魯昌龍在活動結束後，神不知鬼不覺地消失了。過了半天，在廢宅發現其悽慘毀損的屍體。他死亡的過程也像是一個驚喜。

「最後的行蹤調查清楚了嗎？」

「晚餐結束後，他上了模範計程車。」

就在那當下，魯昌龍接下來的命運已然決定。他爲什麼非要乘坐模範計程車呢？據說當天晚餐結束後，想送魯昌龍回酒店的人大排長龍，但魯昌龍拒絕了所有人的好意，獨自叫了輛模範計程車。根據調查，用於犯罪的模範計程車是半個月前在江南大路遭竊的車輛，應是很久以前就開始周密準備的計畫犯罪。當然，如果能夠知道魯昌龍的入境情報，那麼事前準備也應該會相當徹底。越是花費時間和精力，漏洞就會越少。

「魯昌龍被殺害的現場有些特別。」

「什麼意思？」

「那個房子已經被廢棄很久了，村民們說以前是獨立運動家後代住過的房子。」

「眞是花招百出啊。」

親日派和獨立運動家的後代……，場所的形象的確非常適合把魯昌龍送到另一個世界。那些傢伙也知道那裡曾經有獨立運動家後代居住過嗎？如果知道，那就不是一般的用心了。處決親日派，再佐以各種調料，爲了做出最好的味道眞是費盡心思啊。

「會不會是盲目的民族主義者幹的？」

一個刑警不住點頭，說出令人洩氣的話。宇慶俊的眼睛和嘴巴同時張大。

「現在都已經是什麼時代了，還說那樣的話？眞是……。」原本想說「廢物」之類的話，他好不容易才忍住。

「從一開始這些人就沒有要隱藏犯罪事實的想法，我覺得……」閔刑警加入討論。「可能要從他們正大光明公開屍體的理由開始找起。」

那麼，那些傢伙想透過公開屍體獲得什麼呢？爲了緩解全國民的壓力？那實在是太可笑了。這個世上不存在沒有動機的殺人，精神病患者和隨機殺人的犯罪通常也存在單純的動機。

宇慶俊查看了第一線調查官製作的報告書，都是差不多的內容。與其說是報告書，不如說是媒體分析的新聞報導。

這又是什麼？宇慶俊不停翻閱現場鑑定組製作的報告書，突然停了下來。該報告書有兩個特別之處，引人關注。

上面寫道：魯昌龍的手腳指甲全部消失；魯昌龍的背上刻著阿拉伯數字。

「這個數字是什麼？」

一名刑警很快拿來了鑑定組拍的照片。正如報告中所寫的，魯昌龍的背部刻有鮮明的阿拉伯數字。

「啊，他媽的，我快瘋了。」

宇慶俊一走進國立科學調查研究所屍體保管室，藥味撲鼻而來。說實話，眞不想來這裡，看被毀損的屍體是一件可怕的事情，所以想用鑑定組拍的照片來代替。但是在看到刻在魯昌龍背上的數字後，他的想法發生了變化。

魯昌龍身上滿是黑紅的淤血，肉體被撕開，與照片上看到的十分不同。膝蓋部分的紅色血管凸出到皮膚外部，宇慶俊只覺得中午吃的鱈魚湯湧到喉嚨。

如果是以殺人爲目的，有必要如此粗暴地對待嗎？

除了殺人的目的之外，似乎還需要增加兩個部分：瘋狂和訊息。魯昌龍的屍體上包含了憤怒達到極點時出現的瘋狂，以及犯人們想傳達給外部的訊息。

「我從事驗屍官這份工作以來，第一次看到這樣的屍體，手指關節全部都扭斷了。」

矮個子的驗屍官吐了吐舌頭。屍體重現了高等係刑警的拷問手法之一「扭曲手指」：在五根手指之間捆綁鋼筋，之後扭曲手指。如果嚴重，骨頭會被壓彈出來，手指再也無法使用。因爲不需要特別的拷問工具，所以這種方法隨時隨地都可以被輕易使用。

「這還不夠，手腳指甲都被拔掉了。」

「算是戰利品嗎？」

「好像是。」

「把身體翻過來！」

驗屍官把魯昌龍的屍體翻過來，以便能看到他的背部。阿拉伯數字是紅色的，刻在兩側肩胛上。

194809

196011

乍看之下，像是意指一九四八年九月和一九六〇年十一月。

從一開始，犯人們就好像有很多話要說，只是破壞屍體似乎還不夠。在罪犯中，這些賤種是最可惡的。

「他們是不是……想透過這些數字傳達什麼訊息？」

驗屍官摸著下巴，不住點頭。

「我覺得，必須解讀這些數字的意義，才能找到案情的眉目。」

宇慶俊以強烈的目光瞪著驗屍官，這人話太多了，打從進入屍體保管所開始，他就一直廢話連篇。

「你負責的工作是什麼？」

「嗯？」

「閉上你的嘴巴！」

宇慶俊就這樣氣呼呼地離開了屍體保管室。這些阿拉伯數字尚未被媒體披露，考慮到國民的情緒，得徹底保密。他還警告調查官不要說太多話。最大限度地減少社會混亂也是調查組的職責，這裡面也包含著不會按照犯人的意圖被牽著走的意思。

首先必須解開這個數字的意義，在受害者的屍體上留下標記，是加害者想要向外部傳達自己意思時經常使用的方式。那就是殺人的理由。

2

「調節身心，尋求平安的地方。」

不知是否因爲乾淨俐落地處理了魯昌龍，總覺得今天掛在療癒殿堂大廳正門的牌子看來格外舒心。這個句子越看越順眼，或許因爲這個原因，每次出入這裡時，身心都變得輕鬆起來。

在這個木製建築物內，魯昌龍被決定爲單一執刑對象。

熾熱的心臟們聚集在一起，將最後一個親日派送上不歸路。療癒殿堂大廳是成員們互相交換意見並下達決心的空間，這裡也是將「憤怒」加以過濾，繼而昇華爲「熱情」的地方。未來也會有很多祭物經由這裡走上陰間之路。

許東植穿過療癒殿堂大廳走向另一間石牆屋。轉眼間天就黑了，把山腳當作枕頭，之前還在上下浮動的落日終於落下，月亮現正高懸在遠處的山頂。

到達石牆獨院之後，耳際傳來熟悉的聲音。這個地方是A組的根據地，將魯昌龍送往另一個世界的藍圖就是在此處籌劃的。聚集組員們的想法、編寫劇本、並付諸實踐。沒有出現任何差錯，進行得十分順暢，到達完美無缺的程度。爲了應對突發情況而制定的第二、第三計畫甚至都無需使用。

「許導演，快進來！」

裴中校輕輕地擁抱了許東植，隨後，安課長緊握著許東植的手，鄭記者則輕輕地用眼神代替問候。

事情過了三天之後，A組成員齊聚一堂。雖然才幾天時間，大家就像許久不見的朋友一樣問候。也許是因爲順利完成計畫，組員們臉上都露出了燦爛的笑容。

「大家都辛苦了。」

許東植作爲A組的組長，鄭重地向組員們致意。鄭記者、裴中校、安課長，還有B組成員們……安課長的後輩、裴中校的部下們也是不可或缺的。找到獨立運動家後代的廢宅、把三輛計程車安排到晚宴現場的就是他們。因爲他們的熱忱，才得以順利斬斷魯昌龍的命脈。

許東植從背包裡拿出了紅酒。爲了紀念順利完成第一部作品，他籌備了簡單的聚餐，今天特別準備的是法國夏布利生產的白葡萄酒。

「古代希臘人說葡萄酒是神的禮物，每當羅馬人在戰爭中獲勝時，都會用葡萄酒慶祝。」

許東植在玻璃杯裡倒進葡萄酒。在慶祝的日子，柔和的葡萄酒遠勝於濃烈的威士忌，而比起紅葡萄酒，白葡萄酒則更合適。

「以第一筆生意來說怎麼樣？」裴中校問道。

「太完美了。」

許東植豎起大拇指。從魯昌龍的入境到送往另一個世界，每一個環節都配合得恰到好處。事實上，他們並不是完全沒有顧慮。制定劇本和按照原計畫執刑是不同的，即便經過多次演練，心裡還是有些不踏實。現在想來，那些擔憂其實都是多餘的，執刑官們的表現非常完美。

「這是那傢伙的手腳指甲。」

裴中校抖了抖塑膠袋，將其放在圓桌上。

「沒想到拔指甲這麼困難……。」

「辛苦了。」

鄭記者一一整理起沾有紅色血跡的手腳指甲。

「下次開始就只拔一個吧，小腳趾指甲。」

提議拔掉魯昌龍手腳指甲的是B組，他們建議在療癒殿堂大廳展示手腳指甲，作爲執刑的一面鏡子。

「你最後跟他說了什麼？」

安課長問道。他對於裴中校在魯昌龍死亡前說了哪些話感到好奇。

「其實沒有那個心情。」

裴中校搖了搖頭。直到魯昌龍斷氣爲止，他都沒有移開視線。他測了時間，想看看魯昌龍能堅持多久。一個小時，兩個小時……呼嚕呼嚕卡痰的聲音動搖喉管，過了三個多小時才斷氣。魯昌龍的體力絕非常人，裴中校甚是想詢問他九十多歲的人還能維持如此體力的祕訣。

「我賠了十萬韓元。」

「什麼意思？」

鄭記者問道。

「我跟部下打賭，我賭兩個小時，但這傢伙竟然堅持了快四個小時。」

「原來是打賭輸了。」

眞是個了不起的老人。都已經到了那個程度，完全可以直接走上黃泉路，但他始終捨不得斷氣。他那雙泛著紅色血絲的眼睛好像在求情：讓我活到一百歲吧。當然不可能同意。別說一百歲，連多活一天都不想允許。

這時，伴隨著敲門聲，尹敏旭室長走了進來。

「在慶祝第一筆生意成功？」

尹室長看著葡萄酒瓶，笑著問道。

「來了？」

許東植高興地歡迎他。

「慶祝宴會可不能缺了蛋糕。」

尹室長把蛋糕紙盒放到桌子上。

「這是特別爲了A組訂購的。」

鄭記者解開了蛋糕的包裝。蛋糕中間用巧克力醬寫著194809、196011，這是刻在魯昌龍背上的數字。

「哇，眞有你的！」

裴中校露出白牙，笑容燦爛。尹室長是B組的組長，他是市民團體「人權聯盟」的政策室長。B組作爲A組的支援軍，參與了此次活動。在B組成員中，北極星的情報能力最爲突出，查明魯昌龍入境以及入境後日程的也是北極星。得益於他出色的情報能力，組員們很早就確知魯昌龍的移動路線，此外，北極星還掌握了調查組的進展情況。在下一個執刑計畫中，A組將作爲B組的支援軍參與。

「調查情況進展得怎麼樣？」許東植問道。

「好像連這個數字的意義都沒能解開。」

也就是說，調查進度還沒有掌握到輪廓。他們把魯昌龍送到另一個世界的名分刻在他後背上，就是爲了不要讓調查組在無謂的地方浪費力氣。還特地給了調查組暗示，如果對法律稍有知識，這是個很容易解決的問題。

「調查負責人決定了嗎？」

「從首爾地方檢察廳派來的宇慶俊檢察官。」

「這個人怎麼樣？」

安課長問道。

「名聲不太好。在初任檢察官時期，曾因威脅事件中間人而遭到懲戒。」

「是個貪心的人啊！」

「祝你們愉快！」

尹室長喝完杯子裡的酒後，離開了石牆獨院。

「還好國民的反應很不錯。」

鄭記者把蛋糕切好後放在盤子上。今天看到的留言中，獨特的稱謂吸引了大家的視線：這個時代眞正的愛國者、來自陰間的審判官……。其實他們並不是爲了聽到這樣的甜言蜜語而處決老親日派。就算大聲疾呼這些人該死也沒用，比起一百句的辱罵和抱怨，更需要的是一次的實踐。如果沒有人站出來執行，這些賤種就不會消失。

「崔教授的資料發揮了很大作用。」

作爲釣出崔柱浩的誘餌，這些資料充分發揮了作用。不僅是鄭記者，還給予裴中校相當大的幫助。「纏藤條」是在最近這樣炎熱天氣中使用的最佳拷問手法。

「聽說崔教授的妻子現在在美國？」

裴中校問道。

「嗯，和女兒一起在芝加哥。」

安課長不僅知道崔杜浩妻子的居住地，還知道他女兒學校的資料。這是爲了應對崔杜浩脫離軌道而採取的措施，雖然不想觸碰到那個程度，但爲了組員的安全，也是別無他法。

「現在他的心情應該是感覺晴天霹靂吧？」

裴中校自言自語道。許東植一口氣喝光葡萄酒，眼前似乎浮現出崔杜浩困惑的表情。自從他得知魯昌龍事件後，可能連覺都沒睡好吧？他會一一聯繫同學，大吵大鬧一番吧？此時此刻，他是不是也在爲了尋找自己而著急呢？但是這沒有什麼可擔心的，以後經過適當的時間，他也會作爲A組的一員站在這裡，與大家愉快地交談，並舉起酒杯祝賀。爲此，還需要更多的時間。

3

崔杜浩在社區巴士終點站旁邊停車後，一直沿著雙線車道往前走。許東植的家在禾谷洞社區巴士終點站附近，穿過馬路的轉角後，街道兩側有些單獨住宅並列。

在來這裡的路上，他下了很大的決心，決定給許東植辯解的機會。如果他聽到一些不中聽的理由，一定會毫不留情地加以駁斥；而如果不給出令他滿意的答覆，他就要威脅報警。

崔杜浩再次確認許東植的地址後，推開綠色的大門。以寬敞的院子爲中心，兩棟洋房建築相對而立。

「有人在嗎？」

他叫了兩次也沒有反應。左邊房子屋簷下的晾衣繩上有女人的內衣飄動，右側房屋則像空屋一樣散發著陰涼的寒氣。

「你找誰？」

這時從背後傳來帶著痰液的聲音。大門前，一位白髮老人愣愣地站著。

「我是來找許東植的。」

「你是說許導演？」

老人稱許東植爲許導演，崔杜浩對於許東植是電影界的導演還是工地的監工[7]沒有任何興趣，只表示自己和許東植是高中同學，並詢問他的近況。

「最近一直沒見到他，好像很久沒回來了。」

不可能。如果沒回家，要如何收取關於魯昌龍的資料？

「他沒有家人嗎？」

因爲許東植來訪時並沒有抱著任何特別的心思，所以連他的家庭關係都沒能詢問。別說是家庭關係，連他的職業是什麼都不知道。

「你好像還不知道吧？許導演的妻子過世了。」

「那，那是什麼時候發生的事？」

「應該有三年了吧？」

「……」

「好像是去拆遷戶的抗議現場，結果被倒下來的圍牆壓死了。」

老人咳了兩聲，聲音低沉下來。

「他倆是這個社區裡出了名的恩愛夫妻，許導演平時也非常疼愛妻子，發生這樣的事，他該有多傷心啊！」

雖然沒有問起他們的夫妻關係，但老人十分親切地加以說明。

「自從妻子死後，他每天都喝酒，一喝醉就大聲哭喊……。」

7　注：二者在韓語的發音相同。

「他們有孩子嗎？」

崔柱浩打斷老人的話，將話題轉向他的子女，現在並不是傾聽許東植痛苦過去的時候。

「沒有。他們很想生，卻好像不太順利。」

「他住的房子在哪裡？」

「那裡。」

老人指明右邊的房子後，便走進女人內衣飄盪著的對面屋子裡。眞是糟糕，許東植很久沒回家，他的妻子死了，也沒有孩子。別說他的消息了，根本沒有人和他有過交集。崔柱浩突然感覺自己一個人被遺留在巨大的泥灘上。他原本想走出大門，但卻停下了腳步。都已經到這裡來了，不能就這樣毫無所得地回去。

許東植的房子牢牢地鎖著，門邊有一扇小窗戶。崔柱浩心存一絲希望，打開窗戶往裡看。客廳兼廚房映入眼簾，可以看到餐桌上吃剩的杯麵，流理臺裡堆滿了餐具。他的雙眼在注視餐桌腳之間的那一刻，瞳孔突然放大。在半開著的房門前，他看到了一個熟悉的信封，上面印有大學校徽，那正是裝有魯昌龍資料的那個文件信封！

許東植曾經回過家。他快速地轉動腦筋，看看有沒有可以下手的地方。他突然想起一處，於是走出院子，翻找綠色大門旁的信箱。那裡面堆滿了各種繳費通知單等信件，他從其中單獨挑出寄給許東植的信件，最近寄來的是電影製作公司的明信片。

＊＊＊

電影製作公司「智異山」在忠武路地鐵站附近，辦公室牆上貼滿了電影海報，但沒有一部令人熟悉的電影，大部分都是紀錄片、獨立電影和低預算電影。僅看海報就能讓人知道這是什麼樣的電影公司。

「我也很久沒看到許導演了。」

女職員說許東植已經有兩個多月沒來辦公室了。

「打個電話給他吧！您不知道他的手機號碼嗎？」

「他的手機關機了。」

「他可能在構思作品吧，許導演在構思作品的時候都不會接電話。」

崔柱浩說有必須立即轉交的東西，問女職員有無方法。

「請等一下。」

女職員打完電話沒多久，一個戴著鴨舌帽的男人走了進來，詢問他和許東植是什麼關係，崔柱浩回答是高中同學。

「您是不是……專攻歷史的教授？」

「是的，但您怎麼……？」

戴著鴨舌帽的男人燦然而笑。

「許導演曾經說過有一位教授不久之後會來這裡。」

「您的意思是，他知道……我會來這裡？」

「是的，他猜想您會過來。」

就像被鬼魂打了一記耳光一樣昏昏沉沉的，他感覺自己就好像被許東植遙控了一樣。

「他說了什麼？」

「他說以後會得到同學很多幫助。」

我相信你會幫我的……，那煩人的聲音又爬進耳膜裡來了。

「他做的工作是什麼？」

「拍攝紀錄片。」

現在才瞭解許東植要做什麼，可能是在構思類似導正歷史一樣的紀錄片。折磨那些親日派人士是可以原諒的，但製作方式不對，即使再怎麼強調眞實性，這也太過怪異荒誕了。

「他製作的紀錄片……是有關於歷史方面的嗎？」

「歷史？和歷史這方面有些遙遠。」

戴著鴨舌帽的男人指著貼在牆上的電影海報。

「那個是許導演拍攝的作品。」

《沒有韓國夢》，這是一部講述非法滯留的外國勞工生活的紀錄片。莫非是自己猜錯了？那男人補充說許東植正把關注的焦點對準我們社會輕忽的現場。

「他有沒有可去的地方？聽說他不常回家。」

崔柱浩再次回到原點。

「他總是那樣，每當構思作品的時候都會像蒸發了一樣，沒有任何消息。」

「……」

「要不您去寺廟裡看看吧，他在構思作品的時候，經常會去那裡。」

「那個寺廟在哪？」

崔杜浩確認了寺廟的位置後，走出「智異山」。一陣熱風吹過臉頰，強烈的陽光照射下來，他突然覺得很難找到許東植。如果許東植下定決心逃跑，他根本無處可尋，但也不想就此放棄。如果還存在能夠找到許東植的地方，無論是哪裡，他都一定會去。正好開始放暑假了，下學期要提交的研究論文也已經在撰寫結論，以後隨時都可以抽出時間。想要尋找許東植，時間並不會成為障礙。既然已經跨出了第一步，他就打算走到底。

4

眼前發黑，眼眶發麻。宇慶俊把一粒營養劑塞進嘴裡，是對眼睛疲勞有益的維他命。

194809、196011……這究竟是什麼數字呢？難受得要死。不知怎麼有種被鬼把戲套住的感覺，明目張膽地公開屍體還不夠，竟然還在屍體上刻上暗號般的謎語。即便目不轉睛地觀察，也看不出什麼特別的東西。

他以魯昌龍為中心，針對在一九四八年九月和一九六〇年十一月發生的事件進行徹底的調查。這一時期是在解放後，大韓民國政府成立，並發生四一九革命的年度。但無論怎麼摸索，都沒有發生與魯昌龍有關的事件。這個時期的魯昌龍深怕別人找到他，躲藏得極為隱密。解放和四一九對他來說是雪上加霜的事件。不僅僅是魯昌龍，親日派分子一致性地閉門不出、畏手畏腳，直到反民特委[8]解體、五一六軍事政變發生後，才悄悄露出水面。

宇慶俊決定從這個數字中後退一步，如果找不出答案，就算長時間投以心力，也只是讓自己頭疼罷了。他決定先從魯昌龍入境後的行蹤當中尋找線索。魯昌龍入境的日期是二十二日，在廢屋被殺害的日期是二十六日，但二十二日至二十六日的行蹤尚未查明清楚。魯昌龍可能是因為擔心被襲擊，對自己的移動路線和人身安全沒有任何說明。在這四天裡，魯昌龍在哪裡？又做了什麼？

事件發生一週後，調查組傳來了好消息，他們找到了能夠查明魯昌龍入境原因的人，當晚受邀出席晚宴的人士的證言起到了決定性作用。

「在當天的晚宴上，魯昌龍曾提到過大型律師事務所的律師。」

邀請人士並不知道魯昌龍會見的律師是誰。但無論如何，這已經是很大的收穫了。調查組以大型律師事務所爲中心，迅速查看了魯昌龍去過的痕跡，僅半天時間就掌握了與魯昌龍見面的律師身分，名字是朱容一，前高等法院法官出身。宇慶俊親自來到他工作的律師事務所辦公室。

朱容一是位七十出頭的老紳士，梳著整齊的白髮，吸引了宇慶俊的視線。簡單說明訪問目的後，宇慶俊稍微刺激了老紳士一下。

「明明知道魯昌龍被殺害，爲什麼不主動告知？」

魯昌龍的死亡使全國一片譁然，這位老律師卻選擇袖手旁觀。他的處事方式不像法官出身，如果調查組沒有找到他，他就會永遠把這件事埋起來。

「對不起，看到委託人發生了不愉快的事情，心裡很不舒服。」

他坦白陳述因爲怕受到媒體的關注，心裡很有負擔。宇慶俊鄭重地拜託他說會保護其隱私，請他協助調查，老紳士的嘴才逐漸開啟。

8 注：反民族行為特別調查委員會的略稱。為執行一九四八年九月公布的反民族行為處罰法，韓國制憲國會於當年十月設置的特別委員會。後因政府不予以支持，未能獲得成果，於一九四九年八月廢止。

「很久以前，李完用[9]的曾孫曾說過要找回李完用名義的土地，您知道吧？」

宇慶俊點了點頭。二十世紀九〇年代中期，部分親日派的後代曾因「找回土地」而遭到強烈譴責。

「魯昌龍先生好像是爲了在死前尋找自己名下的土地而入境的。據我所知，江原道鐵原那邊有一部分的土地在他名下。他委託我，看能不能找回那塊地。」

宇慶俊問魯昌龍能否找回那塊土地。

「當然不容易。那片土地在魯昌龍逃到海外後長期擱置，現在被指定爲國有土地了。」

「魯昌龍是什麼時候來找您的？」

「二十二日，他一入境就來找我。」

「除了想找回土地以外，沒有其他的入境理由嗎？比如說個人需要解決的問題？」

「去看墓地也可以說是他入境的理由，入境後的第二天他就問我，知不知道風水極佳的葬地。」

難道是想葬在祖國的土地上？無論如何，魯昌龍算是如願以償了。雖然四肢被撕成條狀，但還是投入了他如此想要歸來的故國懷抱。

「上午進行了訴訟諮詢，下午和風水師一起去看了京畿道龍仁的墓地，然後……」

老紳士暫時中斷話語，拿出手帕。冷氣機雖然吹出涼風，但他的額頭上還是汗如雨下。

「這是我的感覺，但看魯昌龍的神情，他似乎是被人跟蹤了。」

「跟蹤？」

「是的，入境後的第一天還不太清楚，但從第二天開始，他就經常環顧四周。即使是來到我的辦公室，他也經常望著窗外。」

「有沒有懷疑的人？」

「光復會會員曾一度爲了殺死魯昌龍而前往日本……。」

宇慶俊已經知道老紳士要說什麼，他也將意圖報復親日派的勢力列爲第一個嫌疑對象，因此對當年前往日本試圖殺死魯昌龍的光復會會員進行了全面的調查，但是並沒有找到什麼特別的疑點，他們甚至連魯昌龍入境都不知道。

「請看一下這個，是被害人屍體的照片。」

宇慶俊從公文包裡拿出了魯昌龍的屍體照片。

「啊，怎麼會這樣……。」

老紳士的面容扭曲變形，這是首次向一般人公開的照片。

「您知道這個數字意味著什麼嗎？」

也許老紳士知道也不一定，於是宇慶俊輕輕地拋出這個問題。當然，他並沒有期待老紳士能解開這個數字的祕密。

「是不是指一九四八年九月和一九六〇年十一月發生的事件？」

就知道他會這麼說。爲了弄清楚這個數字的含義，他見過許多專家，第一句話都不約而同

9　注：朝鮮高宗時期的親日派（一八五八～一九二六年）。字景德，號一堂。一九一〇年，他代替首相成為韓國政府全權委員，代表簽訂韓日合併條約。後擔任朝鮮總督府中樞院顧問，背叛韓民族，並從日本政府得到伯爵稱號。

地如此推測。

「我們也重點調查了這一時期，但沒有發現什麼特別之處。」

老紳士盯著照片看，難道是找到了什麼線索？他眼底的皺紋在蠕動著。

「請稍等一下。」

他從座位上站起來，走向椅子後頭的書櫃，那裡面整齊地擺放著各種法律書籍。老紳士拿出厚厚的法律書，翻閱了半天。

宇慶俊在他翻閱法律書籍的期間，環視了辦公室內部。不愧是國內最好的律師事務所，辦公室裝潢也非常出色，目光所及之處似乎都在閃閃發光。記得去年卸任的檢察總長也在這間律師事務所紮根，不到一年，法律界就傳出他賺取了數十億韓元訴訟費的傳聞，拜前任官員禮遇所賜。

當然，不管是什麼事情，只有那些具有身分的人才能得到相應的待遇。如果是以一般普通檢察官的身分去職，別說前官禮遇，連檢察官的待遇都不會擁有。

「我好像知道那個數字的意義了。」

重新回到座位上，老紳士的眼睛閃閃發光，宇慶俊不覺嚥下唾沫。

「一九四八年九月是制定《反民族行爲處罰法》的時期。這個法律是爲了處罰積極協助日本帝國主義的人、親日叛國者等反民族行爲者而制定的。而一九六〇年十一月是制定《反民主行爲者公民權限制法》的時期。」

特別是這個法律以四一九事件發生前，適用公職者犯罪事實的法律爲依據，並附加了濫用職權和嫌疑人的殘酷行爲。

「那麼……。」

宇慶俊的話音剛落。

「當時的法律追溯是適用於魯昌龍的。比如說，根據大韓民國的法律執行刑罰。」

宇慶俊瞠目結舌，這些傢伙們眞想把這兩部法律當作殺人的名分嗎？尖細的針頭好像扎進了他的頭頂，讓他直發暈。竟敢觸碰大韓民國的法律，眞沒想到這一點。

走出律師事務所辦公室，他的一條腿直顫。阿拉伯數字的祕密被輕易解開了，本來只是將疑問毫無想法地丟給老紳士，卻出現了意外的結果。但是，即使解開了數字的祕密，他也不覺輕鬆，這似乎不是解開疑惑，反而是揹負了更大的負擔。

* * *

文檢察長的目光一直停留在窗外，他稍微瀏覽了一下簡略的調查報告，對於整個過程都充耳不聞，宇慶俊覺得自己沒有顏面見他。

事實上，這份簡略報告書完全沒有值得一提的內容。且不說嫌犯，連線索都沒有找到。

「看來是被困在死巷裡了。」

文檢察長從窗戶邊轉身。

「沒有被中央監控錄影系統照到，沒有目擊者，也沒有痕跡……。」

眞是天衣無縫。從魯昌龍的綁架現場到殺害現場，凶手們一次也沒有曝露過。模範計程車只是暫時出現在活動現場十字路口設置的中央監控錄影系統上，在那以後，無論是任何道路，都沒有顯示在畫面中，可能是在送往殺害現場時更換了車牌或使用了其他車輛。

「查明入境原因了嗎？」

「他想找回當初逃到海外時，在自己名下的土地。我個人認爲，他是爲了選擇葬在祖國的墓地而入境的。」

「數字呢？」

「這與制定《反民族行爲處罰法》和《反民主行爲者公民權限制法》的時期一致。」

宇慶俊雖然內心感到不快，但並沒有表露出來。報告書中不僅有記錄魯昌龍入境的理由，還寫上了刻在背後的數字意義。文檢察長緊閉著嘴，只是點了點頭，好像是在表示讓他再多說一些。

「罪犯們似乎想追溯適用該法律，作爲殺害魯昌龍的藉口。」

「殺人的藉口？」

「是的。」

「那是說他們是執行者嗎？」

「……」

「這些人眞惡劣。」

解讀了這個數字後，調查方向立即改變。如果把魯昌龍作爲執法對象，凶手很有可能是充滿瘋狂的對社會不滿的勢力，特別是有不信任法律或被法律嚴重傷害過的人參與其中。最棘手的調查對象就是這一類，沒有怨恨、沒有因緣，雖然目的和藉口都很明確，但看不到能夠支撐它的連接點。

「你要從縫隙中尋找，暴力事件不都是從瑣碎的小事當中找到頭緒的嗎？」

說得很對，瑣碎的事物對破案起著決定性的作用。但遺憾的是，此次事件並沒有這樣的東西。

這些傢伙沒有留下任何瑣碎的東西。

「鄭永坤議員是你大學學長吧？」

文檢察長突然提到鄭永坤。

「是的。」

「聽說他被納入這次光復節特別赦免名單中。」

「……」

「那麼努力把他抓進去有什麼用……。」

短暫的嘆息從文檢察長嘴裡傳出，宇慶俊的臉平白無故地紅了起來。在初任檢察官時期，鄭永坤是自己堅實的後盾，爲他既擋風又遮雨。當烈日照耀時，還會爲他營造出涼爽的樹蔭；陷入困境時，他也不只一次得到了鄭永坤的幫助。這在他卸下檢察官職位、進入政界後也是如此。

不管怎麼說，他是個了不起的人。正如他豪言壯語說自己今年夏天將會被釋放一樣，被列入假釋名單，看來「不死鳥」這個外號這次也未曾背叛他。

5

在四線車道上右轉後進入了沒有鋪上柏油的道路，此後很長一段時間，蜿蜒曲折的道路接連不斷，就這樣，車後揚起塵土地開了近半個小時。

戴著鴨舌帽的男子告訴崔柱浩的寺廟位於半山腰。他把車停在田間小路上，又走了二十多分鐘。山不高，但路很陡。可能是因爲心急，他沒有想到要休息。汗水浸透了襯衫，每當喘粗氣的時候，酸澀的汗味就會撲鼻而來。

你來抓我啊……。無論何時何地，許東植都像水蛭一樣緊緊跟在身邊。不管是研究室還是家裡，甚至是洗手間，他都呵呵笑著，跟在身旁，吐著舌頭。尖銳的鐵條爬進腦海，啃噬著腦細胞。除非把它拔出來，否則什麼都做不了。**你很快就會知道的……**。那時不太清楚，沒想到這一句話會如此可怕地降臨。

寺廟小而雅緻，沒有幾間建築物。崔柱浩走近法堂前的僧侶，詢問是否有叫許東植的人，年輕的和尚搖搖頭。崔柱浩接著說明許東植的長相，頭髮蓬亂、身高一般、身材偏瘦……，年輕的和尚這才明白地點了點頭。

「請到這邊來。」

年輕和尚引導他走向法堂後面的禪房，那裡密密實實地建有帶著簷廊的房間。左側盡頭的房間前，一名年輕人坐在簷廊上看著行政學書籍。乍一看，好像是在準備公務員考試。和尚和年輕人交談了幾句，便搖著頭走了過來。

「聽說他很久以前就已經離開寺廟了。」

和預想的一樣，他不認爲許東植還會留在這個寺廟裡，因爲沒有其他地方可以尋找，才抱著僥倖心理來到他曾經停留過的地方。就算只是聽說許東植來過這裡，他也不能錯過。崔柱浩向年輕人表明了自己的身分，並詢問許東植是什麼時候離開的。

「已經有兩個月左右了。」

「他在這裡做什麼？」

「好像是來寫東西，也好像是在剪報。總之，許導演好像在認眞準備著什麼。」

年輕人自然而然地說起關於許導演的事情。

「有人來寺廟裡找過他嗎？」

年輕人點了點頭。

「是什麼樣的人？」

「是一位看起來年紀很大的老紳士，我好像在電視上看過他，有點眼熟。」

「除了老紳士以外，還有誰來找過他？」

年輕人把手裡的書放在簷廊上。

「好像有三、四個人……，他們的體格都很強壯，看起來好像比許導演年齡大一些。」

年輕人依稀記住的人就有四個，如果是這些人，倒是非常適合綁架和殺害魯昌龍的數字。媒體也報導說殺害魯昌龍的犯人超過三人。這時，崔柱浩突然想起了鄭記者，他詢問訪客中有沒有女性。對此問題，年輕人回答說有。

「那個女人的長相怎麼樣？是不是長直髮，看起來三十歲出頭？」

「好像是那樣。」

「那個女人的職業……是不是記者？」

「這個我就不知道了。」

「感覺怎麼樣？」

「什麼感覺？」

「就是許導演和女人的關係。」

「沒有什麼特別的感覺，應該說是互相很熟悉的關係吧？那個女的好像稱呼許導演爲前輩。」

這時，一位繫著圍裙的中年女子走了過來，其間不時點著頭。

「您是來找許導演的嗎？」

她可能是正在醃漬泡菜，手上沾滿了辣椒粉。

「是的。」

「您和許導演是什麼關係？」

「我們是高中同學。」

「高中同學？您來得正好，請稍等一下。」

中年女子用自來水洗手後，走進法堂旁破舊的倉庫。緊接著，她腋下夾著黑色資料夾走了出來，那是可以剪貼A4紙張大小資料的文件夾。

「如果您見到許導演，請把這個轉交給他。」

「這是什麼?」

「這個嘛,上個月許導演又回來這裡,說是有什麼東西落在房間裡,特意來找。那時候不知道許導演要找的是什麼,所以我說房間裡什麼都沒有。但是許導演走了大概一個星期之後,我爲了想找東西點火,看了一下閣樓裡有沒有適合的東西,竟然發現裡面有這個資料夾。看來許導演想找的就是這個,如果您與許導演見到面,千萬不要忘記,一定要轉交給他。」

中年女子將資料夾交給崔柱浩後,很快就轉身離去。

「我也看過那個資料夾……。」

年輕人原本想進房間,卻暫時瞟了一眼資料夾。

「這是許導演一直放在身邊的資料夾,他說裡面有製作作品所必需的資料。」

崔柱浩立刻聽懂了話中的意思。這個資料夾對許東植來說非常重要,僅從許東植再次回到寺廟這一點來看就可以猜出。

崔柱浩坐在法堂後面的大理石臺階上,打開資料夾,一張一張地翻閱。塑膠夾層裡面放置著各種剪報:《游說的鬼才蹂躪法網》、《被不正之風玷污的黑色連結》、《伏魔殿的死角地帶》……,粗大的黑體字標題鋪陳在報紙的正中央,這是對知名政客、企業家、公職人員的報導。不僅是報紙,還蒐集了許多時事雜誌上刊登的長篇報導。從大型非法事件到硬幣大小的新聞,種類繁多。其中很多人都曾是自己寫專欄時的素材。

崔柱浩從資料夾裡的人物中歸納出兩個共同點。

第一,他們都是帶領這個國家的主要人士,政治、經濟、社會、文化等各階層中鼎鼎大名的人物。另一個則與他們的名聲不相稱,牽涉到各種醜陋貪腐和非法事件當中。但是他們的共同點，便是能夠巧妙地從法網逃脫或趁政權交替的機會，以嫌疑不充分處理。厚臉皮、泥鰍、鰻魚、海星……指稱這些人的各種外號也被新聞標題以附加說明處理。雖然有幾個人因輿論壓力而被拘留，後來卻都幸運地被保釋出獄，並在國家慶典時獲得特別赦免。資料夾就像垃圾堆一樣，味道太難聞，讓人透不過氣。

翻閱資料夾過半的時候，熟悉的三個字戳中了他的太陽穴，正是魯昌龍。這是兩年前，一位調查報導專門記者在訪問魯昌龍的京都住宅後撰寫的。文章裡寫了魯昌龍沒能在一個地方定居，數次搬家的躲避生活。令人更加驚訝的是在關於魯昌龍報導的最後部分。

《爲了最後一名親日派的辯解》。這是崔柱浩在三一節前夕接受一家報社委託後所撰寫的專欄文章。不久之前，在咖啡廳裡，許東植正確地記住這個專欄的題目。不僅如此，《國民作爲監視者的作用》……那個小傢伙拿來的專欄文章也被放在裡面。

涼風從山腳下吹來，可能是因爲過於集中在資料夾裡的內容，崔柱浩眼角有些痠痛，握著資料夾的手冒出汗來。

他闔上資料夾，閉緊雙眼。

許東植爲什麼要蒐集這些資料？無比巨大的疑團嘩啦啦地湧上腦際，他實在想不出適合的答案。這個資料夾中的報導是從三年前開始集中蒐集的。

提問稍微做了更改：許東植想把這些資料用在什麼地方？

從臺階上起身，突然一陣暈眩襲來。雖然有些模糊，但也有了一些猜測。在抖落每一個可能性之後，只剩下最後一個，那就是：這個資料夾根本就是殺生簿。

6

深夜中熱浪依舊。

從獨院窗外傳來昆蟲的鳴叫。許東植在圓桌旁鋪了一張簡易床，因爲天熱，床上只有單被。晚飯用杯麵應付了一下。

離開寺廟後，他在石牆獨院安排了個臨時住處，原本就是適合野戰的體質，因此一點也不會覺得不舒服。在拍攝紀錄片時，只要能避開露水，無論什麼地方他都能隨意找到睡覺的位置。

他好久沒回家了，自從去年春天離開家以後，就只爲了拿魯昌龍的資料而回去過一次。其實這裡比家裡更舒服，妻子不在的房子只是荒涼的沙漠，連一根草都長不出來，沒有一絲生機，客廳裡的花草也很快就枯萎了。獨自留在家裡的時間只是流放的時間，雜念加深，夢想萎縮。

當日的傷痛很難消除，爲了治癒傷口，他當時預計自己最長可能得花一年的時間復原，到了那個時候，自己應該會忘記所有的一切，重新站起來。但是至今過了三年卻還是一樣，不，傷口好像越來越深了。

妻子死後，一切都失去了，只剩下孤零零的軀殼。

懷揣夢想是奢侈的，但令他欣慰的是，他有了明確的目標。

許東植躺在簡易床上，翻找新製作的資料夾。該決定第二個執刑對象了。第一個扣子扣得很好。那天，開業的聚餐一直持續到深夜，愉快的談話絲毫沒有結束的跡象，嬉笑吵鬧，都不知道時間是怎麼過去的。

第二個執刑對象選誰好呢？這眞是幸福的苦惱。得送到另一個世界的垃圾名單非常多，但他還是愼重地挑了又挑，不能像抽籤一樣草率決定。尋找像魯昌龍一樣出眾的獵物並非易事。

首先要選擇四名左右的候選人名單，曾經進入首次執刑對象候選人的青瓦臺前民政首席，和軍隊將軍出身的連任國會議員再次進入其中。正想再加上兩人時，桌子上的手機發出震動聲響，是尹室長。

「剛才……我們拿到了光復節特赦名單。」

聲音很激動，不太像尹室長。他似乎是在傍晚時分和北極星見了面。尹室長曾提醒說，也許今晚就會有好的方案出現。

「希望第二次的執刑對象能夠從此次特赦名單中選擇。」

許東植問他們是哪些人。

「一共有九人。」

財閥總裁有兩名，政治人士有四名，高階公務員有三名。仔細查看了一下他們的情況，都充分具有被當作執刑對象的資格，就算隨便指定其中一人也毫不奇怪。

許東植欣然接受了尹室長的提議。正好，剛才還計畫要把經由特別赦免獲釋的人選爲執刑對象。應該讓大家看見，這個國家的法律執行是多麼地荒謬，但沒想到機會來得這麼快。

特別赦免者的共同點都是刑期過短，原本需要超過五年的刑期只執行了一年，被判處無期徒刑的重大罪犯服刑還不到三年，而且這些人大多數都沒有符合最低標準。思及此，許東植拿著手機給組員們發了簡訊。

「週末中午，將選拔第二次執刑對象。」

＊＊＊

這是個清爽的週末，天空萬里無雲。隨著中午的臨近，組員們一個個聚集到療癒的殿堂。安課長昨天可能喝多了，身上的酒味撲鼻而來；裴中校把頭髮剪短了，脫下軍服都已快三年，仍然散發著軍人的氣息；鄭記者化了淡妝，紅潤豐滿的嘴唇很有魅力。

中午十二點一過，立即召開第七次執刑會議。這是將魯昌龍送往另一個世界後，時隔許久再次召開的執刑會議。在第四次的會議上，全員通過選擇了魯昌龍。尹室長把特赦名單上九人的資料放在圓桌上，除了他們入獄的罪名外，還羅列了各種非法行為。這次主要執刑的是B組。

雖然只有短短三天的準備時間，但尹室長卻一目瞭然地整理出這九人的不法行為。

召開執刑會議一個小時後，金吉鍾和鄭永坤被選為第二次執刑候選人。他們早就是大家放在心裡的人，所有組員的想法完全一致，沒有人提出異議。

金吉鍾和鄭永坤在九人當中是最突出的垃圾。

金吉鍾是泰吳集團總裁，在業界是以不道德企業家而聞名的人物。每當舉行主要選舉時，他都會籌集數十億韓元的政治祕密資金，延續官商勾結的堅實紐帶。作為其代價，他享受著各種特別優惠，像章魚腳似地擴張事業版圖。旗下子公司泰吳產業在發生勞資糾紛時，他下令投入公司護衛隊，強硬鎭壓工會成員，導致兩名工會成員死亡，後來卻沒有任何人對此負責。而鄭永坤是檢察機關出身的三連任國會議員，市民團體稱他爲捏造和歪曲的達人。

休息片刻後，執刑會議再次召開。這次圍繞金吉鍾和鄭永坤展開了緊張的拉鋸戰，即便經過了兩個多小時，組員們仍然沒有達成一致的意見，這與一致性決定魯昌龍爲執刑對象時截然不同。這個時刻，只剩下一種方法，亦即舉手投票。許東植投了鄭永坤一票，他昨晚與尹室長祕密達成協議，決定將鄭永坤選爲第二次執刑對象。這是無可奈何的選擇，尹室長不希望執刑對象從預定的名單中脫離。最終，按照尹室長的意圖，鄭永坤被確定爲第二次的執刑對象，金吉鍾可算是運氣極佳。

「老天爺在幫助我們。」

安課長一邊走出療癒的殿堂一邊喃喃自語。

「和魯昌龍很像。」

裴中校接著說道。

「如果繼續被關在牢裡，至少能保住一條命。」

「這都怪他的八字啊。」

許東植微微一笑。鄭永坤說自己會從牢裡爬出來，那就沒有別的辦法，只能除之後快了。魯昌龍也是如此，如果沒有回到祖國，開業作品就不會選擇他當作對象。時機也非常好，隨著時間流逝，魯昌龍事件的熱度也在逐漸冷卻，需要重新點燃這種熱氣的火焰。

許東植進入石牆獨院坐下。從現在開始，A組將作爲B組的支援軍上場，預計短則半個月，長則一個月的時間。在這段期間當中，要把鄭永坤的個人資訊和行蹤全部傳達給B組。程序沒有變化。從去年冬天開始，各組開始逐步準備發揮各自的作用，根據當時的情況制定了各種劇本，只要找到合適的模式，立即將執刑對象放入其中即可。

忽然想起放在寺廟裡的資料夾。他蒐集了不少鄭永坤的資料，在那個資料夾裡，不只是重點蒐集這些垃圾的貪腐行爲，他們的興趣、特性、宗教、人際關係，連經常光顧的酒店等都仔仔細細地加以羅列。

那個資料夾到底放到哪裡去了？從寺廟出來後，過了很久，才知道資料夾不見了。他急急忙忙又回去寺廟尋找，但還是沒找到。

「他從監獄裡出來之後，就要馬上跟蹤嗎？」

安課長問道。

「是的。從鄭永坤出獄開始，就要準確掌握他的日程和動線。」

許東植要求安課長注意觀察鄭永坤的凌晨散步路徑，因爲鄭永坤在被拘留之前，凌晨都會前往瑞草洞牛眠山散步。

「請裴中校觀察一下他晚上以後的動向，清潭洞附近有鄭永坤經常去的咖啡廳和酒店。鄭記者則透過政治部記者確認鄭永坤的日程安排。」

再交代下去就會變成嘮叨了。即使不下達這樣的指示，他們心中也非常清楚。因爲長期與組員們配合，早已培養出極佳的默契。送往另一個世界的雖然只有一個魯昌龍，但其實在大家的心裡已經送出了百名以上人物。

「這次要怎麼送他最後一程？」裴中校問道。「嚴律師非常好奇。」

B組的嚴律師對於清除魯昌龍的過程有著高度評價，認爲是二十一世紀最高的刑罰執行方法。這其實是過分的稱讚，正如同魯昌龍一樣，對待鄭永坤也應該有合適的執刑方法。不僅僅是斬斷其性命，如果只是如此就太讓人失望了，他認爲應該掀起迴響、留下疑團。

許東植一直惦記著崔柱浩的論文。

7

「教授……。」

「……」

「教授！」

崔柱浩睜開眼睛，金助教呆呆地站在他面前。

「你叫我？」

「您爲什麼喝了那麼多酒？」

頭一陣一陣地刺痛，即使刷了牙，嘴裡還是散發出酒味。原本想只喝兩杯洋酒就睡覺的，結果喝完了一整瓶。

「最近有什麼煩惱嗎？」

「沒有。」

崔柱浩走到窗邊，打開窗戶。一陣熱風拂面而過，許東植渾濁的聲音突然在耳邊迴盪。

我一直都在密切關注你……。

從寺廟拿回來的資料夾裡貼著自己的專欄文章，這些都是東植從兩年前開始慢慢蒐集的。自從自己加入亞洲日報固定撰稿者陣容，開始撰寫專欄之後，許東植一篇也沒有漏掉。沒有比他更熱血的讀者了，不，這根本就已經是跟蹤狂的程度。

起初，他還認為許東植可能是在無意中被捲進此次事件，但仔細回想，那實在是天真的想法。如果按照這個資料夾的內容來判斷，他早就做好了周密的準備。不僅蒐集了那些垃圾的非法行為，還完整記錄他們的特點，可想而知，不會只殺害一個魯昌龍就宣告結束。在資料夾裡，有上百名垃圾正露出脖子，不停發抖。

「下一個專欄寫鄭永坤怎麼樣？」

金助教帶著不屑的表情指著電腦螢幕。

螢幕上出現從監獄出來的鄭永坤特寫照片。大家一整天都在議論光復節特赦的事情，網路上上傳的每篇報導下方都有很多留言，聲討光復節特赦對象，鄭永坤正是其中一位被集中攻擊的人物。

「他才進去多久就被放出來了，怎麼不讓人生氣？」

被熱血支持者們包圍的鄭永坤的臉孔就像凱旋將軍一樣，對著攝影機也毫無顧忌。

「還好宋基白教授讓人消氣。」

金助教關掉鄭永坤的照片，點出宋教授的專欄。宋教授可能是預料到鄭永坤會獲得假釋，將焦點置於他的赦免之上。專欄的題目是《盜賊的世界》。

還記得去年秋天，他光明正大地走進檢察廳的情景嗎？用國民雙手逮捕的這個國家的「大盜賊」，是國民的「俘虜」。誰敢在沒有得到國民允許的情況下，給這樣的俘虜免罪符？現在不能再被盜賊的把戲和欺騙所左右了，要以人民團結的力量，與盜賊進行爭戰。沉默的良心會變成毒藥，再次回到我們身上。

宋教授的專欄無論何時閱讀都能讓人感受到他的睿智和犀利，這與他走過的人生非常吻合。

宋教授是民主化的見證人，是這個時代的導師。無論是在維新政權[10]時期或者獨裁氣焰高漲的軍事政權時期，總是爲了這片土地的民主化竭盡全力。即便在應該安度餘生的高齡，他仍然穿梭於勞動、人權、社會弱勢群體的死角地帶。

「教授，您看一下這個，魯昌龍回國的原因終於查出來了！」

正在瀏覽入口網站主頁的金助教雙眼睜大。電腦螢幕畫面中出現了不亞於朝鮮王陵的華麗墳墓，這是魯昌龍入境後不久購買的墓地。照片下面的報導還揭示了魯昌龍入境的理由，說是爲了找回位於江原道鐵原那片在自己名下的土地而準備提起訴訟。這次鄭潤周記者也展現了出眾的實力。就在此時，桌上的電話響起。

「那個小鬼又來了。」

聽到這句話的同時，崔杜浩的身體立刻出現反應。

「跟他說我馬上就下去。」

這次不會輕易放過了，無論如何，都要讓孩子開口，查明讓孩子跑腿的人的眞實身分。仔細分析的話，一直延續至今的諸多疑惑也是從撰寫那篇專欄開始的。人文學院警衛室前，那個

10 注：一九七二年維新憲法生效後成立的維新體制下的政權。

孩子笑嘻嘻的。

「你好。」

孩子腰際插著資料信封。

「請你吃炒年糕好不好？」

崔柱浩低著頭和孩子對視。孩子被意外的好意嚇了一跳，一臉茫然。

「跟我來。」

他帶著孩子去小賣店點了兩人份的炒年糕。炒年糕一端上來，孩子就偷偷地看臉色。

「沒關係，放心吃吧。」

「眞的可以吃嗎？」

「當然。」

兩人份的炒年糕像秋風掃落葉一樣很快就消失了。孩子打了嗝，用惋惜的目光看著乾乾淨淨的盤子。

「還要不要再點一些？」

「不用了。」

崔柱浩又追加了一份，遞到孩子面前，孩子也是一口氣吃光。崔柱浩收拾了空碗，直視孩子的眼睛。

「我喜歡老實的孩子。你是誰？」

「我，我只是跑腿的。」

「我問你是誰？」

「我媽媽在學校正門前賣米腸。」

仔細一看，覺得孩子很眼熟。好像在正門前的攤位周圍看過這個孩子。

「可以了嗎？」

「嗯，你爲什麼又來找我？」

孩子像那天一樣又伸出了手。

「那個叔叔給你多少錢？」

「兩萬韓元。」

「我給你三萬。」

孩子的嘴一下子裂開了。

「但是你要老實回答我問的問題。」

「……」

「如果你實話實說，可能會給你更多。」

「你要問什麼？」

「來，先把錢收下。」

孩子將三萬元塞進口袋裡。

「要你轉交這個信封的人是誰？」

「他叫我不要說。」

「他個子高嗎？」

孩子點了點頭。

「體型呢？」

「……」

「瘦嗎？」

「不，有點胖。」

如果按照孩子說的，應該不是許東植。

「說說那個叔叔的特徵吧。」

孩子猶豫了一會，把頭伸到桌子前。

「好，我只告訴你一件事，他的下巴下面有個痣。」

「下巴下面有痣？」

「對，非常大。」

孩子遞過信封之後，轉身朝小賣店門口走去。

「等一下。」

崔柱浩叫住孩子後，從皮夾裡拿出一張一萬韓元的紙幣。

「再說一個吧。」

「嗯……，他戴著帽子，ＬＧ職業棒球隊帽子。」

「好了，如果你再見到那位叔叔，一定要轉告他。」

「轉告什麼？」

「我想見他一面。」

「知道了。」

孩子把一萬元搶走後，離開了小賣店。資料信封裡還是裝著自己的專欄文章。

兩天前，被稱為造假和歪曲達人的某政客被逮捕。他從很久以前就擁有許多犯罪嫌疑，但總像鰻魚一樣從法網逃脫。在經過一個市民團體的不懈追蹤之後，他最終還是戴上了手銬。

我們過於輕易原諒貪腐的政客，給予他們過分的寬容，對於這些無恥的非法政客而言，東山再起之路也未免太容易了。沒有受惠的政客反而成為少數族群。現在是與這種癌細胞斬斷緣分的時候了，為了不讓他們再次站在政治第一線，我們應成為徹底的監視者，因為如果給貪腐的政客免罪符，貪腐的惡性循環將持續下去。

今後我們將睜大眼睛關注，他究竟是不是會直到服刑期滿才獲得釋放，抑或再次重返政治第一線？我們將拭目以待。

《落入市民眼中的鰻魚》，這是去年秋天鄭永坤被逮捕時自己寫的評論。鄭永坤與當時寫在專欄結尾的期待不同，他竟然得到特赦，這個專欄也成爲了空話。各種雜念縈繞在崔柱浩腦海裡。現在不是受到匿名讀者的監視，而是感覺自己陷入某種陰謀之中。

崔柱浩悄悄地揉著這份刊登專欄的報紙。這個專欄就像是預示著不祥徵兆的咒語。

8

「眞是個神奇的記者啊。」

宇慶俊目不轉睛地盯著螢幕。幾天前在律師事務所見到的老紳士的證言被刊登在網路報導中。亞洲日報刊登了魯昌龍購買的墓地周邊的照片，再次掀起風波。

僅憑這些照片就足以引起國民的公憤。照片上的墓地就像一個小公園，進入墓地的路口也開滿各種鮮花。亞洲日報還準確地揭露魯昌龍入境的原因，此次報導的結尾也掛著鄭潤周的名字。

「她是從哪裡得到這樣的資訊的？」

一位刑警問道。

「叫組員們嚴格控制嘴巴了吧？」

宇慶俊沒有回答，而是如此反問道。

「當然。」

似乎沒有從調查組洩露出去，律師事務所的律師也是如此，當天宇慶俊和律師已經達成協議。律師決定對魯昌龍背上的阿拉伯數字進行保密，宇慶俊則決定對魯昌龍的訴訟案絕口不提。

鄭潤周後面是不是有舉報者？如果得到被壟斷的高級情報，背後肯定是有特別的舉報者。

是單純舉報者的機率極低，他們之間應該存在某種默契的交易，絕對不會毫無代價地提供這樣的情報。「想要獲得回報」是這個領域的悠久傳統，這從他們公開魯昌龍的屍體開始就能夠斟酌出來。鄭記者以獲得獨家新聞爲代價，向世界傳達了犯人不單純的意圖。也許匿名舉報者就是此次事件的共犯。

「好像有點越線了……要不要調查一下鄭記者？」

「現在還不到時候，再觀察一段時間吧。」

就算要調查，也得考慮對象和時機。而即使對鄭記者進行調查，她是否會乖乖地吐露舉報者的眞實身分還是個疑問。

記者們個個都是老油條，標榜什麼正論直筆，其實再也沒有比他們更噁心的人了，有時甚至不惜站在檢察官的頭上揮舞大刀。

大約在三年前，一家報社曾徹底揭露過檢察總長的隱私，檢察總長的個人私生活被大張旗鼓地刊登在報紙上。因那次事件，檢察總長遭到輿論的圍攻，最終卸下職責。媒體一次就把檢察機關的最高首腦拉了下來。

對於檢方來說，這是個恥辱的瞬間。坊間有傳聞稱，青瓦臺爲了拉下檢察總長而利用了媒體，但無法獲得證明。因此，最好與媒體保持適當距離的密切關係。如果急躁動刀，說不定那把刀會反過來變成自己的致命傷。

「宇檢察官，您的電話。」

宇慶俊把頭轉向發出聲音的方向。

「是誰？」

「是鄭永坤議員。」

越過韓屋的門檻，大廳院子裡傳來伽倻琴的聲音。屋簷下的燈籠正好亮了起來，穿著漂亮韓服的小姐們勤快地穿梭於房間和廚房之間。宇慶俊穿過院子，走向獨院。鄭永坤靠在獨院暖炕房的牆壁上，望著窗外。

「您受苦了，前輩。」

宇慶俊邁著輕快的步伐走近鄭永坤，恭敬地低下了頭。

「來了？」

「很抱歉沒能去看您。」

他想親自到鄭永坤的家問候他，但是礙於魯昌龍事件，很難抽出時間。所以他在鄭永坤出獄當日送去了花盆，花盆緞帶上還寫有「歲寒松柏」字樣。在寒冷的季節裡，松樹和柏樹的葉子也不會凋謝，是指在任何逆境中也會不屈不撓的人。

「您看起來氣色很好。」

難道是在監獄裡吃飽喝足了嗎？比起拘留前，他的臉色看起來更好，過去沒有的油光也直冒出來。

「最近過得怎麼樣？」鄭永坤把酒杯倒滿後問道。

「聽說你正負責一個大案件。」

「這讓我非常頭疼。」

「從監獄裡出來一看，全是關於魯昌龍的話題。」

宇慶俊偷偷地看了一下鄭永坤的臉，出獄才五天，是因爲什麼事要見自己呢？現在應該是好好待在家裡補身體的時候。

「有……什麼事嗎？」

宇慶俊婉轉地問道。鄭永坤將十指交叉的手伸向前，依次拗了每一根手指。宇慶俊很清楚那個動作意味著什麼，這是他想要傳達重要的話時會出現的身體反應。

「請告訴我，無論什麼事情我都會幫您的。」

宇慶俊迅速配合鄭永坤的意圖。

「不是有那個什麼市民行動本部嗎？」

市民行動本部是將鄭永坤送往監獄的市民團體。去年秋天，市民行動本部掌握了他無法逃避的物證，最終將他判刑。

「我想修理他們。」

「……」

「我在監獄裡一直想著這件事。按照我得到的，不，應該要加倍還給他們。」

「有什麼想做的，請告訴我。」

「哪裡有撣不出灰塵的地方呢？」

也就是說，要挖掘市民行動本部的弱點，修理他們。

「那裡有個叫姜室長的傢伙，搞死他，這傢伙連畜牲都不如。」

「明白，這件事就交給我吧。」

人的個性是不會輕易改變的，無論罪行的輕重和大小，單憑監獄矯正根本不可能改變什麼。每個囚犯心裡都有著拳頭大小的凝塊，像勳章一樣佩戴著。在開始新生活之前，必須經過的程序之一就是消除這個凝塊。無論是報復還是懲戒，只有消除這些東西，才能清爽地重新開始。這並不是只經歷過一次、兩次的事情。此前，雖然自己曾將等於師團兵力的罪犯送到監獄裡，但從未見過眞心悔悟和反省的人。

「眞是的，實在讓人煩心。」

鄭永坤突然抓住自己的後頸從座位上站了起來。他蹣跚走到窗邊，粗暴地打開窗戶，然後探頭向窗外左右張望。

「您怎麼了？」

「好像有人在跟蹤我。」

鄭永坤搖著頭又回到座位上坐下。

「白天在蠶室散步時，也一路跟著我……」

宇慶俊陡然站起，比鄭永坤更用力地打開窗戶。窗外的街道上沒有人，只有屋簷下的黑貓在輕輕地注視著他。

「難道是我的神經變得太敏感了？」

鄭永坤不好意思地噗哧笑了出來。宇慶俊很想糾正他這句話：不是神經敏感，而是疑心太重。

「今後有什麼計畫？」

宇慶俊轉移了話題。鄭永坤把酒喝完，將自己泛著油光的臉湊近桌前。

「我想休息到今年冬天，但周圍的人不讓我休息。」

宇慶俊一邊把酒喝光，一邊研究他的企圖。他可能已經擬好了出獄後要做什麼的腹案。魚離開了水是不能生存的，他遲早會華麗地回歸政界，再次站在權力的頂峰。在他出獄時，去監獄迎接的多名政客就證明了這一點。

「下次國會議員補選是什麼時候？」

9

安課長把車窗玻璃升起之後看了看錶，現在時間是晚上七點三十分，到達這裡的時間是六點左右，已經過了一個半小時。安課長的後輩將雙手插在口袋裡，在韓定食餐廳的大路邊閒逛。有著八角屋頂的韓定食餐廳前方道路上，高級進口車進進出出。

「看來今天的特別菜單是烤鰻魚。」

安課長的後輩坐上駕駛座，嘴裡嘟嘟囔囔。魯昌龍從晚宴會場出來時，就是他親自開的模範計程車。他是安課長帶來的四人中，最值得信任的後輩。光是招攬他們就花費了半年時間。比起乾淨俐落的辦事方式，他更看重口風是否嚴實。

如果無端洩露機密，就會在牢裡被關到死，保密也像信任和義氣一樣重要。

「鰻魚還不到出貨的時節……。」

昨天晚上，鄭永坤去了狎鷗亭洞的鹿茸店。三天前為了吃狗肉還去了坡州。鰻魚、狗肉、鮑魚、鹿茸……他去的都是補充精氣的地方。因為被關在牢裡一段時間，才想補充精氣。這似乎需要相當長的時間，但是這種貪食的樂趣也不會持續太久。

跟蹤鄭永坤已經一週。他獲釋後，安課長沒有一天不是跟在他後面跑的。分配的時間是從鄭永坤出門到晚上八點，也就是說，自己一天有一半時間都是和他一起度過。但是這比裴中校從凌晨就跟著鄭永坤的屁股後面跑要來得好。安課長從懷裡拿出手冊，記錄起鄭永坤晚上的行程。

八月二十二日十八點五分，在韓定食餐廳梅花亭（瑞草洞）與張奎民（前特殊部檢察官）共進晚餐，菜單是烤鰻魚。

上面密密麻麻地寫著鄭永坤從出門到晚飯前的一舉一動。

八月二十二日十一點二十五分離開家。十一點四十五分，在蠶室棒球場附近身穿簡便的運動服散步。十二點二十分回到家後，乘坐私家車外出。十二點四十分，在中餐廳萬里莊（驛三洞）與李重勳（現任律師）用午餐。十四點十分離開萬里莊，乘坐私家車移動。十四點二十五分抵達高爾夫練習場Win hall（瑞草洞）。十六點十五分，離開高爾夫練習場，乘車出發。十六點三十分抵達健身俱樂部巨人（瑞草洞）。十七點四十五分離開健身俱樂部。

沒有任何遺漏，他無論到哪裡，都逃不出如來佛的手掌心。

跟蹤並不是一件難事。在情報課工作時，便曾進行過無數次的跟監。無論是在野黨代表還是大學教授，他都曾經跟監過。只要命令下達，就會不分晝夜地跟蹤對方。

一週期間觀察的結果，鄭永坤的日程大致如下：

中午時分，從蠶室的家中出發，在棒球場附近散步，與蠶室相連的漢江畔是主要散步道路。根據瞭解，鄭永坤原本習慣在凌晨登瑞草洞牛眠山，因此許導演也囑咐要特別關注他凌晨的散步路線。但別說凌晨了，他連早晨也沒有露面。也許是進監獄後失去了生理節奏。散步結束後，他會在家門口的健身俱樂部運動兩個小時，然後去三溫暖。下午在離他家一公里遠的高爾夫練習場打發時間，這其中有兩天是獨自前往，其餘則是和前任國會議員一起度過。晚上和朋友一起吃飯，大部分是法律界的後輩。這段期間沒有錯過任何他去過的地方，即便在車裡吃著御飯糰也會跟著他的路線移動。

「看來還是有點實力。」

安課長的後輩打了個長長的哈欠，一個勁地嘟嘟囔囔。不是有點，鄭永坤依然是活著的權力，一年多的服刑期沒有成為任何障礙。鄭永坤被釋放後，有不少檢察機關的後輩和政客到他家拜訪。裴中校透露說，昨天青瓦臺民政祕書官也在深夜來到他家。

「聽說他正在準備下次的國會議員補選。」

就算不是補選，而是準備總統選舉那又有何用？鄭永坤的壽命已經是風前的蠟燭，每過一天都只不過是延長生命而已。他的命運掌握在B組組員手中，短則五天，長則十日之內便能做出決定。從上週開始，B組成員們就對於鄭永坤的執刑方法進行長考。他們似乎正在尋找比魯昌龍更爽快的執刑方法，但肯定不容易。

韓定食餐廳前面的路邊有輛車閃了兩次遠光燈，這是裴中校的車到達的信號，比約定時間早了十分鐘。昨天，裴中校遲到了三十分鐘，令他非常焦急。安課長的車在韓定食餐廳前掉頭後，開往主要道路。今天的任務到此為止。

＊＊＊

裴中校將身體深深埋進副駕駛座，打開收音機時，正好八點新聞開始播放。魯昌龍的消息已不如之前火熱，從頭條新聞中退出了一段時間，直到新聞中段才予以播出。新聞報導中的留言也有所減少。

「今天會去哪裡呢？」

坐在駕駛座上的裴中校手下問道。吃完晚飯後，鄭永坤的下一個目的地共有三處：清潭洞酒店、他常去的咖啡廳和自己的家。一週當中，鄭永坤去了兩次酒店，三次咖啡廳，其餘兩天則直接回家了。

往事突然浮上心頭。兩年前，他也曾在車內潛伏，跟蹤過業務對象。當時是和出軌的有夫之婦和有婦之夫打交道。被軍隊強制退伍後，他曾暫時在軍隊前輩經營的徵信社工作，爲了維持生計，這也是無可奈何的事情。他的主要業務是拍攝通姦現場，雖然三個月以後就辭職，但總忘不了那時的慘淡。

「他們出來了。」

鄭永坤和上了年紀的男人一起出現在韓定食餐廳的正門前，九點十五分，鄭永坤可能是喝了不少酒，臉上紅紅的。他拿著手機通完話後，和老男人一起坐在後座。過了五分鐘左右，四十多歲的男子出現，從坐在後座的鄭永坤手中接過車鑰匙，是代駕司機。

鄭永坤的車從山坡上往下行後駛向主要道路。路上的車輛相當多，裴中校的手下似乎很瞭解鄭永坤的目的地，從容地轉動方向盤。

車子在路邊的一家服裝店轉彎，朝內部駛去。

往左走是酒店，往右走就是咖啡廳。過了一會，左側的方向燈亮了起來，車子停下的地方是會員制酒店「維納斯」，裴中校拿出了手冊。

八月二十二日二十一點十五分從梅花亭出來，叫代理司機，使用自己的車移動。二十一點四十八分抵達維納斯酒店（清潭洞）。

打開冷氣，把靠背往後調。鄭永坤會在凌晨一點左右踉蹌地爬出來，然後又會叫代駕司機回家。只有用雙眼確認鄭永坤回到家，當天的任務才算結束。活到現在，裴中校從來沒有這樣專注在一個人身上。這與在徵信社跟蹤有外遇的有夫之婦時截然不同，就像成爲鄭永坤的分身一樣，每天晚上都在他的射程範圍周邊徘徊，在他身後跟蹤。

他一邊檢查鄭永坤的足跡，一邊物色合適的場所。爲了讓B組安全地把他帶回來，事前打好基礎也是自己的責任。裴中校認爲維納斯酒店是相當不錯的候選地點。

* * *

今天，對於鄭永坤的調查日程全部結束。

許東植內心很滿足，安課長和裴中校製作的鄭永坤報告書近乎完美，這比B組製作的魯昌龍報告書要好很多。該資料詳細記錄了鄭永坤的行蹤及其周邊情況。設置在鄭永坤住宅周圍的監視器鏡頭位置、散步路線和車牌號碼、高爾夫球練習場和三溫暖的位置、掛在酒店和咖啡廳周圍的監視器鏡頭、酒店和咖啡廳周邊的縮略圖等，完美記錄了鄭永坤的移動路線。

在此次勘查中，許東植最關注的地方是維納斯酒店和威尼斯咖啡廳。鄭永坤在兩週內先後五次訪問維納斯，凌晨一點左右的維納斯前人跡罕至，幾乎沒有路人經過。威尼斯咖啡廳也是賦予與維納斯酒店同樣高分的地方。許東植收拾好資料，走向原木獨院。

「快進來！」

尹室長高興地迎接許東植。B組成員們坐在圓桌前，在白板上認眞地檢查著什麼。律師嚴基石、法醫梁世宗、監查院出身的李基浩……沒看到北極星。難道是因爲執刑日期臨近了嗎？原木獨院因他們散發出的熱氣而沸騰。

「這是鄭永坤報告書，敬請參考。」

嚴基石快速地瀏覽了資料，在鄭永坤被釋放後的第五天，他的行蹤引起嚴律師的關注。

「宇慶俊也出現了。」

「他不是鄭永坤的大學後輩嗎？」李基浩問道。

「對，鄭永坤還在檢察機關的時候，兩人非常合得來。」

嚴基石是特殊部檢察官出身的律師，他與裵中校也有很深的淵源。裵中校因A專案事件被移送審判時，他主動擔任了裵中校的辯護律師。

「整理得非常好，辛苦你了。」

嚴基石笑得很開心。

「我覺得，利用代駕司機這個方法應該是不錯的選擇。」

報告書詳細記錄了鄭永坤代駕司機的到達時間。

「許導演怎麼看?」

許東植對嚴基石的提議只是簡單地笑了笑，他不想過多介入，今後發生的執刑過程或決定事項都由B組負責。他們執刑魯昌龍時，B組也只提供動線，其餘的一律不插手。但是，對於鄭永坤最後踏上的不歸路，他其實也想留下自己的痕跡。

「請出來一下。」

許東植把尹室長叫到獨院外面。

「執刑方法定下來了嗎?」

「還沒呢，雖然提出了很多方案，但沒有令人滿意的。你有沒有更好的方案?」

「你先看一下這個。」

許東植交給尹室長那篇摘自崔杜浩的研究論文。爲了讓其便於閱讀長篇文章，已進行了簡短的概括整理。論文裡使用說明並附加圖片描述了朝鮮時代的各種刑罰。

朝鮮時代固有的刑罰分為死刑、流刑、肉刑、杖刑、財產刑、連坐刑、拷問刑等。死刑包括公開屍體斷肢的車裂和棄屍、強制服用毒藥的賜死、放入鍋中煮沸的烹刑等。流刑是送往流放地；肉刑也稱為斷筋刑，為了治理盜竊犯，將腳踝的肌腱切斷一寸五分；杖刑稱為棍杖刑，根據罪的輕重決定挨打的次數；禁錮刑是連坐刑的一部分，處罰那些行賄或貪污官方物資的人；不再聘用為官吏的永不敘用、將士族降為平民的廢為庶人屬於這一範疇，也算是名譽刑。但是，當官吏貪腐的程度極為嚴重或極其惡劣時，將不僅限於此，還用以下肉刑進行處治，作為刑罰的基礎。

- 笞背刑：集中擊打罪人的背部。
- 亂杖：不分身體任何部位進行擊打。
- 朱杖撞問：用朱紅色棍棒擊打數人。
- 剪刀周牢：捆綁兩腳踝和膝蓋，在脛骨之間穿插兩根長棍，像張開剪刀一樣左右撕裂的拷問方法。
- 壓膝：讓罪犯跪在鋪上瓷器碎片或碎石的地板上，在上面放置重物壓在身上的酷刑。
- 炮烙：用燒紅的鐵施以烙刑或將罪人的身體放進火裡燒烤的刑罰。

朝鮮的歷代君王重視三綱，對違反者一律處以重刑。為了確立朝廷的綱紀，特別是對貪腐的官員，刑罰的強度比普通百姓高出很多。在英、正祖時代，會在官衙前展示刑罰工具，以警告貪官污吏。

「眞是非常適合鄭永坤這種人的刑罰啊。」

尹室長露出了滿意的表情。

「不能太輕易地送他上路。」

「我的想法也是一樣。」

想起朝鮮時代的刑罰並不是偶然的，這是看完崔柱浩十二篇論文後得出的結果。最重要的是，在鄭永坤的命脈被切斷之前，希望讓他眞正地付出罪惡的代價。如果照此執刑，鄭永坤將嚐到比魯昌龍更大的痛苦，他會再次認知到活著是多麼痛苦的一件事情。朝鮮時代的刑罰與日本帝國主義強佔時期的拷問是無法相提並論的。

10

應該從哪裡開始說起呢？鬱悶而茫然，想說的話攀升到喉結，卻一直說不出來。崔柱浩一個勁地把酒往嘴裡倒。可能是因爲空腹喝酒，脖子上的筋膜明顯浮現。

「大白天的喝什麼酒？」

韓次長爲了吃起來方便，把蔥餅分成四等份。小傢伙拿來的第二篇專欄文章……如果只發生一次，還可以把它當作是熱血讀者的關心和鼓勵，但是同樣的事情反覆發生的話，就不得不令人懷疑其意圖。現在周遭的情況並不允許他就這樣草率帶過，許東植杳無音信，只有疑惑堆積如山。

「有話快說。」

韓次長在蔥餅前放了調料醬。眞想向韓次長完全傾訴一切，一個人承受起來太吃力了。如果神智清醒，就怎麼也說不出口，所以崔柱浩從大白天開始就喝起酒。

「鄭潤周記者，她怎麼知道魯昌龍買了墓地？」

首先必須從鄭記者的話題開始出發。

「把我叫出來就是因爲這個事情嗎？」

「是不是有舉報者？」

「你到現在還不知道記者的生態啊？不管是舉報者還是採訪員，保護這些人正是記者的義務。」

崔柱浩不可能不知道這一點，但問題是偏偏那個舉報者是和自己有關的人。韓次長拿出手機，快速搜索了什麼東西。

「你看一下，這是鄭記者在政治部時寫的報導。」

> 根據調查，大信集團祕密資金事件的幕後黑手是青瓦臺政務首席出身的安鍾鎮議員。引起社會熱議的該事件曾因證據不足面臨被埋沒的危機，因為相關人士鼓起勇氣加以舉報，使大信集團祕密資金帳簿重新浮出水面。對此，檢察機關表示，將傳喚安議員，重新申請拘捕令。另一方面，市民團體指責此次事件是典型的斬尾調查，並敦促檢方查明除安議員以外的真正背後主導政客。

大信集團祕密資金事件在政界引起了軒然大波，不論執政黨還是在野黨都有所關聯。該事件雖然牽涉到很多政治人物，但只有安鍾鎮議員被拘留，該事件才宣告終結。這是鄭記者接到匿名舉報後，經過三個月的密集採訪後撰寫的獨家報導。

「這個事件也是經由一位市民的舉報才公諸於世。鄭記者因爲這個報導一度被捲入訴訟，當時出現在版面上的政治人士以鄭記者毫無根據撰寫報導而控告她。」

「……」

「雖然出版社社長出面勉強平息了此事，但鄭記者甚至爲此事件寫下辭呈，她對記者這個職業應該是感到厭煩了吧。」

「應該很失望吧。」

如果想在這個領域打滾，任誰都會經歷一次類似事件。但也有一些記者運氣不好，因而進了監獄。

「魯昌龍事件也與這個事件沒有太大不同。」

「你是說舉報者發揮了很大的作用嗎？」

「對，鄭記者查明魯昌龍的行蹤也是因爲有匿名舉報者才有這個可能。」

「沒辦法打聽那個舉報者是誰嗎？」

「你知道那個要幹什麼？」

韓次長喝著喝著停了下來，眨了眨眼睛。

「我以前寫過關於魯昌龍的專欄文章，記得嗎？」

「當然，你不是說一定要把他抓起來問罪嗎？」

「但是魯昌龍眞的一入境就被殺害了，而且是用非常殘酷的拷問手法。」

「你是在說這不只是別人的事情嗎？」

「也有這個原因。總之，我非常在意那個舉報者。」

「到此爲止吧，現在重要的不是舉報者。」

崔柱浩的心裡非常焦慮，腦海裡一直喊著快說出來吧，但卻只說了一些莫名其妙的話。

就在此時，韓次長的手機響起。

「誰？什麼時候發生的？啊，知道了，我馬上過去。」

韓次長喝完剩下的半杯酒後，從座位上站了起來。

「我得先走了。」

「發生什麼事？」

「發生大事了，聽說剛才發現了鄭永坤的屍體。」

「誰？你說誰？」

「光復節特赦出獄的鄭永坤啊！」

瞬間，崔柱浩腦子裡一片空白。從敞開的門縫裡吹來的風不再拂動，酒吧廚房傳來的切菜聲也突然中斷。

一切似乎都停止了。

韓次長走了，崔柱浩獨自留在酒吧，連著喝了兩杯。不知是誰把燒酒換成了礦泉水，酒變得無味。熾熱的陽光從酒吧的窗戶縫隙照射進來，映照在他後頸的感覺不像是陽光，而是瀑布。小傢伙拿來的第二篇專欄文章……，難道當時感受到的不祥徵兆就是這個嗎？雖然已經預想到，但沒想到這麼快就來臨了。

崔柱浩一進研究室就打開電腦上網查看。入口網站首頁上滿是有關鄭永坤的新聞快報。

二日上午七點左右，前議員鄭永坤（五十六歲）的屍體在京畿道加平郡升安里一野山中被發現。警方表示「屍體被發現時，鄭議員的身體嚴重毀損」，「案發現場周圍還殘留著朝鮮時代使用的刑罰工具」。據悉，當天死亡的鄭議員於八月十五日因光復節特別赦免被釋放，為了重返政界，直到最近還持續與政界人士見面。

可能是因爲已經經歷過一次晴天霹靂，崔柱浩沒有受到太大的衝擊。與魯昌龍被殺時不同，他迅速恢復了冷靜。

今後還會發生類似魯昌龍的殺人事件。在寺廟後方的臺階上，他闔上許東植的資料夾之後，突然產生了這樣的想法：資料夾裡的垃圾太多，光是一個魯昌龍似乎不夠。如果要選擇下一個殺害對象的話，會不會是鄭永坤呢？小傢伙拿來第二篇專欄文章時，他想到了具體人物。光復節特赦名單中，鄭永坤最爲突出，也受到媒體的集中關注。這兩個預想都成眞了，眞是令人吃驚。

隨著時間的流逝，即時新聞充斥著入口網站的主頁。

在爭先恐後上傳的新聞快報中，亞洲日報最爲突出。其他新聞媒體只不過是隔一段時間後抄襲了亞洲日報的報導而已，最先查明鄭永坤死亡原因的也是亞洲日報。

前議員鄭永坤的死亡原因與今年七月二十六日死亡的魯昌龍非常相似。對於魯氏，犯人使用了日本帝國主義強佔時期的拷問方法，而對於鄭前議員則使用了朝鮮時代的刑罰。在案發現場發現的木板、鐵棍、木鉗等都是朝鮮時代使用的刑具。特別是從鄭前議員的屍體嚴重受損的情況來看，可以判斷鄭前議員受到了長時間的刑罰。對鄭前議員直接施加的刑罰可能是擊打背部五臟六腑的笞背刑、讓罪人跪在鋪著碎石的地板上，在身上放置重物的壓膝、以及用燒焦的鐵進行烙刑的炮烙等。

笞背刑、壓膝、炮烙……，熟悉的詞語刺痛了崔柱浩的雙眼。

鄭永坤是被朝鮮時代的刑罰殺害的，他的直接死因也和魯昌龍一樣特異而殘酷。

崔柱浩拿出了從寺廟帶回來的資料夾，這個資料夾裡也按時期剪貼了鄭永坤被拘留之前的貪腐行爲。不僅如此，資料夾的最後還有自己的專欄文章和摘錄自研究論文的資料。該論文是三年前發表的《朝鮮時代刑罰制度研究》。

《日本帝國主義強佔時期拷問殘酷史》和《朝鮮時代刑罰制度研究》……。不只一次，而是同樣的事情重覆了兩次，僅僅是稍微改變了順序。這次也與魯昌龍事件相似，剛開始是在自己找到的資料中摘取文字，第二次則乾脆直接引用了自己的研究論文。如果是這種程度的話，已經沒有什麼可推測的了，凶手無論如何都想把自己牽連進這次事件中。

崔柱浩在出版社入口前緩了一口氣，他在亞洲日報一樓大廳確認了鄭記者在座位後，立即上樓來到出版社。等不及她出來大廳了，他決定一定要趁此機會把所有事情搞清楚。

鄭記者正與社會部負責人面對面小聲交談。

說話的一方主要是鄭記者，負責人只是靜靜地聽著。隨後，鄭記者回到座位上，收拾好提包，離開了出版社。

崔柱浩走近站在電梯前的她。

「是鄭潤周記者吧？」

「是，請問您是？」

簡單表明身分後，也說明自己的專欄文章正在亞洲日報連載。

「啊，原來是崔柱浩教授啊，你好。」

鄭記者點頭致意。她長長的直髮散發出熟悉的味道，應該是和妻子喜歡用的洗髮精一樣的氣味。崔柱浩鄭重地拜託她抽出點時間，便把她帶到緊急出口的樓梯前。從進入出版社開始，他就提前看好了那個地方。

「初次見面雖然有些失禮，但是關於鄭記者寫的報導，我有問題想問，所以來找您了。」

「是什麼報導？」

「是魯昌龍事件的解說報導，高等係刑警們使用的『纏藤條』的拷問手法……」

「那個報導有什麼問題嗎？」

崔柱浩的話還沒說完，她立即冷冷反問。崔柱浩問她寫那篇報導時有沒有舉報人。

「請您實話實說，那篇解說報導和我不久前找到的資料一模一樣，每一個字都相同。」

鄭記者似乎聽不懂他說的話，表情相當曖昧而模糊。

需要更詳細地加以說明才行。

「在我看來，把拷問資料交給鄭記者的和我認識的人是同一個人。」

「我不知道你在說什麼，我不知道那個舉報者是誰。」

「拷問資料是從舉報者那裡拿到的吧？」

「我覺得我不需要向教授說明這一點。」

不出所料，鄭記者並沒有乖乖承認，話語的結尾十分冷淡。

「今天發生的鄭永坤事件也是如此。」

「……」

「導致鄭永坤死亡的朝鮮時代刑罰是……這和我寫的論文是一致的。」

「爲什麼您認爲只有您知道朝鮮時代的刑罰呢？那不是只要花點時間，任誰都能找到的資料嗎？」

鄭記者瞥了一眼手錶，轉身就走。

「妳認識許東植吧？」

崔柱浩跟在走向電梯的她後面。

「請告訴我。」

她的嘴角微微地張開，表情似乎在表達這眞是個不像話問題。

「您到底想知道什麼？」

「我現在正在尋找許東植的下落。」

「我怎麼知道那個人是誰。」

「妳不可能不知道，因爲許東植把那個資料交給了妳，妳應該是看了許東植提供的資料後才寫的報導。」

「您搞錯了。」

「許東植現在在哪裡？」

「……」

「對我來說，這是非常重要的問題。請告訴我實話。」

閃動的樓層指示燈停止，電梯門開啟。

「妳也去過許東植曾經住過的寺廟吧？妳和許東植是什麼關係？」

鄭記者裝作沒聽見，走進了電梯。

「下次再說吧，今天好像不是時候。」

隨著那句話，電梯門刷地關上了。崔柱浩經由緊急樓梯迅速下樓，他還有話要對她說。稍微再追問一下的話，好像就能問出點什麼東西。

剛走出一樓大廳，他就推開玻璃旋轉門，跑到大樓外面。鄭記者正越過報社前面的斑馬線，綠燈一直閃著，後來變成了紅燈。崔柱浩在斑馬線前急得直跺腳，車輛快速駛過。鄭記者越過斑馬線後，坐上停在路邊的轎車。這時，駕駛座上的男人映入眼簾，男人戴著深色墨鏡和帽子，還是LG職業棒球隊的帽子。鄭記者坐上車之後，車子快速地消失在視野中。

那個叔叔戴著LG職業棒球隊的帽子。

緩緩地，小傢伙的聲音不知不覺間纏上他的後頸。

11

警方根據鄭永坤被殺的手法與魯昌龍事件的犯罪手法相似研判，推測是同一犯人所為。他們也特別注意到經由拷問和刑罰等殘酷方法殺害的特點、在案發現場故意留下拷問工具和刑具等與魯昌龍事件許多方面都相當一致，因此警方決定將留在案發現場的刑具委託給國立科學調查研究所，同時考慮到此次事件的嚴重性，決定大幅擴充調查組的規模。

總覺得只殺死一個人滿足不了這些人的胃口，可能要處死三、四個人，才能滿足凶手的本性。在確認魯昌龍的屍體後，走出國立科學調查研究所時，宇慶俊曾經產生這樣的想法。在屍體上留下標記是連環殺人犯喜歡使用的手法之一。

「哇，這些都是從哪裡弄來的？」

一位刑警瞠目結舌。國立科學調查研究所的前院擺滿了刑具，木板、鐵棍、小鐵鍋、木模、木夾子等物。從日本帝國主義強佔時期的拷問轉變爲朝鮮時代的刑罰，殺人模式發生了變化。

「他們是不會故意製作的……。眞是一群大膽的傢伙。」

不是大膽，而是一群稀奇古怪的傢伙。爲了將一個人送往另一個世界，不惜付出巨大的物資和辛勞。從投入到犯罪中的物資來看，可以說是超大型殺人事件。

宇慶俊嘆了一口氣，聽到在加平的一座野山上發現屍體的消息時，他做夢都沒想到會是鄭永坤。前輩從監獄出來才半個月，他的臉上仍然油光滿面，彷彿觸手可及般記憶猶新。

不死鳥就這樣落下了帷幕。他想回歸政界，設計華麗飛翔的夢想破碎，被最殘忍的刑罰，以最殘酷的樣子與這個世界徹底決裂。光復節特赦釋放反而成爲禍根，不但沒有見到光明，反而永遠被黑暗所困。如果繼續被關在監獄裡，就不會遭受如此的慘變。

好像有人跟蹤我……。

回憶起來，他的話並不是瞎說。他原本就是疑心很重的人，所以當時以爲只是隨口說說而已，並沒有太過在意。直到現在，宇慶俊似乎還可以看見他那不祥的眼神，聽到在不安中顫抖的聲音。

「爲什麼需要這麼長的時間？」

宇慶俊皺著眉頭，看著屍體保管室的建築物。這次閔刑警代替他進入屍體保管室。親自確認鄭永坤的屍體是一件可怕的事情，在最後告別的路上，他想以完好無缺的樣子記住鄭永坤的模樣。

「出來了。」

走出屍體保管室的閔刑警怯生生地走了過來。

「怎麼樣？」

「哎喲，比魯昌龍還可怕。」閔刑警渾身哆嗦。

「我不是在問那個問題。」

「……」

「我在問是不是同一群犯人！」

好不容易忍住即將冒出口的髒話，跟這些沒眼力的人一起工作，總是讓自己氣憤不已，嘮叨不斷。

「這次……只有拔掉小腳趾的指甲。」

是不是因爲十個全部拔掉很麻煩，所以只拔了小腳趾的指甲？

「這就是全部？」

「另外，這次也刻著阿拉伯數字，在後背。」

閔刑警遞出手中的信封。

「這是驗屍官拍的照片。」

正如閔刑警所說的，鄭永坤的屍體比魯昌龍還要淒慘。

鄭永坤的肋下爆出肉塊，大腿紅腫。他突然想起小時候村裡的大叔們在山上殺狗的樣子。他們把活生生的狗拴在樹上亂打，因爲好奇，所以曾經問過他們爲什麼打狗。得到的回答令他覺得很新鮮，大叔們說這樣才會更有嚼勁。在國立科學調查研究所休息室裡喝的甜米露湧上喉嚨，宇慶俊勉強將其嚥下，再次送回胃裡。

宇慶俊在十多張照片中找到了拍有鄭永坤後背的照片。

39, 350, 2

7, 124, 1

45, 2, 1

14, 1

24, 252, 2

兇手們這次又在屍體上留下了謎一般的暗號，這比魯昌龍背上的數字還要難解。

再猜猜看吧……。那些傢伙的咯咯笑聲撕破了耳膜。

網路又再一次鬧得沸沸揚揚。

市民們的反應依然對犯人很友好，他們對殘酷和荒誕的殺人手法不感興趣。在報導的留言中，擁護犯人的留言佔絕大多數。如果說魯昌龍事件把重點著重於民族正氣之上，那麼鄭永坤事件則把焦點放在社會正義上。比起殘酷的殺害手法，人們更早瞭解鄭永坤醜陋的生平。一位心理學家對此用「憤怒的代理滿足」來分析輿論。大家都神志不清，用這麼殘酷的手段把人殺死，竟然還受到英雄的待遇。即便如此，如果想得到代理滿足，那也是沒有辦法的事。

結束網路搜尋後，宇慶俊查看了第一線調查官上傳的報告書。沒有一個是引人注目的報告，大家不約而同地省略了核心部分。

「好像是僞裝成代駕司機綁架的。」

事發當天，鄭永坤消失的時間是凌晨一點左右。從維納斯酒店出來後，鄭永坤和他的車一起神不知鬼不覺地蒸發了。

「犯人在酒店周圍等候……」

「見過代駕司機了嗎？」

宇慶俊打斷了一名刑警的話。

「當然見過了，代駕司機說到達酒店時，沒看到鄭永坤，也沒看到車。」

「車子應該被監視器拍到了吧？」

「有暫時出現在酒店附近的十字路口，然後就神不知鬼不覺地消失了。」

這次閉路監視器也是無用之物。這些傢伙好像在中間停車並更換了車牌，或者使用了其他車輛，這與在晚宴上綁架魯昌龍時非常相似。留在案發現場的刑具上沒有任何指紋或線索，這些傢伙故意留下物證，但善後處理卻非常乾淨俐落。

他們到底在圖些什麼？宇慶俊再次想起這個陳舊的疑問。起初，他認爲這些犯人是被小英雄心理所束縛的瘋子，把執法當作殺人的理由，試圖製造社會混亂。但是社會並沒有出現混亂，國民反而熱烈歡呼，甚至出現贊同犯人的異常現象。

所以這些傢伙得到了什麼？他想起第二個疑問。想緩解國民的壓力？完成他們的代理滿足？只要是爲了恢復民族正氣或實現社會正義就無話可說。除了那些不著邊際的理想之外，更應該有具體而感動人心的理由才對。

魯昌龍和鄭永坤……雖然不知道凶手想要的是什麼，但殺害的對象很明顯。現在又添一個，案子的輪廓隱隱約約地顯現出來了。他們兩個被害者有著特別的共同點，第一是不死鳥，解放後和四一九時，魯昌龍九死一生地活了下來。鄭永坤也涉嫌犯罪，但順利從法網逃脫。雖然現在兩人都前往另一個世界，但在此之前，他們根本就是天佑神助的命運。第二便是公共之敵，他們被稱爲是親日派和貪腐政客的代名詞，引起國民的公憤，他們也都是最近留言中經常被使用垃圾一詞的對象。

「集合。」

宇慶俊召集第一線調查官。在被害者周圍或案發現場都沒有找到頭緒，所以決定調查與案發現場相距較遠的外圍。

「調查鄭潤周！」

鄭記者在鄭永坤事件中也表現出超凡的實力。她最先報導鄭永坤的直接死因是朝鮮時代的刑罰，就像是毫無遺漏地傳達凶手訊息的代理窗口。再也不能放任鄭記者了，原本就下定決心要在這個時候開始調查她，現在不管她是記者還是有其他身分，這些都不再重要了。

「除了亞洲日報以外，看看還有沒有其他地方！」

那些傢伙想利用的媒體難道就只有亞洲日報？調查組可能還有沒來得及發現的地方。凶手們從公開屍體的時候開始，就想經由媒體揭露此次事件。也許另一個窗口正在生成他們的資訊，其次是用於犯罪的拷問工具和刑罰工具的購買處。

「民俗村、博物館、電影攝影棚等全部都去翻找！」

凶手使用的工具不是最近製造的，似乎使用了很久，上頭沾滿了手垢。

「這又讓人頭疼了……。」

宇慶俊習慣性地拿出鄭永坤的屍體照片。這次又是什麼意思？怎麼看都找不到頭緒。這些數字並不像隨機抽取的數字，竟然又要爲這些數字遊戲絞盡腦汁。

啊，幹……。不知道又得耗費多少精力，一股憤怒和不滿湧上宇慶俊的心頭。

第三章　發洩憤怒的方法

1

鄭潤周在墳墓前放了一束菊花，此時，一隻喜鵲恰巧輕輕地落在墳墓旁的山茶樹枝上。順著山脊吹來的微風拂過衣領，向溪谷方向吹去，下方溪水沿著蜿蜒曲折的道路流淌。

之前從沒有像最近一樣那麼經常來到哥哥的墓前。接受許前輩的提議時、踏入療癒殿堂的第一步時、把魯昌龍送到另一個世界的時候，都來過這裡。

把米酒倒進紙杯，放在花束旁邊。哥哥唯獨喜歡喝米酒。每當休假時，他都會吃著媽媽煎的蔥餅，喝著爸爸倒的米酒，露出燦爛的笑容。哥哥死後，家裡的笑聲消失了。笑聲消失的地方出現了深深的寂靜，偶爾也會傳出嘆息。爲了忍住哭泣，她不只一次哽咽著捶打自己的胸脯。她很清楚哥哥不能再次復活，但即使知道這一點，她也沒有放棄希望。雖然不能重新救活哥哥，但還是想給哥哥解恨，這是作爲血脈至親的妹妹最後的願望。

哥哥爲什麼會自殺呢？

站在哥哥的墓前，深埋在心底的疑問輕輕地壓在肋下。雖然過了很長一段時間，但還是沒找到哥哥自殺的理由，因此更加令人惋惜和痛苦。

是什麼原因讓哥哥死了？

無論怎麼思考也找不到答案，因爲找不到答案，疑惑越來越深，痛苦也越來越大。哥哥有心愛的家人，也有約好兩個月以後要結婚的戀人。最重要的是，他曾經有過極大的夢想。她無法相信這樣的哥哥會扣動扳機。

究竟是誰殺了哥哥？

那天，哥哥冰冷的屍體在哨所被發現。哥哥的胸前斜放著一把手槍，最先發現哥哥的隔壁哨所軍人也證實說聽到了一聲槍響。

當時已經過了午夜。在哥哥的屍體被發現的三天後，軍方相關人士發表結論，說他是自殺身亡。到那時為止，哥哥的死因是自殺還是他殺，完全沒有定論。從當時的情況來看，明明到處都發現了他殺的痕跡，以哥哥躺著的樣子來看也完全無法用槍瞄準自己的身體。雖然後來軍方調查機關進行了精密鑑定，但哥哥的死因並沒有被推翻。

爸爸不相信軍方調查機關的發表。當時哥哥即將與交往五年多的戀人結婚，這樣的哥哥為什麼要自殺呢？爸爸主張哥哥的死因是他殺，他認為部隊調查機關、部隊長，還有把槍對準哥哥的人互相串供，隱瞞了眞相。部隊內部也出現很多可能是他殺的聲音，曾是陸軍中尉的哥哥和幾名下士之間的不和浮出水面。哥哥的死因是他殺的理由非常多，但軍方調查機關卻完全對此置之不理。

爸爸想為屈死的哥哥伸冤，他認為這是父母應該為荒唐死去的兒子做的。他向國防部和青瓦臺寄送請願書，並找到人權團體呼籲查明死因，但是事情並沒有按照爸爸的意願發展。部隊是銅牆鐵壁，無論如何敲打、如何叫喊，他們都無動於衷。爸爸不能為冤死的兒子做任何事，除了屏住聲音強忍著不哭泣之外。

為哥哥建墳墓的是媽媽，爸爸想讓哥哥火葬，但媽媽極力反對。

「世事難料，不管身體再怎麼腐爛，澤民必須有屍體才能解恨啊。」

媽媽在哥哥去世三年後離開了人世。當時媽媽患上嚴重的憂鬱症，每天晚上都會感到心痛，如果不服藥，衰弱得連一天也堅持不下去。母親留下了一定要查明哥哥冤死原因的遺言，閉上了眼睛。

鄭潤周把裝在紙杯裡的米酒灑在墳墓周圍，菊花放進祭壇旁的罈子裡。現在只不過放進兩束菊花而已，今年結束之前，她想在罈子裡裝滿十束。

第一次執刑會議結束的那天，她在回家的時候下了這樣的決心：每當把這些垃圾送到另一個世界時，我都要在哥哥的墳墓前獻上菊花。

「這不是誰都能做的事情，但必須有人挺身而出。」

第一次接到許前輩的提議時，她甚至懷疑起自己的耳朵，這是一個令人驚訝的提議。正如許前輩所說的，這不是誰都能做的事情。她的煩惱越來越深，自己心有餘而力不足。最重要的是，她沒有參與其中的理由。社會正義？不是那樣的。公正執法？事實也並非如此。清除人渣並不能樹立正義，法律還是得不到公正的執行。

許前輩來找她的一個月後，她才找到了眞正的名分。在數千萬人中，應該有幾名專門處理垃圾的清潔工吧？即使不能實現社會正義，也要讓他們看看這個社會不容輕忽，所以決定成爲他們其中的一員。正如許前輩所說，沒有必要把憤怒放在心裡。只要按照心臟的感受，盡情表達憤怒就可以了。送走了該送的賤種，她內心並沒有任何自責的感受。

正當她走出公園墓地正門，往計程車招呼站走去的時候，後頸處傳來了強烈的電流。有人跟在自己的後面！鄭潤周沒有回頭查看，只憑感覺就知道了。這種電流似乎來自十多公尺外的人行道，剛開始以爲是與自己同一個方向的人，但是經由商店陳列櫃偷看到了那明顯配合自己的步伐，對方有時躲到電線杆後面，或者背對著路過的人，最大限度地在隱藏自己。

她已經知道那個男的是誰。從前天開始，這個便衣警察就在亞洲日報附近徘徊。這和許前輩的預想沒有太大出入：大約在這個時候，便衣警察會跟蹤自己。因爲對魯昌龍和鄭永坤的報導抱有疑問，所以會一直緊追不捨，這是早已預料到的。但是無論他們怎麼追蹤，都絕對不會得到他們想要的東西，準備了一年多的計畫不會因爲這種蹩腳的跟蹤而傾倒。

2

許東植從原木獨院出來，瞟了一眼後方。那裡面的笑聲至今仍沒有停歇，這是順利完成工作後的聚餐。在他們的笑聲中，嚴基石的聲音最大。

「許導演。」

獨院的門打開後，尹室長邁著大步走了過來，他的嘴角沾著白米蒸糕的粉末，這是B組開業派對的痕跡。

「眞是太感謝你了。」

「不要這樣說。」

許東植反而想對B組的組員表示感謝，多虧他們聽從了自己的提議，用這方式把鄭永坤送到了另一個世界。

當時刑具的體積比想像中大上許多，所以租了一輛貨車，但將刑具送到執刑現場沒有發生其他問題。嚴基石對此次執刑方法也表示滿意。

「我總是相信這樣的日子一定會到來。」

尹室長用雙手恭敬地遞菸給許東植，他對任何人都非常恭敬，可能是因爲長期在人權團體工作，早已習慣關懷對方。

「昨天爬山……令我突然想起第一次見到您的時候。」

許東植也忘不了那一天，就好像是昨天的事一樣歷歷在目。那天從清晨就開始下雨，所以很擔心登山的約定是否會取消。他在北漢山登山入口處第一次見到了尹室長，貴公子般的臉龐、梳得整整齊齊的頭髮、一絲不苟的舉止、金邊眼鏡、端正的服裝……，從外表上看，尹室長就像是一個沒有法律也能正直地活著的人，但是他的內心卻燃燒著巨大的火柱，充滿必須鏟除這個社會的貪腐、巨大罪惡之根的熱忱，確認這些特點並沒有花很多時間。

「我到現在還深深記著當天的決心。」

尹室長的決心非常明確。他說，雖然不能推翻世界，但自己想爲導正這個社會貢獻一點力量，希望處理那些人渣，實現社會正義。許東植的想法與之不同。這個世界能不能獲得改變並不重要，也不想爲這個世界變得更好而貢獻力量。他對什麼民族正氣、社會正義都不關心。他從一開始就不提出宏大的藉口，只是把寄生在這個社會的邪惡賤種加以過濾，送到另一個世界而已。這就是表達憤怒的方法，目標越簡單，集中力就越強。

「鄭永坤他，最後有沒有留下什麼話？」

突然覺得好奇，他在斷氣之前會掙扎著說些什麼呢？

「他說他做的事情都是爲了國家。」

這話好像在哪裡聽過，在國家安全機構工作的人在最後辯論中經常會說這樣的話。作爲政界的重量級人物，還曾期待他說出令人驚艷的語句，但這無疑是遠低於期待的掙扎，簡直就是對國家的一種侮辱。

「現在已經嚐到滋味，今後要加快速度了。」

「那當然。」

「我會盡快選出第三次的執刑對象。」

尹室長輕輕地低頭致意，走進了原木獨院中。

「裡面的氣氛怎麼樣？」裴中校一走進石牆獨院就問道。

「眞是個晴朗的春天。」

這與A組當時分享喜悅的情景沒有太大區別，他們把燒酒當祝賀酒，以之代替葡萄酒。

「在宴會的時候，白米蒸糕比蛋糕更好。」作爲B組的答謝品，許東植模仿當時尹室長的做法，並參考安課長認爲更好的選擇，送來白米蒸糕作爲賀禮。

他也沒有忘記在白米蒸糕裡，放進刻在鄭永坤背上的數字。因爲比魯昌龍的數字還要多，裝飾起來非常不容易。米糕店的大叔還哈哈大笑，說是生平第一次在白米蒸糕裡加入這樣的數字。

「終於被跟蹤了。」

鄭記者走到許東植的身邊。

「現在他們好像找到感覺了。鄭記者暫時退到第二線。」

就知道會這樣，現在應該也會想檢查鄭記者的信件，但這並不會改變什麼。

「不久前，崔教授來報社找我。」

「他說了什麼？」

「他問我是否認識許前輩。」

他會直接找到亞洲日報，看來心裡十分焦急。

這也難怪，畢竟在晴朗的天空下遭受兩次雷擊，也是情有可原。

看到鄭永坤的執刑方法，他會有什麼想法呢？也許他做夢也沒想到，論文的一部分會用作將這些人渣送到另一個世界的方法。

「從現在開始不要再逗他了，要爲他著想一下。」

是的，正如裴中校所說，這算是適當地讓他嚐了嚐味道，現在崔柱浩的五臟六腑應該就像炭塊一樣被燒得焦黑吧。

本來就打算下週聯絡他。現在該正式邀請崔柱浩了。

＊＊＊

還是又來到這裡。

已經是第三天了。昨天、前天也在許東植家附近閒逛，等到凌晨兩點，他仍然沒有出現。

崔柱浩在能看到許東植家的轉角處探出頭。除了他家，再也沒有可去的地方了。總有一天會回家一趟吧？他只對這一想法寄予期待，守住了這個地方。要等一週還是半個月都還沒有定論，就目前而言，他只是想方設法要與許東植見面。

夜幕降臨，爲了躲避家裡的燥熱，住宅區裡有很多人都到戶外乘涼。末伏早已結束，可是熱浪依舊襲人。

崔柱浩仔細觀察從住宅後面進入四車線的道路，感覺就像成了潛伏任務的調查官一樣，或是爲逮捕連環殺人犯而緊急派遣到相關地區的幹練刑警，但是連環殺人犯卻杳無音訊。

到哪裡才能見到他？從許東植的家到電影製作公司，再到寺廟，能去的地方都已經去過。

在沒有預定的巡禮期間，許東植的眞實身分已逐漸浮出水面。他的眞面目越是曝露，崔柱浩的危機感就越強烈。要是以後見到他，不應該追問他在耍什麼鬼把戲，而應該跪在他面前求情。雖然不知道在幹什麼，但拜託把自己排除在外，至今爲止發生的事情都當作沒有發生過。

臨近午夜，住宅區的店鋪開始陸續關門。經過二線道公路的車輛也逐漸減少。崔柱浩走進剛要關門的超市，買了罐裝可樂。在等待許東植的三天裡，光是可樂就喝了十罐以上。凌晨的溫度雖然較爲涼爽，但嗓子非常乾燥。懸掛在超市櫃檯上的電視正在播報最後時段的新聞。頭條新聞當然是鄭永坤事件，主播嚴厲指責警察至今還沒有掌握事件的輪廓，甚至批評他們無能。雖然不如魯昌龍事件，但市民們仍然對犯人持寬容態度。

「頒獎給他們都不夠了，爲什麼還要著急說抓不到人？」

超市老闆擠眉弄眼地搭話。三天來，他常常去超市買東西，所以對於老闆的臉孔並不覺得陌生。崔柱浩閉緊嘴巴，老闆的話雖然沒錯，但他就是不想回話。就在那時，一輛小貨車在許東植家門前停了下來。崔柱浩迅速走出超市，躲在住宅後方。

小貨車副駕駛座的門打開後，一名男子下車。是許東植！崔柱浩的心砰砰直跳，嘴唇都乾涸了。這到底時隔多久了，喜悅和恐懼同時襲來，還以爲只要他不主動聯絡，就永遠見不到他了。

許東植打開大門走進屋內，小貨車並未熄火，停在原地。崔柱浩從住宅後方走出來後，把目光轉向小貨車。看著駕駛座的瞬間，兩眼不由睜大。ＬＧ職業棒球隊帽子……在亞洲日報前面載過鄭記者的那個男人現在正坐在駕駛座上！沒想到能在這裡見到他。

過了一會，從家裡出來的許東植坐上小貨車的副駕駛座。崔柱浩拿著罐裝可樂的手裡已滲進濕潤的汗水。車燈打開，小貨車的車頭突然急速抖動。崔杜浩像彈簧一樣跳出來，擋住了小貨車。

「許東植！」

下腹部用力之後他高聲大喊。

「下車！快點！」

催促了兩次但沒有任何反應，只有前照燈的燈光照在身上。他走到許東植坐著的副駕駛座上，粗暴地敲打著玻璃窗。

「快下車！」

惡狠狠的聲音極其洪亮。這時，安靜停著的小貨車突然開始快速倒車，並駛進巷子裡面，停在住宅旁邊的車輛後視鏡被撞壞了。

「停下！許東植！」

崔杜浩追上正在倒車的小貨車，在即將進入巷子的瞬間，小貨車的燈光亮起，像飛箭一樣彈了出來。崔杜浩爲了躲避駛來的車子，將身體緊貼住宅牆壁。小貨車刮到停在路邊的車後，就消失在十字路口。這一切皆在轉瞬間發生。道路中間，罐裝可樂孤零零地滾動著。崔杜浩突然跌坐在地上。

一回到公寓，就從櫃子裡拿出洋酒瓶，在玻璃杯裡倒滿洋酒，一口氣喝完。不應該是這樣的，無論是抓住許東植的領子，還是向他哀求，起碼得見見他才對。遺憾再次湧上心頭。得像電影中的主角一樣，做好死亡的準備，即使撲上去也要把車子攔下才對。

睡不著，酒的後勁擴散全身，但意識卻很清楚。什麼時候還能見到許東植？真想現在就結束這個沒有止境的噩夢，已經身心俱疲了。想到以後還要到處尋找他，崔柱浩甚至產生了悲傷的情緒。

終於喝光了一瓶洋酒，躺倒在沙發上。許東植、戴著ＬＧ職業棒球隊帽子的男人，還有鄭記者在客廳天花板上一起哈哈大笑。**來抓我吧……**。這時手機鈴聲突然大聲作響。

「是我。」

是許東植。崔柱浩一下子坐起身。從陽臺的窗戶看到屋外的天色已然濛濛亮了起來。

3

鄭永坤被殺害後，調查人員大幅增加。廣域搜查隊和首都圈警察署都派了調查人員。首爾地方檢察廳支援了三名普通檢察官，特殊部七年經驗者一人、刑事部五年經驗者兩人。在重大犯罪事件中，投入特殊部檢察官的情況並不多見。與第一次接手魯昌龍事件時相比，調查人力增加了三倍之多，這是非常傷害自尊心的事情，亦即承認他們連任何線索都沒有找到，只能接受支援。

宇慶俊查看了首爾地方檢察廳派遣的檢察官個人資料。三名檢察官中，趙熙成檢察官引起了他的注意。今年是他擔任特殊部檢察官第七年，工作上正是最精力充沛的時候，司法研修院的成績也相當優秀。去年，他調查出某大企業以逃稅爲目的成立的紙上公司，取得了很大的成就。

在調查本部的職務安排一結束，宇慶俊就立刻把趙檢察官叫來，對於他如何看待此次事件，以及有什麼樣的對策感到好奇。

「你對這些傢伙有什麼看法？」

宇慶俊話不多，直接進入正題。有時，根據調查檢察官的判斷，方向會完全改變，引導局勢的是調查檢察官的工作。

「首先，我判斷他們是擁有卓越情報能力的專家集團。」

宇慶俊點了點頭，讓他繼續說下去。

「儘管他們在案發現場留下證據，但周圍還是整理得非常乾淨。另外，爲了不曝露在閉路監視器上，他們只利用死角地帶，從犯罪前開始就準確掌握了被害者的移動路線。如果不是這方面的專家，絕對做不到。這些人當中，應該也有與情報機關關係密切的人，魯昌龍入境一事與入境後的行蹤只有情報專家才知道。」

這個人實在很聰明，好像事先準備了模範答案一樣，毫不猶豫地回答。一言以蔽之，這兩起案件的犯人不是一般閒雜人等，而是有職業高手介入其中。

「好，我留個作業給你，就當作是慶祝你來這裡的禮物吧。」

宇慶俊在他面前拿出魯昌龍的屍體照片。

「你知道這個數字意味著什麼嗎？」

「我看了搜查日誌，制定《反民族行爲處罰法》和《反民主行爲者公民權限制法》的日期。」

趙檢察官很快地加以回答。接著宇慶俊拿出了鄭永坤背部的照片。

「那麼這個數字是？」

趙檢察官的臉稍微扭曲。

「鄭永坤的屍體上……刻有數字嗎？」

「一定要查出眞相，這是你要解決的問題。」

「……」

「我給你兩天時間好好梳理一下，看看那些傢伙的腦袋裡面究竟裝了什麼東西。」

調查又回到了原點。檢調機構重新組織了精密鑑識組，也對案發現場周邊的閉路監視器進行再次判讀，也在楊平和加平一帶擴大探問調查範圍。

宇慶俊漸漸變得焦躁。四周被堵得嚴嚴實實，雖然調查官們不分晝夜地奔波，但什麼都沒有找到。

背後調查鄭記者、犯人們另一個資訊傳達窗口、拷問和刑罰工具的購買處等都杳無音訊。文檢察長鼓勵自己放鬆心情進行調查的話語完全聽不進去。連日來，媒體對調查組的無能與徒勞進行了譴責，那些對調查組的指責遠遠超過了危險程度。網路空間和社群媒體還製造了毫無根據的怪談，胡亂傳播，甚至出現惡意利用匿名的方式追捧殺人犯的勢力，更成立保護殺人犯的社區論壇，不過成立兩天後就被關閉了。

他也曾經對鄭潤周的動向寄予厚望，但卻毫無收穫。雖然徹底掌握她周邊的各種情報，但都沒有找到可用的訊息。分明存在舉報者，但很難從該處下手。

「鄭潤周的個人資訊中有一個比較特別的，她哥哥在哨所自殺。」

一名刑警帶來關於鄭記者新的情報。鄭中尉的手槍自殺事件爲世人所熟知，某電視臺曾經分兩集播出該事件，在社會上引起廣泛的討論。這件事到現在還沒有完全被查明，軍方調查機關認爲他的死亡是自殺，但遺屬卻認爲是他殺，雙方爭執不下。市民團體將此定位「軍人死亡原因不明」，但軍事當局沒有接受。

「因爲這個事件，鄭潤周的母親罹患憂鬱症去世。」

「不是這些東西。」

並不是因爲要瞭解她不幸的過去才徹底調查她的，每個人活在這個世上，或多或少不都有著深深的傷痛嗎？那種傷痛沒有什麼特別之處。宇慶俊在鄭記者周圍投入了更多的調查人力，除了跟蹤小組外，還新成立一個專門小組來監視她的信件。

搜查本部的時鐘已經指向晚上九點，宇慶俊大致整理一下桌子，從座位上站了起來。已經連續三天在搜查本部內蜷縮著身子睡覺，今天不管發生什麼事都要回家，絕對不能錯過自己唯一的女兒的生日。上午和下午，妻子各給他打了次電話。上午的電話說會晚一點，下午的電話裡說外出就餐要推遲到下次。八點多鐘，妻子發來簡訊，要他買鮮奶油生日蛋糕。

正要披上外套，敲門聲傳來，趙檢察官走了進來。

「解開刻在鄭永坤背部的數字了。」

這麼快？宇慶俊雙眼瞪大。距離給他作業的時間才過了半天。

「說來聽聽。」

宇慶俊將西裝上衣掛在椅背上，重新坐回座位。這次會是什麼呢？他產生了微妙的好奇心。

「嫌犯的法律知識已經達到相當高的水準，我從這一點得到了啟發。首先跟您報告最上面刻著的39，350，2。這是刑法第三十九章第三百五十條之二的條文，是特殊恐嚇罪。」

宇慶俊把交叉的雙手放在桌子上。

「然後7，124，1是指刑法第七章第一百二十四條第一項，該法律條款屬於非法逮捕公務員罪。」

「……」

「45，2，1是《政治資金法》第四十五條第二項之一，是政治資金非法收受罪。14，1是國會證詞鑑定等相關法律第十四條第一項，屬於國會僞證罪。」

趙檢察官乾淨俐落的聲音緊緊纏繞在耳膜上。

「最後24，252，2是刑法第二十四章二百五十二條第二項，屬於協助殺人罪。」

「有共同點嗎？」

「這五項是去年鄭永坤在大法院判決中被判無罪的法律條款。根據判斷，嫌犯試圖重新揪出這一點，將其作爲殺人的理由。這和魯昌龍的模式非常相似。」

不過是把魯昌龍身上的數字稍微扭曲了一下，宇慶俊將五個數字聚集在一起。特殊恐嚇、非法逮捕、非法收受政治資金、國會僞證、幫助殺人……，他們一致選擇了被判無罪的大法院判決。這些傢伙們對於當執刑官還心存不滿，這次直接變身爲審判官，玩弄了司法部的判決。

啊，快要瘋了……，頭髮好像要燒起來，如果在上面加油的話，大概會直接變成火柱吧。

4

汝矣島碼頭十分悠閒。

可能因爲是平日，人不太多。大部分都是年輕的戀人，每個人都吃喝玩鬧著，嘴巴不得閒。

下午兩點十五分，許東植還沒有出現。崔柱浩走近售票處入口，遠處一艘遊船駛向碼頭，懸掛在船頭上的白旗不停飄動。

汝矣島碼頭，兩點見。

許東植的通話內容只有這些，崔柱浩對於他的這些話沒有任何不滿。即使不是汝矣島，而是把他叫到韓半島最南端的村子，他也會立即趕去。許東植似乎也同樣顯得心急，撞上路邊的汽車拚命逃走之後，才過半天就打電話來。他可能沒有想到會在家門口看到自己吧。

接到許東植的電話後，崔柱浩心情舒暢許多。比起無可奈何地被牽著鼻子走，他更想攤開一切做決定。如果是總有一天要面對的事情，那就越快處理越好，喜歡或不喜歡是以後才需考慮的問題。

見到許東植後，第一句話要說什麼？魯昌龍和鄭永坤的死亡、從寺廟裡帶回來的黑色資料夾、小傢伙拿來的兩篇專欄文章、拷問資料和刑罰資料、與鄭記者的關係……，實在是太混亂了，以至於他還沒有決定要從哪裡開始、問哪些問題。類似的疑問太多了，早知道就把問題仔細記錄在手冊上，然後再見面。他突然出現在學校前距今還不到兩個月，但感覺就像度過了兩、三年一樣長。

許東植沿著漢江岸邊的臺階緩緩走下，衣服和昨晚穿的一樣。

「好久不見。」

崔柱浩沒有握住許東植伸出的手，沒有那種心情，好不容易才忍住想打他一巴掌的衝動。許東植尷尬地把手收了回來。

「坐船吧？」

遊船左右搖晃著巨大的身軀，越過水流。登上甲板後，涼颼颼的江風直刺入骨。

「我有問題要問你。」

崔柱浩努力平息自己的憤怒。

「非常多。」

「問吧。」

難道是因爲有很多話要說？腦子裡層層疊疊的無數個疑問都爲了搶先出現而掙扎著。追根究柢，其實沒有必要糾纏於這些疑問，也沒有理由去解開這些問題。乾乾淨淨地抖一抖，然後離開就行了，兩個被殺害的人與自己毫無關係。

「我不喜歡短話長說，你只要簡短地回答我問的問題就行了。」

「……」

「老實回答。」

痛快地說出來，重新回到以前的日常生活，這樣就足夠了。但是爲了達到這個目標，需要一些過程。

「鄭潤周也是你們的同夥嗎？」

「你說話太粗魯了。」

「鄭記者好像也是你強拉進去的。」

「我們從來不強求什麼，這也不是強求就能辦到的事情。」

「我們」這個詞聽起來很刺耳，聽起來像是背後有什麼組織或集團。

「誰讓那個小孩送我的專欄文章來給我？」

「這不是我負責的事。」

「你是說每個人都有各自的角色嗎？」

「你是什麼時候開始參與這種事情的？」

「我不否認。」

「有一段時間了。」

「那是什麼時候？」

「你沒必要知道。」

「資料夾是從三年前開始集中蒐集的。」

「你連寺廟都去過了？眞了不起。」

「別轉移話題。」

「差不多是那個時候。」

本想形式上地問他幾個問題，但漸漸地又想揭穿過去的疑問了。既然拉開序幕，就少不了重要的問題。

「這次爲什麼要使用我的論文？我想你們就算不使用那些方法，除去鄭永坤的方法應該還有很多。」

「那是最明確的。」

「怎麼可以把人弄到那種地步？」

「他們都是命數已盡的賤種，垃圾越快收拾越好。」

「下一個輪到誰？」

「你馬上就會知道。」

「是資料夾裡的人嗎？」

「你也選選看。」

許東植平靜地回答，並沒有轉移或迴避話題，他似乎也在來碼頭之前準備了要說的話。

「你怎麼能這樣對待我？時隔二十五年才出現，就要讓我承受這些……。」

「如果讓你覺得心情不好，我向你道歉。」

「你以爲我來這裡是爲了得到一句道歉嗎？」

回想起這段盲目猜測、追蹤的時間，現在仍覺得怒火攻心。

每走一段冤枉路，便有一種陷入無底深淵的感覺。

「這次換我來問你吧？」

許東植用舌頭舔了舔下嘴唇。

「從寺廟裡拿來的資料夾，在你那邊吧？」

崔柱浩點了點頭。

「儘快還給我，那對我來說非常重要。」

一艘水上快艇從遊船旁邊轟鳴而過。昨天晚上喝的酒勁慢慢上來了，崔柱浩現在只想快點結束與他的見面，好好睡上一覺。

「你到底想讓我做什麼？」

他提出了自己最想問的問題。能否重新回到以前的日常生活，還是無止境地陷入迷宮，取決於他的回答。許東植停頓了一下之後，開口說道：

「這個時候，你好像已經聽懂我的意思了，還需要進一步的說明嗎？」

「說清楚點。」

「我們需要你。」

「別把我扯進去。雖然不知道是什麼，但我不想介入其中。」

「已經太遲了，你知道得太多了。」

「都是你撒的網。」

「播下的種子應該收回來，相信我。」

「不要，你一定要把我排除在外。」

「那不是我能做的事。」

「……」

「一直以來，大家都在關注著你寫的專欄。」

「不管怎麼說，那只是幾篇文章而已。」

「我們需要能夠給予我們力量的人。」

現在確實有了感覺。許東植之所以伸出手，專欄文章似乎起到很大的作用。但是，對執政者以文字施加處罰，和直接拷問、處以刑罰截然不同。從一開始撰寫時，他就非常瞭解專欄文章的侷限性。

「那麼，你拜託我的資料是怎麼回事？是想要把我拉進去的誘餌嗎？」

「……」

「從一開始不就應該詢問我的意願嗎？」

「我們需要驗證。」

「驗證？什麼驗證？」

「每個人都會經歷這樣的驗證過程。」

「你是說我不會告訴警察嗎？」

「那也是其中的一部分，對不起，製造了需要讓你費心的事情。」

「……」

「以後不會再發生這樣的事情了，我保證。」

對話正朝著奇怪的方向發展。沒有給出任何答覆，卻產生已經成爲他們組織中一部分的錯覺。

「告訴我你們在搞什麼，不能毫無名分地幹那種事啊。」

「沒有名分，我們只是在發揮執刑官的作用而已。」

「執刑官？」

「對，執行法律的執刑官。」

「那是拷問別人、用刑罰來收拾別人嗎？」

「那也是執行的一種方法。」

「所以你們想得到什麼？」

「……」

「難道是要親自證明法律對所有人都是平等的嗎？還是想通過這種方式讓大家獲得代理滿足？」

「隨便你怎麼想。」

「眞讓人無法理解。這樣世界就會改變嗎？」

遊船正劃開水面，駛向碼頭。

「我不是想改變世界，也不是因爲燃燒的正義感，那種東西不適合我。」

「那麼，理由到底是什麼？」

「如果眞的要說的話，我們想讓大家知道，也有像我們這樣的人，把憤怒付諸實踐的人。」

「但是方法不對，還有很多其他方法啊。」

「這是最確實的！」

「……」

「大家都在等你，越快越好。」

遊船到達碼頭，許東植先下了船，崔柱浩落後兩三步，跟在他後面。年輕戀人的對話聲嘰嘰喳喳，非常刺耳。

「準備和他們見面吧，三天後我再聯絡你。」

許東植沒有走向岸邊的階梯，而是突然停下腳步，然後回頭看他，用明確的語調說道。

「你知道你和我對待憤怒的差異是什麼嗎？你用專欄來發洩你的憤怒，但我卻親自去執刑。」

那當下，杜浩的身體像雪人一樣凍住，手腳都無法動彈。只有呼吸，規律地傳來心跳的聲音，撲通撲通。

「以後你和我，表達憤怒的方法會變得相同。」

5

解開鄭永坤後背上的數字並不困難，宇檢察官像考試一樣把照片拿出來的時候就猜到了。就像對魯昌龍所做的一樣，這次也會與法律有關聯。既然把法律當作殺人的藉口，這次可能想更具體地表現出來，因此他拿到大法院的判決書和檢察機關的公訴狀，仔細研究了鄭永坤的罪行。主要是與刑法進行對照，比較了罪名，背上的數字與法律條款完全一致。解開了一個之後，剩下的四個自然而然就解決了。

如果按照他們的方式，就是對免罪符的懲罰。

解開數字之謎後，有一個疑問始終在腦海揮之不去。他們想要的是什麼？宇檢察官也對此最感到好奇。無論怎麼摸索，他們的犯罪動機都不明確。從動用法律的情況來看，只有執法的決心最爲明顯。

趙熙成再次仔細查看了調查組製作的調查日誌，因爲很晚才加入調查組，所以有很多事情得做。從魯昌龍事件爆發開始，他就覺得這起案件相當不尋常。身處調查組外部時並不太清楚，但犯人的心思看起來比想像中更縝密，殺人手法也非常獨特。拷問和刑罰，罪犯們爲了尋找符合被害者犯罪行爲的手段而費盡心思，並賦予其意義。雖然是非常荒誕的犯罪行爲，但不知是不是因爲傾注了極大的心血，這並未讓他皺起眉頭。

趙熙成與宇慶俊的調查方向不同，探問被害者的周邊人物是沒有意義的事情，也沒有必要過分關注媒體的報導。他認爲掌握犯人的特性最爲緊迫。

「我來畫一張圖吧？」

趙熙成和朴刑警一起以調查組製作的報告書爲基礎，針對犯人做了側寫。爲了窺探犯人們的頭腦，需要更細緻的接近方法。

「如果他們擁有組織的話，這個數字應該不容小覷。」

朴刑警認爲組織成員至少十人以上，從跟蹤、綁架到殺人，他們都擁有系統性的組織，各自分擔著各自的角色。當然，不能漏掉連結他們，在高處描繪大藍圖的「頭腦」。

「組織成員中，一定有情報能力出衆的人。」

正如趙熙成曾對宇慶俊所說過的，他把重點放在情報能力上。

「調查系統方面也應該予以關注。」

朴刑警不侷限於情報專家，還縮小到曾經在調查系統裡工作過的人物範圍之內。罪犯們故意在現場留下物證，但徹底清除了可能成爲線索的痕跡。閉路監視器也是如此。並不是監視器沒有發揮應有的作用，而是他們徹底利用了監視器。這個領域的專家介入機率很高。

「應該也有精通歷史的專家吧。」

普通人借用拷問手法或刑罰制度並非易事，應該是熟悉這一領域的人提出了殺人方法。其次，像鄭記者一樣與媒體有密切關係的人物被列爲嫌疑人，最後加入了精通法律解釋的法律界人士。

「如果非常瞭解法律的話，也許進行了缺席審判。」

鄭永坤背部刻著的法律條款也包含著審判的意義。

也許在綁架被害人之前，他們已經在某個地方直接開庭並做出裁決。審判不僅僅是司法部的特權，任何人都可以制定自己的規則並做出判決。

趙熙成一一指出犯人的每個特點，並繪製了草圖。情報、歷史、法律、調查、媒體，就這樣一個一個聚集，不知不覺間形成了龐大的專家集團。

把車停在草地旁邊，沿著山路向上走去。僅憑鑑定組拍攝的照片無法感受到現場的氣氛，因此決定與朴刑警一起親自查看案發現場。現場裡存在著答案。這是從初任檢察開始就養成的習慣。

山路旁邊有些很久沒有整理的墳墓。走進狹窄的小路後，人跡罕至，也看不到民家。越過低矮的山脊，巨大的櫸樹前，警察設置的黃色警戒線映入眼簾。

「最初的目擊者是誰？」趙熙成問道。

「是附近村莊的農民，去挖藥草的時候發現的。」

犯人為什麼會物色到這樣的地方呢？趙熙成環顧四周。那附近被茂密的樹木所遮蔽，發現鄭永坤屍體的山腳下小溪流淌，人跡罕至，彷彿來到了另一個世界。

趙熙成拉開黃色警戒線往裡走，草地上到處都留有鄭永坤的血漬，在草地旁邊還有燒到一半的棍子，旁邊的岩石都被熏黑。刑具雖然都清理乾淨了，但現場的氣氛依然如故。感覺不是來到殺人現場，而是來到了歷史劇的攝影棚。

「昨天晚上我去見了歷史學家，不知道他們說的對不對。」

朴刑警看著被熏黑的岩石說道。確認了犯人的特性後，朴刑警首先接觸了歷史學家。

「聽說在案發現場留下刑罰工具有他們的理由。」

「那是什麼？」

「《朝鮮王朝實錄》記載，英祖和正祖時期，對貪官污吏施以刑罰後，會在官衙前展示施刑過的刑具。」

「是要別人引以爲戒嗎？」

「好像是。例如向貪腐官員發出的警告，根據記載，貪官們橫徵暴斂盛行的黃海道地區，在處罰完官吏之後，刑具在官衙前展示了一個多月。」

還沒來得及想到這裡，難道這也是事先計畫好的？如果眞是這樣，他們想要傳達的訊息更加明確了：以歷史的事實爲教訓，懲戒和處罰貪腐官員。眞是驚人的表演，他們還對瑣碎的事情賦予了意義。

現在好像能理解宇檢察官的話了。第一次加入調查本部的當天，宇檢察官在午餐時反覆說了三次同樣的話：把精力集中在瑣碎的事情上。一開始不太懂那句話的意思，到處都有明確的證據，不明白他爲什麼會那樣說，如今到了案發現場才知道那是什麼意思。也就是說，犯人本來就很縝密，所以不要錯過瑣碎的事情。

「剛剛調查本部來消息，」朴刑警一邊把手機放回口袋，一邊說著。「聽說找到線索了。」

「什麼線索？」趙熙成瞪圓雙眼問道。

「影像判讀組好像撈到了點東西。」

6

許東植準確地擊中了要害。關於表達憤怒的方法，崔杜浩無法反駁。他想用寫專欄文章的舉動來代替憤怒，即使那些毀掉國家的賤種最終滿足了自身的利益，即使他們經由特赦獲得免罪符，也只能無可奈何地旁觀。

自己沒有權力定罪這群人渣，也沒有懲罰他們的手段，最多只能選擇以更刺激的詞彙來發表評論，這是表達自己憤怒的方法。但是許東植不同，他的手沾著血，親自用身體和行動加以表現。

未來表達憤怒的方法眞的能變得像許東植一樣嗎？崔杜浩搖了搖頭。再怎麼說，那種方法實在不行。原本就不喜歡手上沾染鮮血，連蚊子都沒用手拍死過。不是因爲尊重生命，從體質上來說，他不喜歡打死任何東西。

「他們不像單純的恐怖組織。」

金助教目不轉睛地盯著螢幕，畫面中出現有關鄭永坤事件的報導，題目吸引了他的視線：

《究竟是野蠻的精神分裂症患者，還是來自陰間的執刑者？》

「法律的執行已經消失，國家變成盜賊們的世界，爲了懲罰這些盜賊，終於奮起反抗。」

「……」

「我已經在期待下一個會是誰了。」

突然想起躺臥在資料夾裡的那些人渣。現在是不是要在他們之中挑選一個人，然後猛烈地追著他們的尾巴呢？**你也選選看**，雖然無論是誰被選上都無所謂，但不想插手殺人事件。

原本相信自己如果見到許東植，這段時間一直糾結的事情都會獲得解決。本以為能從這次事件中徹底離開，重新回到以前的日常，但是可怕的野獸卻掐住了自己的脖子，其強度遠超過至今為止的疑惑。

許東植所屬的地方，這和心中茫然的預想並沒有什麼不同。他們擁有堅實的組織，有著清除社會殘渣餘孽的共同目標。為了把自己拉進這樣的共同目標中，他伸出了雙手。但是許東植會選擇自己是個很大的錯覺，即使賦予自己正當的任務，他也沒有信心能投身於這樣的殺人集團。

回家的路上順道去了公寓前的酒吧，好久沒在酒吧裡獨自喝酒了。這是除他送妻子和女兒去美國的當天以外，第一次在家附近喝酒。當酒沿著食道下滑，身體內部就會熊熊燃燒。

究竟能否拒絕許東植的提議？能否擺脫他們犀利的視線？三天內決定這一切的時間太短了，即使給他三年的時間也無法。

時間過得很快，距離許東植提示的約定時間只剩下一天了。二十四小時內必須做出決定，完全拒絕，或者表明明確的參與意向，就是這二者之一，除此之外別無他法。在曖昧的位置上偷偷看臉色不是妥當的解決方法，必須面對現實，找到合適的方法。

深夜，妻子打來電話。

「沒什麼事吧？」

妻子不分青紅皀白地如此問道，他沉默了一會。不是沒什麼事，反而身處在一生當中最爲混亂的歧路。無論是參與還是拒絕，他都未能做出決定。想要參與，身體跟不上；若是想拒絕，內心卻跟不上。他心不在焉地回答說沒事，然後問了女兒在做什麼。

「剛剛睡著了，眞的沒什麼事吧？」

眞的很奇怪。妻子用低沉的聲音再次問道。以前的問候只是形式上的，今天卻不一樣。妻子的聲音中流露出原因不明的焦慮。

「因爲我最近做的夢有些混亂。」

「不要在意這裡發生的事。」

「我在網上看到……好像出了大事。」

「……」

「你在聽我說話嗎？」

「嗯。」

聽筒傳來的感覺也與以前不同，反而覺得妻子好像有什麼事似的。

「前天收到一本書，有點奇怪。寄書來的人連名字也沒寫。」

「書？」

「嗯，從韓國寄來的。」

崔柱浩問她是什麼書。

「書名是《日本帝國主義強佔時期拷問殘酷史》，不是你寄的吧？」

後頸上彷彿有刺激神經的電流流竄著。他們怎麼連妻子的住址都查出來了呢？

「是誰寄來這樣的書呢？」

「不用在意。」

「你真的沒事吧？」

「嗯。」

和妻子聊了幾句之後就掛斷了電話。發呆一段時間後，他關掉客廳的燈，點亮了蠟燭。就像舉行虔誠的儀式一樣，只是盯著蠟燭。拒絕和參與，緊張的拉鋸戰逐漸向參與的方向傾斜。妻子的電話意外解決了煩惱，如果他們連妻子所在的美國也伸出手打擾，那麼不就沒有選擇的餘地了？他們比想像中的要狡猾得多。

骰子擲出，大局已定，而且無處可逃。他將蠟燭熄滅，整理了以後要面對的事情。把憤怒付諸實踐的人們，他們到底是誰？是什麼把他們逼到殺人的廣場？隨著時間的流逝，恐懼感逐漸消失，甚至對那個位置產生了微妙的好奇心，這種好奇心很快就變成一種奇怪的興奮。

剛過午夜，許東植來了電話，詢問是否需要更多的時間思考。

「不用，我已經下定決心了。」

崔柱浩簡短地回應道。

「明天在汝矣島碼頭，十二點見。」

「等一下！」

他趕緊攔住即將要掛斷電話的許東植。

「我不喜歡那裡。」

「那在哪裡見面？」

「在地鐵二號線文來站下車後，會看到一個小公園，在那裡見。」

「知道了。」

「時間是十一點。」

「……」

「不要遲到，我最討厭等人。」

在聽到許東植的回答之前就先掛斷了電話，崔杜浩不想一直被他牽著鼻子走。首先要直接碰撞，這是經過三天的思考後得出的結果，並且決定不去想接下來會如何。

7

從早晨開始下起了小雨。藍色雨傘、花紋雨傘、水滴雨傘，街道上各種雨傘像紙船一樣漂浮著。神奇的是連一把同樣的雨傘都沒看到，顏色相同形狀卻不一樣，形狀相同的顏色便不同。

許東植打開塑膠雨傘後下了車。現在時間是十點四十五分，距離約定時間還剩十五分鐘。崔柱浩說不要遲到的話讓他非常在意，從凌晨開始就忙碌著。他七點半左右從石牆獨院出發，用了將近三個小時才來到這。

昨晚，手機裡傳來的崔柱浩的聲音相當平靜。在變更約定地點和時間時，不像是平時的他，甚至從中感覺到一種遊刃有餘。

不管怎樣，這都是值得慶幸的事情。比起回答還沒做出決定，用快死的聲音令人掃興，這看起來要好得多。

他看見崔柱浩拿著紅色雨傘呆呆地站在公園門口。許東植快速掃視他的身體一眼，沒看到資料夾。

「資料夾？」

聽到這句話，崔柱浩的眼睛突然瞪大，似乎是表示現在這個時刻，那種東西有什麼大不了的表情。

「下次一定要帶來。」仍然沒有回答。他是不是還沒整理好心情，感覺他拿著雨傘的手微微晃動。許東植轉身走向停在路邊的車。

「等一下，我想問你一個問題。」

「……」

「到底爲什麼需要我？」

「不是說過你馬上就會知道嗎？」

「我不想讓手沾血。」

「別擔心，你有另外的事情要做。」

許東植默默地看著崔柱浩被紅色雨傘遮住一半的臉。比起在汝矣島碼頭見面當時，他的臉色變得更不好了。需要好好苦惱做出的決定，三天的時間遠遠不夠。安課長用了半個月，鄭記者則是考慮了一個月，但是現在崔柱浩卻沒有更多的時間考慮了。現在和兩年前的情況有所不同，那時是開業之前，現在已經送了兩個人到另一個世界，今後預計也將繼續把人送走，時間不太寬裕。

「現在做的事情，你想過結尾嗎？」

從未想過那樣的事情，除了盡全力做好現在的事情之外，絕不給予產生其他雜念的機會。

「我對結尾感到害怕，似乎會突然反撲過來一樣。」

「……」

「本來想放寬心見面的，但是不如想像的那樣。」

「時間久了就會習慣的。」

「完全無法理解，到底爲什麼要做這種事？」

「上次不是說過了嗎？」

許東植突然開始覺得厭煩了，昨晚那勇敢的聲音已消失得無影無蹤。一夜之間，他的聲音就像癌症末期患者一樣無力。

「我不認爲除掉他們幾個人以後，世界會發生變化，我只是想清理一下這片土地上不應該存在的垃圾。」

「……」

「你不認爲必須有人做那樣的事情嗎？」

「其他人也是同樣的想法嗎？」

「目的相同，但名義也許不同。」

「說人話，讓我聽懂。」

「每個人的喜好都不一樣，肯定會有充滿正義感的人，也會有想要徹底改變這個世界的人。各自有各自的想法。」

如果只從目的意識來看，B組成員的使命感更加透徹。他們抱著哪怕是一點點也要改變世界的信念，把重點放在實現正義的社會上，夢想著新的世界。爲此，他們認爲應該先處理掉人渣。與此相比，A組組員們對名分等因素並未賦予太大意義，將類似癌細胞的賤種過濾出來，然後送往另一個世界，僅僅如此。

「趕快走吧！」

雨停了，零碎的垃圾被雨水沖進下水道。許東植收起塑膠雨傘，坐上停在路邊的車。崔柱浩沒有上車，而是回頭看了看。在他視線停留的地方，安課長斜靠在車輛保險杆上。

「那人是誰？」

「快上車。」

許東植繫上安全帶後發動了引擎，崔柱浩無奈地上了車。

「是在跟蹤嗎？」

崔柱浩回頭後問道，安課長的車打著方向燈緊跟在後面。

「是護送車輛。」

「還有車輛在後面護送的嗎？」

「好像也是啊，哈哈哈。」

許東植大聲笑著。

車輛駛出首爾市區後開始加速，車流量也逐漸減少。兩側道路上，矮小的山脊調節著高度，不斷延伸。

許東植在汽車音響中放入CD，接著傳來熟悉的旋律，是《越戰獵鹿人》的主題曲〈Cavatina〉，這是他妻子最喜歡的歌曲。妻子說這首歌會帶來特別的靈感，所以經常聽，有時甚至會一整天反覆播放。許東植喜歡那部電影內容更勝歌曲，放映期間始終以安靜但沉重的語調表現出反戰的決心。主人公再次前往越南，與老朋友玩俄羅斯輪盤遊戲的場面是這部電影的壓軸場面。

崔柱浩閉上眼睛陷入沉思。上車後他一句話也沒說。許東植能猜出他的想法飛到哪裡，他大概想到一個瘋狂的殺人組織，也許此時此刻，他還在想著要從他們組織裡掙脫出去。安課長的車隨時更換車道，保持適當的距離緊緊跟隨。

「我妻子說你們給她寄了書。」

崔柱浩閉著眼睛說道。

「如果再幹那種事，我不會善罷甘休。」

「我不是說過嗎？那不是我負責的事。」

大約在半個月前，安課長便暗示有禮物要送給崔柱浩的妻子。他很清楚這意味著什麼，但還是沒能勸阻安課長。雖然不想把他的家人當作人質，可為了組員的安全別無他法。

車子在抵達八堂大壩前開始減速，到大壩上方游覽的車輛正以相同的速度駛過大壩。崔柱浩詢問現在要去的地方是哪裡。

「我不能盲目地跟著你走。」

「那裡比想像中簡單，只要忠於自己負責的事情就行，除此之外，也不奢望你多做什麼。」

「名字是什麼？」

「什麼名字？」

「組織的名字。」

「沒有。」

崔柱浩突然拉起副駕駛座的椅背。

「組織竟然沒有名字……小狗都有名字。」

許東植噗哧地笑了出來，是不是在期待像共濟會、聖殿騎士團、ＫＫＫ這樣的名字呢？他們從一開始就沒有考慮過這種形式上的東西。

「那裡也有你熟悉的人，不過暫時會和他們保持距離，即使感到鬱悶也請忍著。」

「鄭記者也在那裡嗎？」

許東植點了點頭。

「現在去的話，是要和他們見面嗎？」

「今天沒有人。」

「那爲什麼要去？」

「今天帶你來熟悉路。」

車子停在八堂大壩前。大壩入口懸掛著的黃色間歇燈忽明忽暗。只有一線道的八堂大壩不得不等候對面的車輛全部通過，車輛如潮水般湧向伸直的大壩。

「從這裡開始要好好記住。」

信號一變，車子就在大壩上暢行無阻。

「因爲這是你以後經常要來的地方。」

過了大壩以後，車子快速駛過兩側道路邊大大小小的立牌。此刻已經看不到安課長的車了，剛過八堂大壩之後，他就打了雙黃燈，然後返回來時路。

「其他的我雖然不能保證，但有一件事我可以明確地向你承諾。」

崔柱浩眼角稍微上揚，好像是在問那是什麼。

「你絕對不會後悔的承諾。」

許東植把手從方向盤上移開，自豪地擺動小指。雖然現在正陷在不安之中，但不久之後，他也會和組員們一起擁有共同的目標。完成目標後，也會在聚餐時愉快地喧譁和談笑，並且會再次體會到自己的心臟有多熾熱。

車子逐漸進入深山。越過山脊，密密麻麻的樹木像屏障一樣擋住道路。

「快到了。」

許東植在崔柱浩的耳邊低聲說道。

8

「到了。」

崔柱浩坐在副駕駛座上，一動也不動。手裡緊緊抓住安全帶，膝關節拚命用力。車停在斜坡上的瞬間，一種不祥的預感掠過他的胸口。下了這輛車的話，可能永遠都回不了家了。

「不下車嗎？」

昨天接到許東植的電話時，還心想無論是什麼事都要勇敢面對，如果躲不掉，就乾脆享受。可是到了目的地之後，他的信心又動搖了，昨晚堅定的決心不到一天就被打敗。

「快下車！」

許東植催了崔柱浩三次以後，他才緩緩下車，以猶豫不決的姿勢環顧四周。難道這地方挖了地下道？別說藏身的地方，這附近連一棟荒宅都看不到。

「這邊。」

崔柱浩跟在許東植兩步之後，他突然感到呼吸急促、雙腿發軟。跟在陰間使者後面走的感覺就是這樣嗎？眼前明明能看到路，卻兩度差點跌倒。只屬於他們的隱密場所，應該和外面的世界徹底隔絕，如果踏進，就會有無法想像的另一個空間。

「兩塊岩石，好好記住。」

許東植指著約略有孩子身體大小的兩塊岩石，他用手撥開岩石旁的樹枝，一條狹窄的小徑於焉出現。這條小路勉強能進出一個人，岔道兩旁是鬱鬱蔥蔥的樹木，沿著小徑往上爬，不一會，狹窄平緩的斜坡消失，出現開闊的平地。

崔柱浩緩了口氣，慢慢抬起頭來。一座紅色的建築物聳立在矮小的山脊中央。

「這裡本來是一間療養院。」

許東植指著建築物門口一塊小小的木牌，上面刻著「但以理療養院」的字樣，木牌下能模糊地看到聖經中的一句話。

睡在塵埃中的，必有多人復醒。其中有得永生的，有受羞辱永遠被憎惡的。

——但以理書第十二章第二節

三層樓的療養院建築看起來非常老舊，建築物牆壁上的油漆醜陋地剝落，四處充滿裂縫。二樓的玻璃窗被打破，卻無人修繕，三樓則連窗框都不見了。一樓入口的門板都沒有留下，這個建築物看起來非常適合不良青少年作爲祕密基地使用。

「不是那裡，到這邊來。」

許東植經過療養院建築物，沿著石階往下。

走下樓梯後，平地上三幢建築物稀落交錯。從巨大的木製建築兩側可以看到原木獨院和石牆獨院。許東植站在三棟建築物中最大的木製建築前面，單層木製建築與療養院建築不同，看起來非常堅固。

不知是不是經過多次修整，到處都能看到改造後的痕跡。木製建築正門立著寫有「Therapy

Hall」的招牌。

Therapy Hall……意思是治療的大堂嗎？這個名字也很適合療養院，「Therapy Hall」立牌下方寫著如下句子：

調整身心、尋求平靜的地方。

乍看之下，這裡好像被用作療養院的講堂，是否曾經經由瑜伽或冥想等課程治癒了療養院患者呢？

「這裡是舉行執刑會議的地方。」

許東植用柔和的眼神看著立牌。

「執刑會議？」

「可以看作是選定人渣的會議。」

「魯昌龍和鄭永坤也是在這裡決定的嗎？」

「嗯，組員們會在這裡進行自由討論，確定執刑對象。當然，選定執刑對象也需要經過驗證程序。」

也就是說，不會任意決定殺害對象。但是不管他再怎麼繞彎子，這是一個殺人集團的本質不會改變。可以推測出在這裡面曾經出現過怎樣的情景，大概有十到二十名左右的組員翻開殺生簿，挑選要送他們下地獄的人渣。

「那裡是B組使用的地方。」

許東植指著右側的原木獨院。這座建築比療癒的殿堂小得多。

「這裡由A組和B組所構成，彼此扮演的角色都差不多。」

怎麼會只有A組、B組這樣的名字？這個名稱實在平淡無奇。他們好歹也是處死人渣的祕密集團，應該有相應的團隊名稱，例如借用希臘神話的宙斯組或赫拉組，《舊約聖經》中的大衛組和所羅門組聽起來也不錯。

「那個建築物是什麼？」

在療癒的殿堂上方的山坡上，也有一棟孤零零的建築物。該建築由八角屋頂的瓦片製成，給人一種古色古香的感覺。

「最好不要去那裡。」

許東植帶崔柱浩繞到療癒殿堂的左側，較小的石牆獨院顯現，獨院內部就像是把偏遠的辦公室搬來一樣，十分簡陋。

「好像來到什麼陰森森的倉庫。」

雖然辦公室的組成要素相當齊全，但牆壁有著多道裂痕，顯得十分冷清。中間有一張大圓桌，旁邊放著木桌和書櫃，書櫃裡整齊擺放著各種顏色的資料夾。

「鄭記者是A組嗎？」

許東植點了點頭。

「你說過有我認識的人，是什麼樣的人？」

「即使有疑問，也先暫時忍著。幾天以後自然就會知道了。」

每次問他話，從來沒有痛快地回答過一次。馬上就會知道、別著急、暫時忍著……。把自己帶到這裡，應該可以當作是同一組織的成員，進行詳細的說明吧？但每次都只是往後推或說時間會解決一切。

「我該做什麼？」

很好奇堅持手不沾血的自己，在這裡要做什麼。

「記錄會議內容，整理組員們帶來的執刑對象的資料。過段時間我會告訴你一些細節。」

許東植從書櫃裡拿出三個封面顏色各不相同的資料夾，這些資料夾裡混雜著尚未整理好的資料。魯昌龍的資料在黃色資料夾裡，藤條纏繞手法下方畫著紅色的線。

「你的資料給了我們很大的幫助，多虧那些資料，事情才能辦好。」

那是吸引自己的決定性誘餌。猛然咬住那個誘餌，才終於來到這裡。

「在舉行執刑會議的當天，把討論的內容概括寫下就可以了。你可以參照一下這裡的樣本資料。」

許東植從舊抽屜裡拿出厚厚的資料夾，多張A4大小的紙，約有近五十頁左右的分量。

「我出去一會再回來，你先看一下吧。」

這個資料夾像是幾個人寫的，形式五花八門，親手用原子筆寫下的字體各不相同，從電腦打印機中印出的字體等文件樣式也不同。

崔柱浩坐在椅子上，平靜地看著資料夾，裡面裝滿了有關魯昌龍的資料。如果按照這裡所寫的，應該是第四次和第五次執刑會議的資料。剛開始閱讀時，崔柱浩沒有特別的感覺，只是簡略翻過。但是沒過多久，生動的文章吸引了他的視線。他一張張地翻閱，感覺渾身都熱乎乎的。這不是一般的資料！爲了清除這片土地上唯一的親日派，他們毫無保留地傾注了所有的熱情。第四次和第五次執刑會議的內容概括如下：

一、魯昌龍人物探索

（一）簡歷

慶尙北道蔚山人。一九三八年畢業於慶南巡警教習所，一九四五年爲止，一直擔任蔚山警察署高級刑警。解放後在首都警察廳調查科工作，一九五三年擔任忠北嶺東警察署保安科科長，一九五五年擔任首爾市警保安科科長，一九六七年起在中央情報部對共科工作。

（這一部分和金助教找到的資料相似，此外還詳細記載了魯昌龍的家族長輩及其家族關係等。）

（二）親日行爲

他身爲親日附逆者，親自拷問愛國志士，到解放之前都積極協助日本帝國主義，帶頭檢舉上海臨時政府和祖國的聯絡人。

（詳細描述了魯昌龍的親日行爲。如果說給許東植的資料只是摘要，那麼此處出現的親日資料範圍更廣，並按年度詳細記載。附件中還記載了被魯昌龍拷問的愛國志士的名字及其後代子孫的情況。）

（三）反民族行爲

他在解放後隱藏親日經歷，在自由黨政權裡負責治安，並搖身一變成爲反共極右勢力，鎮壓當時的左翼分子和中立的民族主義勢力。

（解放後，魯昌龍投身警察的過程和四一九事件發生之前的行蹤都予以呈現。當時，魯昌龍甚至僞造文書，在國有土地私有化方面發揮了與眾不同的手腕。魯昌龍爲了重新找回以自己名義的土地而入境，也是在這個時候將國有土地私有化的土地。）

（四）反民主行爲

五一六軍事政變後，他再次重返公職。維新政權初期還擔任情報機關的要職，帶頭檢舉左翼犯罪分子。

（上面寫有魯昌龍在情報機關負責的事件，和他檢舉的犯罪名單。魯昌龍曾一度被派遣到保安司令部，與軍方保持緊密的關係。）

（五）家庭關係

他有一個兒子，妻子在四一九前去世。

（兒子在一九九〇年代以後記載爲身分不詳。紀錄中註明他在祖國唯一的親人，即現在擔任大邱高等檢察廳檢察長的侄子相關紀錄。）

二、關於執刑的罪名

（一）反民族行爲處罰法

他在日帝強佔時期協助日本，以反民族行爲危害民族同胞，根據一九四八年九月二十二日法律第三號執行法律。

（此處寫著從一九四一年至一九四五年八月魯昌龍的反民族行爲相關罪名。）

（二）反民主行爲者公民權限制法

根據一九六〇年十一月憲法修訂的追溯立法處罰執行法律。

（以適用四一九事件發生之前公務員犯罪事實的法律爲依據，附有濫用職權和對嫌疑人施以虐待行爲。）

三、執刑前進展情況

（一）入境時間

預計爲七月二十二日。必須留意乘客名單中以金德戍的假名登記的事實。B組成員將前往機場接機。

（根據資料，他們不僅記錄了魯昌龍的入境時間，還記錄他使用假名乘坐的飛機座位號碼，和爲應對惡劣天氣而準備的下一班飛機到達時間等。）

（二）入境後日程

辦理入境手續後，將入住市政府前的廣場酒店。關於入境後的日程，日後將以書面形式報告。

（此處詳細列出了入境後魯昌龍的行蹤。包括入境後立即會見大型律師事務所的律師，並與風水師一起在龍仁購買墓地等過程。）

（三）執刑預定日期及場所

七月二十五日至二十六日。第一候選地爲魯昌龍入境歡迎晚宴現場；第二候選地爲龍仁一帶的野山；第三候選地是魯昌龍入住的酒店。

四、執刑方法

（一）購買物品
（二）購買過程
（三）購買處
（四）場所
（五）善後處理
（六）參與人員
（此部分全爲空白。）

五、執刑程序

（一）綁架地點

第一計畫，歡迎魯昌龍入境晚宴現場。第二計畫，魯昌龍下榻的酒店。

（此處註明晚宴現場周邊的縮略圖、監視攝影機的位置等。如果第一計畫出現差池，將入住酒店前明示爲第二綁架地點。組員似乎進行了數次演練，對完善點也詳細地記錄。）

（二）執刑地點

獨立運動家金赫哲後代的家。人跡罕至，廢棄已久，是最佳場所。

（在魯昌龍入境之前就觀察了多處候選地，爲因應金赫哲後人的家出現問題的情況，還準備了第二、第三執刑場所。）

（三）參與人員

四人。

（此處只各以一個字母代表四人，似乎是英文名字的首字母。）

（四）預計逃逸路線

參照執刑地點周邊的縮略圖。爲防萬一，建議事先熟悉現場周圍情況。

六、執刑會議主要內容

H：關於魯昌龍的執刑方法，積極推薦日本帝國主義強佔時期使用的拷問手法，

J：判斷「纏藤條」是最好的方法。由於天氣炎熱，能夠在清除執刑對象時使痛苦最大化。

A：執刑魯昌龍後，最好將屍體掩埋。掩埋場所建議是魯昌龍購買墓地的龍仁地區野山。

Y：龍仁一帶的墓地地區判斷爲危險場所。墓地入口因居民來往頻繁，極不合適。

E：請保留掩埋魯昌龍的做法。爲了能讓媒體持續報導此次事件，需要制定極爲特別的執刑方法。

H：魯昌龍的屍體最好在執刑場所原封不動地公開。

B：建議將執刑對象的部分身體（鼻子或耳朵）拿來作爲戰利品保管，日後會被記錄爲具有象徵性的物品。

Y：鼻子和耳朵有可能刺激輿論，建議手腳指甲較爲合適。

E：爲了暗示執刑的理由，在魯昌龍的身體刻上法律條款也是很好的方法。

（他們的執刑會議內容還沒有整理好，雜亂無章。因爲用手寫得太快，很多字都看不懂。）

此外，執刑會議的內容還佔了不少分量。此處顯示，在確定魯昌龍的執刑方法，即如何使用高等係刑警們的拷問手法上，進行了長時間的討論。剛開始時，有人提議將魯昌龍的屍體加以埋葬或遺棄在野山裡，讓其成爲野獸的獵物，但隨著討論不斷深入，大多數人認爲應該向外界公

開魯昌龍的屍體。其中B和Y提出最極端的方法，主張把魯昌龍的手腳指甲拔下來之後，送到各媒體公司。但由於擔心會刺激輿論，所以沒有被採納。B退一步說，要把魯昌龍的手腳指甲作爲戰利品，保管在療癒的殿堂。）

七、事後探索及注意事項

執刑人員必須熟知下列事項。

（此部分看起來是由對法醫學有相當知識的人所敘述的，內容主要舉出科學的例子，並列舉對應這些情況的技術。即囑咐要注意血液、唾液、毛髮、汗液、尿液和其他人體分泌物，並勸告現場一定要附加替代用線索，以給調查帶來混亂。特別是指紋具有獨一無二的特性，可以進行個人識別，因此建議戴上手套。另外，詳細記錄身體部位的特性後，提出了最大限度地提高拷問效果的方案。）

（一）媒體動向

（有關魯昌龍的報導都被剪貼下來，其中鄭記者寫的報導最多。）

（二）調查組動向

（每隔兩天就會記錄下調查組的調查進行情況。非常清楚地記載監控錄影查詢記錄、國立科學調查研究院的屍檢意見書、受害者周邊的探問記錄等調查組的動向。除了此次事件的調查負責人宇慶俊檢察官的簡歷外，還記載了檢方內部的評價。）

（三）輿論動向

（這是他們最重視的部分。他們分析了新聞報導魯昌龍事件的論調，並密切關注輿論的動向。結尾部分還記錄了很多令人印象深刻的留言。）

崔杜浩蓋上資料夾，手掌被汗水浸濕。這些紀錄相當驚人，這些人渣因爲是人類中的垃圾，所以沒有被隨便殺死。爲了處決魯昌龍，他們盡了最大的努力。爲了尋找最佳殺害場地，他們也找到獨立有功者後代的家。還爲了處刑，追溯了很久之前的法律。

紅色資料夾中生動地記錄了鄭永坤執刑前後的過程。該資料夾與魯昌龍的資料相似，第七次執刑會議的資料中記載了光復節特赦的名單和簡歷。在當天上午的會議中，金吉鍾和鄭永坤被選定爲候選人，在下午的會議中，鄭永坤最終被確定爲第二次執刑對象。此後，所有資料都集中在鄭永坤身上。從鄭永坤被釋放到執刑日期確定爲止的一舉一動，都被他們的監視網掌握。鄭永坤的跟蹤日誌中，按日期和時間記錄了他的移動路線，附件中還記錄了預計綁架場所的酒店和咖啡廳的簡圖、監視器位置等。該資料中顯示，鄭永坤的罪名多達十二項。特殊恐嚇、非法逮捕和監禁、國會僞證、貪污、逃稅、僞造文書、違反選舉法等，其中還包括被大法院判處無罪的罪名。結尾部分增加了此次執刑對象也要用不亞於魯昌龍的強力執刑方法進行審判的內容。

在看到資料夾的最後時，崔柱浩的眼角出現刺痛感，鄭永坤的執刑方法中有著自己的名字。

將參考崔柱浩教授的《朝鮮時代刑罰制度研究》論文。

不僅如此，附件上還寫有自己的家庭住址和聯繫方式，以及位於芝加哥的妻子家和女兒學校地址。

「怎麼樣？能看懂嗎？」

許東植進入獨院。崔柱浩將寫有自己名字的文件貼近許東植的面前。

「一定要做到這種程度嗎？」

「……」

「在處決人渣之前，你們應該有點禮貌。」

看到妻子和女兒的名字那一瞬間，頭部突然出現暈眩的現象，好不容易才忍住要把資料撕成碎片的衝動。

「對不起，只顧著向前走，我的想法太短淺了。」

許東植低下頭。看他眞心實意道歉的表情，憤怒多少有些消停。事到如今，追究此事也無濟於事。

「爲什麼要蒐集這些？」

崔柱浩指著圓桌上的資料。

「留著以後有用。」

難道是要編寫犯罪教科書嗎？那麼對於夢想殺人的人來說，這是再好不過的資料了。

「以後和我聯絡的時候，使用這個手機。」

許東植從懷裡拿出手機。

「是熱線電話嗎？」崔柱浩以諷刺的口吻問道。

「世事難料，因爲微不足道的失誤也有可能毀掉大事。」

「眞是徹頭徹尾啊。」

「這個週末晚上能過來吧？」

許東植眨了眨一隻眼睛。

「不，你一定要來。」

「……」

「因爲要召開執刑會議。」

9

影像判讀室裡的燈光熄滅。與此同時，所有的視線都集中在兩臺電腦螢幕上。

到底找到什麼線索？趙熙成乾嚥下一口唾沫。在鄭永坤的案發現場接到判讀組的通知後，他立即趕了過來。

到目前爲止，犯人從未出現在閉路監視器上。

「這裡是亞洲日報社的大廳。」

判讀組負責人朱刑警指著左側螢幕，螢幕下方的時間是下午三點十七分。

「那個女人是鄭潤周。」

畫面中出現長髮女子走出一樓正門的身影。

朱刑警的目光投向右側的電腦螢幕。

「接下來請大家仔細看穿藍色襯衫的男人。」

朱刑警指著從一樓緊急樓梯口走出來的男子，穿著藍色襯衫的男人在大廳中間環顧四周，迅速走向正門方向。朱刑警將畫面倒轉，在捕捉到身穿藍色襯衫男子的模樣後按下停止鍵。

「他是誰？」

坐在趙熙成旁邊的朴刑警問道。

「是崔柱浩教授，現在正在亞洲日報上連載專欄文章。」

判讀室的燈亮起，朱刑警似乎再也沒有什麼可展示的，從座位上站了起來。

「這就是全部嗎？」

趙熙成面帶無法理解的表情，輪流看著朱刑警和電腦螢幕。

「是的。」

還沒有發現什麼特別之處，畫面中崔教授和鄭記者出現的時間不到一分鐘。從畫面上崔教授的移動路線來看，他好像在跟蹤鄭記者。他們離開亞洲日報大樓的時間間隔約二十多秒。

「最近對設置在亞洲日報社的監控錄影進行解讀的結果顯示，崔教授在事件發生前後，曾經訪問兩次亞洲日報社。」

影像判讀組仔細搜查了鄭記者的周圍，不僅是亞洲日報的監視器，她出入地方的閉路監視器也全部都解讀過。宇檢察官甚至把鄭記者的信件也列入調查範圍，表現出強烈的執著。爲了追查鄭記者的行蹤，在解讀亞洲日報內部監視器的過程中，發現了意外的人物，那就是崔柱浩教授。朱刑警拿起左側電腦螢幕旁邊的資料。

「第一次訪問的日期是七月二十七日，魯昌龍被殺害的第二天，第二次是鄭永坤被殺害的九月二日。剛剛看到的畫面是九月二日拍攝到的影像。」

也就是說，兩起事件發生的日期和崔教授訪問亞洲日報社的日子是一致的。

「崔教授第一次訪問亞洲日報時，會見了社會部的韓一國次長。韓一國是崔教授的大學同學。」

「第二次訪問的時候……」

「在出版社前見到了鄭記者。那天是鄭永坤被殺害的日子。」

現在大致聽懂了朱刑警的話。也就是說，崔教授訪問亞洲日報社的日期和在亞洲日報社見到的人不尋常。

「不是說嫌疑人中存在精通歷史的人嗎？」朱刑警問道。

「是的。」

「崔柱浩教授是歷史學家。請看這個。」

朱刑警遞給他一張影印紙。《爲了最後一名親日派的辯解》，專欄作者是崔柱浩，內容則是應該將魯昌龍送還國內，以法律加以審判的警語。

「還有關於鄭永坤的專欄文章。」

《落入市民眼中的鰻魚》，這也是鄭永坤被拘留時，崔柱浩所寫的文章。巧合的是，崔教授的專欄猛烈攻擊了生前的兩位受害者。

「崔教授和鄭記者是什麼關係？」趙熙成問。

「現在還沒有發現什麼特別之處。跟蹤組正在追查鄭潤周，不久後他們的關係也會水落石出。」

崔柱浩訪問亞洲日報社的日期、身爲歷史學教授、寫過的專欄內容、與鄭記者的關係……不必再聽那些亂七八糟的說明，崔教授的背後絕對值得一探究竟。

趙熙成對最近三年間崔教授所寫的專欄進行了全面調查。在亞洲日報刊登的專欄最多，左傾媒體和網路新聞上也偶爾出現他的文章。崔教授的專欄在批判既得權者的貪腐和不正之風方面發揮了卓越的作用。每當發生政治性不當的事件時，他都毫不留情。大部分內容是懲戒和審判貪腐勢力，對於包庇這種貪腐勢力的政治檢察機關，他毫不猶豫地揮舞著大刀。偶爾也會以嘉賓身分出現在電視時事節目中，逐項譴責依附於權力的政治檢察機關。將崔教授過去所寫的專欄蒐集一覽，彷彿是人渣的巨大處理場。

調查組迅速行動起來，立刻成立調查崔教授的專門小組。不僅是他的專欄，研究論文和著作也包括在調查對象中。意外地發現線索是在集中全力調查崔教授的三天之後。

「這是我在尋找崔教授的研究論文時發現的書。」

朴刑警出示了書籍封面和複印該書正文的資料。封面印有《日本帝國主義強佔時期拷問殘酷史》的書名。

「纏藤條是犯人將魯昌龍逼死的拷問手法。」

朴刑警指著複印的部分。

「纏藤條」是日本煤礦地帶肆意妄為的拷問手法之一，也是日本帝國主義向朝鮮傳授的惡性拷問手法。這就是所謂「土方」對建設工、煤礦勞務者施行的私刑方式之一。高等係刑警們進一步發展了此一方法，用皮帶代替繩索。

趙熙成歪了歪頭，崔教授和這本書有什麼關係呢？這本書的作者是一位叫朴興圭的學者。

「為了尋找線索，我去崔教授任教的大學圖書館查看了這本書。發現這本書的借閱者名單中有崔杜浩。崔教授借閱這本書的日期是七月十九日，也就是魯昌龍被殺的前一週。」

登載著纏藤條拷問手法的書、借書的崔教授、崔教授借書的時期、魯昌龍被殺害一週前……。而且不僅如此。

「我之前不是說過朝鮮王朝實錄中記載的貪官污吏嗎？」

趙熙成點了點頭。

「崔教授的研究論文中有類似的內容。」

朴刑警輕輕地把另一疊複印件放在桌上，題目是《朝鮮時代刑罰制度研究》，崔教授的論文。

十八世紀後期，對於良民的掠奪和剝削最嚴重的地方是西北地區。這一地區的官員不顧連年災荒，任意徵收稅金，百姓怨聲載道。對此，朝廷向西北地區派遣了大規模的暗查官員，逮捕了橫徵暴斂的貪官污吏，並處以刑罰。特別的是，朝廷在東軒[11]和官衙前展示對貪腐官員施以刑罰的工具，長達半個月至一個月左右，這是為了向其他官員發出嚴重警告而採取的措施。

看到崔教授論文的瞬間，雙手傳來了刺激的手感，是釣到大魚時的那種感覺。連續三天調查崔教授周邊的努力沒有白費。最令人驚訝的是朴刑警的爆發力，在發現《日本帝國主義強佔時期拷問殘酷史》後，怎麼會想到去崔教授的大學圖書館探查呢？在那裡找到那本書固然驚

11　注：朝鮮時代地方郡縣官員或監司、兵使、水使以及其他守令處理公事的大廳或房子。

訝，但是能拿到借閱者名單更是令人刮目相看，眞想好好請朴刑警吃一頓飯，慰勞他的辛勞。

雖然現在做出判斷還爲時過早，但似乎已經找準了脈絡。在亞洲日報社大廳捕捉到的監控畫面徹底改變了調查的輪廓。搜查原本就像連環套，只要一個環節被套住，後面就會像地瓜莖一樣，一連串的東西被拉出來。

10

夜幕很快降臨在夕陽西沉的地方。和上次白天來時的感覺不同，被一片黑暗包圍的療養院看起來彷彿是經歷戰場的廢墟。

崔柱浩經過燈火通明的療癒殿堂，走近了石牆獨院。他一握住獨院的門把，許東植就呼地開門出來。

「今天執刑會議的內容要記錄在這個資料夾裡。」

許東植拿出夾在肋下的黑色資料夾。

「我以前也說過，我不會把人一一介紹給你，不要因此覺得鬱悶。」

如果是那樣的話，就沒有必要擔心了。別說是問候，他現在就像是在對待鬼神一樣，不會感到遺憾。現在還不想和隨意殺人的人打招呼，這是眞實的心情。

走近療癒的殿堂時，傳來了人們嘟嘟囔囔的聲音。窗戶透出灰濛濛的燈光，心臟突然怦怦直跳，感覺兩腿發軟。雖然下定決心過來，但很快就感覺到那種決心已經完全消失。打開這個門以後，會是什麼景象呢？像似冒牌教主的人會不會穿著五顏六色的衣服背誦咒語呢？跟隨他的狂熱信徒會不會哭鬧、跺腳呢？說實話，期待和憂慮各佔一半，既害怕又好奇。殘忍地亂砍人渣的人物，會是哪些人呢？

抓住門把，耳邊傳來木頭嘎地破碎的聲音。崔柱浩用力，將腳踏入內側。幸好沒有看到唸咒語的教主、沒有跺腳的人，也沒有抑制不住感動而流淚的人。

一張巨大的會議用圓桌映入眼簾。十多個人在圓桌前圍坐著，他們的目光一下子投向了自己。崔柱浩平白無故地縮起肩膀，低下了頭，感覺像是轉學來的孩子第一次進入陌生的教室。他在許東植旁邊坐定。

這些人正在熱烈討論中。打著紅色領帶的男人帶著嚴肅的表情繼續說話。

「在追求個人利益之前，爲社會和國家的繁榮做出貢獻才是作爲企業家的眞正價値所在。但是李哲承無視市場經濟的原則，只熱衷於透過各種不正當的方法積累私利，不僅將私有財產轉移到國外，還經由巧妙的方法逃稅，收買公職人員，擾亂公開招標競爭的秩序。而且每當新政權上臺時，他都沒有切斷政商勾結的積弊，還向有影響力的政治人士提供數億韓元的祕密資金，以此作爲代價，獲得了各種官方工程的訂單。」

在紅色領帶的發言過程中，崔柱浩緩緩環視坐在圓桌前的人。生怕和他們對視，還小心翼翼地斜視了一下。大部分年齡層屆在四十歲以上，鄭記者坐在對面，她看起來最年輕，也是唯一的女人。紅色領帶的發言結束後，有位五十歲出頭的男人站了起來。

「大家都知道，李哲承是勞動界最惡劣的企業家。去年春天，他動員了黑社會組成的敢死隊，去鎭壓合法的工會活動。」

他就是深夜討論節目的主持人嚴基石。他的本職工作是律師，不僅是法律界，在傳媒界也是廣爲人知的討論主持人。臉熟的人不僅僅是嚴基石，有「人權聯盟」的幹部，也有經常在電視時事節目中露面的法醫學者。坐在許東植旁邊的男人也很眼熟，是揭露國防部的貪腐行爲並發表良心宣言後退役的軍人。

「李哲承不是花園百貨公司坍塌事故的實際負責人嗎？」

「是的，當時以嫌疑人的身分被檢方傳喚接受調查，但因爲證據不充分，被判無罪。」人權聯盟的幹部問道，嚴基石回答。

「根據我們市民團體的調查結果，偷工減料工程報告書已經移交給負責的檢察官了。」

「由於工程負責人在法庭上推翻了陳述，李哲承的嫌疑未能得到證實。後來揭露李哲承向工程負責人提供了三億韓元，讓他爲自己做有利陳述。」

「僅憑這些，起訴理由不就足夠了嗎？」

「這就是檢察機關的侷限。」

「李哲承還投身於武器仲介業，是導致鉅額稅金支出的罪魁禍首。」

此次發言的是那位曾揭露國防部貪腐事件的軍人出身人士，他的頭髮很短，給人一種堅韌的形象。

「李哲承的岳父是曾擔任國防部次長的預備役少將。據我所知，以與軍工企業牽頭爲條件，數十億韓元的佣金就這樣流入他們手中。」

「李哲承還深度參與了國防部的主要政策項目A專案事件。爲了平息A專案事件，他向實務負責人行賄，對拒絕的人也毫不猶豫地進行威脅。當時參與該專案的多名軍方將領被判刑，但只有李哲承被判無罪。」

許東植示意，將綠色資料夾推向圓桌前。

「請參照這個。」

資料夾中包括李哲承和原本是國家情報院幹部，後來變身爲企業家的朴時亨的非法資料。

李哲承和朴時亨，他們的罪名相差無幾，難以分別輕重，都以賄賂和游說爲主要武器，在掌控權力者方面發揮卓越的能力。

「朴時亨承攬新機場招標工程時，沒有出現任何反對聲浪嗎？」

鄭記者問道，一位身著藏青色西服的男子站了起來。

「經過確認，在總共十六個投標過程中，有十一個限制性競爭和五個隨意契約投標。」

「根據資料，朴時亨就此次競標向高層公務員行賄。賄賂金額是多少？」

「大約二十億韓元。」

「負責洗錢的會計負責人向檢方檢舉了此次投標過程中的非法行爲，那爲什麼會停止起訴呢？」

「青瓦臺民政首席邊佑鎮似乎向檢方施加了壓力。邊佑鎮是釜山高檢長出身，至今還在檢察廳內擁有其影響力。」

療癒的殿堂似乎是將國會聽證會現場原封不動地搬了過來，只是沒有相關知情人士和證人。他們集中追究那些即使有確鑿的物證，後來卻逃脫法網的執刑候選人。起初主要是企業家成爲聲討對象，但後來逐漸擴大到政治人物和高階公務員。

之後對於李哲承和朴時亨的驗證工作又進行了半個小時左右。他們以事先準備好的資料爲基礎，提出自己的意見。沒有人阻止這種意見或把它當作爭論的焦點，至少從討論的過程來看，他們徹底遵守了民主主義原則。

無謂的擔心壓制了崔柱浩的心情。在進入療癒的殿堂之前，他還預期會有個性蠻橫的人主宰殺生簿，橫行霸道。他原本以爲，成員們會在會議上豎起青筋，用誇張的動作聲討人渣，但是他們只是簡單明瞭地傳達了必須說的話。他們不興奮，也不著急，似乎身體已經習慣節制過多的感情，取而代之的只是邏輯性地傳達自己的意見。

「李哲承和朴時亨的第二次驗證工作到此結束。」

朴時亨的驗證程序一結束，人權聯盟幹部就站了起來。

「關於下次執刑會議的情況，日後再通知各位。」

崔柱浩躊躇起身，環視療癒的殿堂。屋頂很高，有四扇窗戶，地板非常光滑，非常適合成爲練習瑜伽或鍛鍊身心的空間，但是無論怎麼看，都沒有看到象徵他們組織的圖案，也沒有呈現團隊團結性的旗幟、標誌，或是符號。

「你在幹嘛？快出來。」

許東植把頭伸進療癒的殿堂內部，崔柱浩跟著他走進了石牆獨院。

「眞心歡迎你的加入。」

一個肩膀寬大的男人走來，並向他伸出手，崔柱浩不由自主地回握。A組成員稱他爲安課長，就是從文來地鐵站的公園到八堂大壩路上，跟在車子後面的男人。

「以後一起加油吧。」

這次是留著短髮、身材高大的男子伸出了手。他是揭露國防部非法行爲的軍人出身男子。正要和他握手的那一瞬間，下巴下面的黑痣映入崔柱浩眼簾。

現在明確知道他是誰了。讓小孩子跑腿、讓鄭記者在亞洲日報社前面上車、在許東植家門口遭遇時，那個開著小貨車的人。我們已經見過面了，他無言地流露出柔和的微笑。許東植稱他爲裴中校。鄭記者沒有用話語問候，只是輕輕地眨了眨一側眼睛。

「我要先走了。」

安課長向許東植揮手告別。過了一會，裴中校和鄭記者也不約而同地離開了獨院。

「正式的介紹下次再說吧。正如你所看到的，大家都有很多事情要做。」

崔柱浩把李哲承和朴時亨的資料放在桌子上。

「下一次要幹掉的，就是他們倆其中一個嗎？」

許東植點了點頭。

「但他們還算幸運。」

「什麼意思？」

「這回決定不沾血了。」

這是個悠閒寂寞的夜晚，療養院周圍鴉雀無聲。B組所在的原木獨院在十一點多熄燈。崔柱浩在石牆獨院整理李哲承和朴時亨的資料，這些人的非法資料分量原本就很多，因此整理起來並不容易。

其中包括很多未在媒體上發表的非法行爲資料。這些資料如果沒有檢察機關和調查機關的內部人士助力，絕對無法找到。如果是這種程度的資料，似乎沒有必要對這些人的非法行爲進行另外的驗證。

崔柱浩不由得對這群人產生深厚的信任。並不僅僅是因爲引起國民的公憤就將其列入執刑對象，他們是掌握確鑿的物證，經過充分的討論後，才開始執刑程序的。憑這些資料，李哲承和朴時亨明明很難逃脫法庭的最高刑罰。

許東植隨時進出石牆獨院，告訴他如何整理資料。不知道是不是因爲是第一天，他的話很多，還嘮叨個不停。但過了十一點，他什麼話也沒說就自動消失了。

崔柱浩放下資料夾，無力地癱坐在椅子上。竟然被獨自留在獨院整理那些人渣的非法行爲資料。

幸虧這次不會沾血，但事情似乎太過簡單了。就在上週都沒有想過他們的壽命得以延長。

坦白地說，崔柱浩還預想著必須舉行什麼殘酷的報到程序，才會被允許跨進門來。他原以爲必須經過祕密集團特有的傳統，例如聽著組織的綱領、寫下血書或宏大的決心。還以爲會被瘋狂的殺人集團包圍，進行殺氣騰騰的儀式，但是什麼都沒有。他握著安課長伸出的手，面對著裴中校柔和的微笑，以及接受了鄭記者的眼神問候，這讓他有點失望，沒有組織成員應遵守的守則，也沒有宣誓。可能是因爲還沒有看到血，所以現在仍然沒有切身感受到成爲殺人集團成員的事實。

嚓嚓。

走到獨院門邊，就在那時，他聽見腳步聲。從門縫內悄悄向外望去，體格健壯的男人一個個聚集到療癒的殿堂前，是一群三十歲出頭的男人。他們穿過療癒的殿堂，迅速向停車場的倉庫方向移動。

他們是誰，又要去哪裡？崔柱浩從獨院出來，小心翼翼地跟蹤他們。通往停車場的岔路一片漆黑，還好天上的滿月散發出光芒，勉強能分辨出前方一步左右的事物。

他們停下腳步的地方是停車場的地下倉庫前。從遠處看，倉庫被埋在低矮的山脊上，很難被外界看到。從地下的窗戶透出微弱的燈光。

崔柱浩順著地下樓梯一步一步往下走，在樓梯中間停下，往窗戶裡看去。裡面除了裴中校之外，還有四名男子，其中兩人拿著像試管一樣的玻璃棒搖晃著。在裝有藍色液體的玻璃棒裡混入紅色液體後，很快就變成了橘色。另外兩個人針對放在桌子上的縮略圖，悄悄地討論著，裴中校則在一旁摸著一次性注射器。他們身後的陳列櫃擺滿各種雜物，粗繩子、遊擊訓練時使用的手套和垂降工具、錘子、鋤頭、野戰圓鍬、閃閃發光的刀子，天花板上則懸掛著各種繩子和工具。

這時，崔柱浩和正在摸著注射器的裴中校目光相遇了。

來這裡幹嘛？裴中校的眼睛如此問道。一時之間崔柱浩的身體為之僵硬，大腦下達了趕快離開這裡的命令，但身體不聽使喚。崔柱浩努力讓自己的膝蓋關節發力，身體一扭，然後沿著木板樓梯迅速向上爬。

在這樣的深夜裡，他們在做什麼呢？從握著試管玻璃棒的情況看來，似乎是在做某種實驗。這讓崔柱浩有點不知所措，使用拷問工具或刑罰工具的這些人居然拿著試管玻璃棒？這次不知道要使用什麼手法。

11

把精力集中在瑣碎和微不足道的事情上！

宇檢察官的話是正確的，找到崔教授並非偶然。這是判讀組執著地不放過任何細節的結果。監控錄影中，崔教授出現的時間只有幾秒，但其中卻包含了指明此次事件脈絡的線索。以此爲契機，他們分析了崔教授的專欄，找到他借閱的書籍和研究論文，並查明魯昌龍和鄭永坤的直接死因。如果沒有追蹤鄭記者的行蹤，也不會知道崔教授的存在。也就是說，閉路監視器終於起到了應有的作用。

而《日本帝國主義強佔時期拷問殘酷史》一書準確地確定了調查方向。《朝鮮時代刑罰制度研究》也是如此。但是僅憑這些，他們並沒有追究崔教授的理由。如果把偶然的巧合硬賴在他身上，那也太過牽強。他去亞洲日報社和在那裡見到鄭記者都不能成爲證據。無論如何，崔教授介入此次事件是顯而易見的。事件發生前後，崔教授的行爲足以引起調查組的注意。

調查逐漸開始充滿活力。趙熙成不僅限於崔杜浩，還仔細調查是否存在其他關於魯昌龍和鄭永坤的專欄文章。沒過多久，又有一個人物浮出水面。攻擊兩名被害者的評論作者並不只有崔教授一人。

「請看一下這篇專欄文章。」

朴刑警遞過來的專欄文章題目是《盜賊的世界》，專欄作者是宋基白教授。

> 還記得去年秋天，他光明正大地走進檢察廳的情景嗎？用國民的手逮捕的這個國家的「大盜賊」，他們是國民的「俘虜」。誰敢在沒有得到國民允許的情況下，給這樣的俘虜免罪符？

這是宋教授以光復節特赦鄭永坤爲目標所寫的專欄文章。崔柱浩和宋基白碰巧是師生關係，弟子與老師似乎互相約好，毫不留情地攻擊魯昌龍和鄭永坤。攻擊兩名被害者的專欄作者、批判貪腐政治人物的歷史學教授、深厚的師生關係……。朴刑警又深入瞭解了宋教授的背景，發現他與鄭潤周的關係也不容忽略。宋教授是鄭澤民在軍隊裡遭遇死因不明事件時，試圖查明其眞正死因的人物。

「向國會提交請願書、試圖與市民團體合作，意圖查明死亡原因眞相的都是宋教授。」

鄭記者、宋教授，還有崔教授，三人巧妙地交織在一塊。趙熙成曾經是宋教授的忠實粉絲，年輕時，他通宵閱讀宋教授的著作，領悟到正義是什麼、民主主義是什麼，進入檢察機關後，他也看了宋教授的專欄文章，將其作爲執法指標。直到現在，他的專欄文章仍然像鍘刀一樣沉重而銳利。

目前，對宋教授集中調查似乎還爲時過早。作爲這片土地上老練的專欄作者，對付魯昌龍和鄭永坤不是很正常的事情嗎？從宋教授的傾向來看，攻擊他們是理所當然的事情。他試圖揭開鄭記者哥哥的疑問死亡事件也完全沒有問題，那也是跟他過去所做的一樣的行動。他依然把刀對準了人渣，用身體對抗國家不正當的公權力。

趙熙成拿著崔教授的資料來到宇檢察官的辦公室。從兩天前起，宇檢察官開始修理調查官，污言穢語的髒話是家常便飯，甚至還想踹調查官的身體。趙熙成對他對待調查官的態度非常不滿。

「哇嗚！」

宇檢察官每次翻閱崔教授的資料時，他的嘴唇都捲成圓形。

「他一個人住在公寓？」

「是的。」

「妻子呢？」

「現在住在芝加哥。」

「有多長時間了？」

「兩年多了。」

「子女呢？」

「他有一個女兒，崔教授的妻子帶著她一起生活。」

「眞是大雁爸爸[12]啊。他最近的動向如何？」

12 注：為了子女的成長與教育，獨自留在本國賺錢負擔家計，將孩子和妻子送往國外的父親。因與雌性負責照顧後代、雄性觀察周圍並保護家人的大雁相似，而有此稱呼。

「他下週將參加貪腐公職者防止法聽證會。這個聽證會邀請的演講者還有宋基白教授。」

趙熙成拿出聽證會宣傳手冊，上面寫著參加聽證會的人士照片和簡歷。

「據說在崔教授的婚禮上，宋基白教授擔任了證婚人。」

宇檢察官的眼神非常犀利。

「宋教授的年齡……？」

「八十歲了。」

「還很健康嘛，都已經這把年紀了，還能煽動他人。」

宇檢察官對宋教授並不怎麼關心，認為他只是一味搞示威的煽動者罷了。

「除了崔教授，沒有其他能撈到的東西了嗎？」

「最近鄭記者的行蹤中，有值得關注的地方。」

「是什麼？」

「不久前，她去了兩次鄭澤民的墳墓，但恰巧都是魯昌龍和鄭永坤被殺害的第二天。」

「是嗎？」

宇慶俊的身體像彈簧一樣地跳了起來。

「這有點意思。」

一提到鄭記者，宇檢察官的身體就激動不已。接下來，他的目光轉向《日本帝國主義強佔時期拷問殘酷史》的借書者名單。

「把鄭潤周寫的報導拿過來。」

宇檢察官比較了亞洲日報刊登的鄭記者報導和崔教授借閱書籍的內容，這本書中出現的纏藤條拷問手法與鄭記者的報導一模一樣。

「好，從這裡出發！」

宇檢察官的嘴巴樂得都闔不起來了。

第四章　療癒的殿堂

1

即使時間流逝，崔柱浩的尷尬處境也依然沒有改變，他與組員們的距離全然沒有縮短。三次進出石牆獨院，卻從未有過一次像樣的對話。第一天只是禮節性地問候了一、兩句而已，無暇交談，也沒有機會交談。許東植沒有單獨爲他們安排場合，似乎是希望他們在某一段時間內保持適當的距離。

從石牆獨院回來的那天，在那裡並沒有做什麼特別的事情，他的身體卻完全無力。爲了消除疲勞，他倒了一杯酒，幾個疑問總是浮上心頭：這個組織是如何形成的？組織成員由怎樣的關係構成？組織領袖又是誰呢？雖然多次詢問許東植，但得到的回答總是兩者之一：馬上就會知道，或是不要想知道太多事情。但這並不意味著完全沒有辦法解開這些疑問。如果他去見鄭記者，能不能消除疑慮呢？根據他的推測，鄭記者加入這個組織的時間也沒有很長。

崔柱浩把車停在亞洲日報社附近，他在斑馬線前面踱來踱去，沒有勇氣進入亞洲日報社見她。許東植曾經牢牢地提醒他，絕對不要在這附近露臉。

五點多鐘，鄭記者出現了。這個時間點，就是採訪記者爲了趕上截稿時程而回到出版社的時刻。崔柱浩緊跟在穿過斑馬線的她旁邊。

「你怎麼可以來這裡？」

鄭記者嚇了一跳，就像遇到敵兵一樣。

「我有話要說。」

「你快走吧。」

「請抽出一點時間。」

崔杜浩邁著和她一致的步伐，走向人行道方向，他根本不指望她會熱情相待。鄭記者似乎意識到周圍的視線，露出了尷尬的表情。

「好吧，公車站旁邊有一家茶館，請在那裡等我，我十分鐘後過去。」

對於見到鄭記者之後應該說什麼，他一項一項地記在腦海裡。他完全不瞭解自己所屬組織的實際內容，也無法履行組織成員的功能。

今天好像不是時候。他突然想起鄭記者在出版社電梯前留下的話。那句話裡似乎蘊含著總有一天會再次見面的奇妙餘韻，果然最終還是如她所說的發生了。過了一會，鄭記者走進茶館。

「有什麼事嗎？」

鄭記者一坐下就環視了四周，茶館裡只有一位穿著改良韓服的老人。

「我非常鬱悶，所以就來了。」

「我能理解那種心情，但是來找我是很大的錯誤，快回去吧。」

「我不能就這樣回去。」

「你知道我現在有多危險嗎？警察正在跟蹤我。」

無論她說什麼，他完全置之不理。

「我好像還在做夢，要是有人能詳細說明就好了……，可是沒有那樣的人。每次去療養院都會有這樣的想法，感覺只有我一個人被置之不理。

「不管是誰，剛開始都是這樣。時間久了，就會發現那樣更舒服，我以前也一樣。」

「……」

「你害怕嗎？」

「如果說不害怕，那就是騙人的。畢竟是剝奪人命的事情。」

「這不是剝奪正常人的生命，有沒有想過因為那些醜惡的垃圾而受苦的人？」

「……」

「請你抱持不同的想法。那樣的話，心情會比較舒暢。」

「妳知道我對所屬組織一無所知的事實有多悲慘嗎？」

短暫的沉默持續著。鄭記者緊握桌子上的水杯，崔柱浩則將視線轉向窗外。

「想知道什麼？」

鄭記者首先打開了話匣子。

「雖然不想給妳帶來負擔，但是……」

「沒關係，反正你以後都會知道的。還有，從現在開始不要跟我說敬語[13]。」

「……」

「沒關係，我覺得那樣比較自在。」

崔柱浩把椅子拉向桌前，打開了裝在腦海裡的疑問箱子。

「鄭記者是自願參加的嗎？」

「一半一半吧？」

「應該很掙扎吧？」

「不是那樣的，只是剛開始我的意志太過薄弱而已。」

「加入組織多久了？」

「一年多一點。」

「是誰介紹的？許東植？」

鄭記者點了點頭。他很好奇許東植是如何接近鄭記者的，是否也是蠻不講理，還是是用誘餌誘惑的呢？

「我去年向報社遞交了辭呈，因爲當時突然對記者生活感到厭倦了。那時我正在採訪某集團的祕密資金事件，雖然有確鑿的證據，但政客們卻像泥鰍一樣溜走，我反而以損害名譽的嫌疑被起訴。」

曾經聽韓次長說過那件事情，所以相當清楚。鄭記者收到從政治部調到社會部的命令也是因爲那個事件。

「被調到社會部後不久，許前輩就來找我了。」

「和許東植是從以前開始就認識的嗎？」

「不是的，那時候是第一次見面，他說和我哥哥是小學同學。」

「……」

13 注：韓國人會對上司、長輩，以及不熟悉的人使用較為尊敬的語句。

「剛開始覺得許前輩的提議太不像話了。但正如你所看到的，結果就是現在這樣。」

崔杜浩詢問她是出於什麼動機加入了這個組織。

「我不想再給那些腐爛的人機會，也想向那些垃圾展現這個世界是多麼可怕。」

眞是簡短而直爽的回答。她所說的「表達憤怒的方法」與許東植略有不同。

「如果能再補充一項的話，我想安慰我們的國民。」

「安慰？殺人這件事怎麼能安慰國民？」

「請你再想想，難道你聽不到人們正在熱烈歡呼的聲音嗎？處刑魯昌龍和鄭永坤之後，你不是很清楚國民的反應嗎？他們現在應該正迫切地等待那些人渣再次被嚴懲。」

「……」

「當然，我不認爲送走幾個人渣就能改變世界。但即便如此，也不能一味看著這個社會敗壞下去。最重要的是，我想讓大家知道有和我們一樣的執刑官存在。」

「是誰開始計畫做這種事情的？」

從現在開始該問問有關組織的問題了。

「……」

「那個我也不太清楚。」

「聽說我們分成兩個組，組長是誰？」

「A組是許前輩，B組是尹室長。」

「上次執刑會議時穿黑色西裝的人是？」

在療癒的殿堂最顯眼的人物就是身穿黑色西裝的男人。在執刑會議上，他一句話也沒說，但卻有著異常的存在感。他雖然是B組成員，但感覺卻像是屬於另外的組織。

「大家叫他北極星。」

「北極星？眞是個有趣的名字。他是幹什麼的？」

「關於他，大家知道的都不多。他在組織裡也是最神祕的人，B組成員們似乎也不太瞭解他。」

「聽說他擁有很多高級情報。」

「沒錯，北極星持有人物檔案，包括政治家、企業家、媒體人士、教授等有名人士的個人資料。這個檔案裡包含個人私生活在內，有大量的資料。當然，崔教授你也在其中。」

「沒有其他組織了嗎？」

「你說的是行動組吧？」

崔柱浩點了點頭。

「在A組裡有安課長的後輩和裴中校的手下，這些都是値得信賴的人。B組由北極星負責行動組。」

在停車場地下倉庫見到的男人。按照鄭記者的說法，他們應該是裴中校的部下。

「我現在得回去了。」

「等一下！」

崔柱浩讓她重新回到座位上，還剩下一個最好奇的問題。

「這個組織，最先是誰成立的？除了許東植和尹室長，還有別人嗎？」

「那個我也不太淸楚。」

「好像不是許東植和尹室長。」

「今天就談到這裡吧。」

鄭記者從座位上站了起來。

「以後絕對不可以來找我，而且教授您也有需要注意的事情，請儘量不要試圖瞭解這個組織。」

「爲什麼？我們不是同組組員嗎？」

「大家不希望這樣。」

鄭記者離開後，崔柱浩獨自留在茶館一段時間。他又點了一杯茶，再次回顧了鄭記者的話。心裡的疑問仍然沒有獲得明朗的解答，鄭記者沒有想像中了解事情的眞相。自己眞正想知道的事她也不知道，她所知道的一切並沒有脫離猜測。

2

已經過了二十多分鐘，看什麼看得那麼仔細呢？文檢察長的目光從簡略式報告書中移開。五分鐘就能充分瞭解的內容，他爲什麼一直抓著報告書不放？偶爾還發出嘆息聲，並且再次翻開之前看過的文件。

宇慶俊連連用舌頭舔著下嘴唇，這種習慣在他焦慮的時候一定會出現。文檢察長手中握著的是第三次上呈的報告。由於急於撰寫，報告書的樣式被省略，只填上了重要的部分。只有三張紙，其中包括觀察對象和被害者的周邊情況，以及嫌疑人留下的痕跡。除了觀察對象和被害者背上的數字外，其他都是媒體早已曝光的內容。

「這次也刻上了法律條款？」

文檢察長過了很長時間才發出這個聲音。雖然下方就有答案，但他從不含糊帶過。

「是的，只選了得到大法院無罪判決的條款。」

文檢察長手指上沾了口水，翻過下一頁。其中記載著此次事件的主要觀察對象，就是鄭潤周和崔杜浩，還有宋基白教授。

「他是亞洲日報的專欄作者。」

文檢察長立刻指著崔教授。

「最近崔杜浩的行動有很多疑點。」

趙檢察官有發現崔杜浩的異常之處眞是太萬幸了，如果連這個都沒有的話，該怎麼製作報告書就令人苦惱了。

他看人的眼睛還沒有生鏽。第一次見到趙檢察官時，他就想這傢伙會不會眞的調查出什麼來。趙檢察官一加入調查組，就立刻解開了鄭永坤背上數字的意義，也在崔杜浩的大學圖書館找到與此次事件相關的書。細枝末節都仔細地查找了一番，到處捅的話，必定會有一個上鉤。

「這裡還記錄了宋基白教授。」

文檢察長下一個關注的人物是宋基白。

「眞是奇妙的緣分啊。我調到公安部後，第一個拘留的人就是宋基白教授。那時是九〇年代中期，距今已經二十多年了。」

文檢察長蓋上報告書，輕輕地笑了笑。

「後來才知道，宋教授是我高中時的大學長。不僅如此，雖然小時候不太清楚，但是宋教授的家和我們家很親近，甚至常常往來。」

「……」

「你不覺得緣分很奇妙嗎？我親手把那樣的人銬上手銬。」

文檢察長輕輕地閉上眼睛。

「當時宋教授說過的話，我到現在也忘不掉，他說下次要好好挑選眞的得送進監獄的人。」

文檢察長在三人中，唯獨對宋基白表現出關注，崔教授只問了一、兩句，而關於鄭記者的部分則直接忽略。

「最近宋教授的情況如何？」

「聽說下週要參加聽證會。」

「聽證會？」

「是《貪腐公職者防止法》的聽證會，他預計以演講者的身分參加。」

「活動力依然旺盛呢。」

文檢察長將身體深深地埋進沙發裡，悔恨的陰影籠罩在他那多少有些失魂落魄的臉上。

「好了，你去忙吧。」

眞是太奇怪了，文檢察長緊急要求查看報告書的理由是什麼呢？他仔細閱讀了報告，卻未做出任何指示或評價。對於刻在鄭永坤背上的法律條款，也沒有表現出太大的關注。對於崔杜浩也是一樣。如果按照報告書中的內容，他應該會仔細詢問關於崔杜浩的事情，摘自他研究論文的文章被引用在鄭永坤的殺害手法上並非尋常之事，這完全足以改變調查的脈絡。但是文檢察長拋開一切，只對宋基白表現出關心，而且只是對調查沒有任何幫助的過去回憶。抓住與退休教授的緣分，一個人嘟囔著。這等於是白白浪費他的時間。即使是簡略式報告書，爲了在上午完成這些資料，他可是筋疲力盡。

宇慶俊一進辦公室就把趙檢察官叫來。

「讓人跟蹤崔杜浩了嗎？」

他很好奇趙檢察官的下一步是什麼。

「現在好像還沒到跟蹤的階段。如果稍有不愼而出現漏洞，就會遭遇巨大的失敗。下週有聽證會，到時候我想直接見一下崔教授。」

「直接見他？」

「是的，我想適當地開個頭之後，再觀察他的動向。」

「你這是想小試一下？」

宇慶俊微微一笑，輕輕觸碰嫌疑犯，觀察他的動向也是調查的一種手段。心虛的小偷必然會有所行動。

「好，你負責崔柱浩，我會盯著鄭潤周。」

鄭記者的行動早就讓人看不順眼，即使沒什麼漏洞，宇慶俊也一直翹首以待，看看能不能從中撈到什麼。畢竟只憑藉新聞報導很難逼問她什麼。正好，鄭記者這時也開始出現漏洞。宇慶俊打算近期內傳喚鄭記者，進行調查。

「你……落榜幾次？」

關於崔柱浩的部分就到此爲止，他之所以把趙檢察官叫來，是另有原因的。宇慶俊想在這個時候獲得他的保證。

「兩次。」

「哇，眞快，我落榜了五次。」

宇慶俊伸出五個手指。如果司法考試落榜七次，他打算永遠和這個世界告別。

「第五次落榜之後，我對天發了誓，你知道內容是什麼嗎？」

「……」

「是命，我賭上了我的命。」

那時眞是賭上了性命，再也沒有退路。所以他在房間角落裡掛上繩索，如果再落榜兩次，就下定決心上吊自殺。他每天看著繩索，來堅定自己的意志。那年冬天，在繩索前面立下的誓言讓他的名字出現在合格者名單中。

「當時我切實領悟到一個眞理，只要拚命，什麼都可以做到。」

宇慶俊睜大眼睛看著趙檢察官。

「你知道這次事件有多重要吧？」

「是的。」

「無論是你還是我，都得把性命賭上。」

「……」

「機會不會經常到來的。」

「我會盡最大努力。」

宇慶俊搖了搖頭，他並不是爲了聽這種微不足道的話才提到性命的，他想把這次事件有多麼重要和迫切印刻在趙熙成的腦海裡。

「光靠盡全力是不行的，要賭上性命。」

「……」

「爲什麼不回答？」

「我知道了。」

「這種程度的事件値得我們拚命，全國國民都在關注。」

「……」

「只要拚了命，什麼都能成功。」

3

經過長時間的討論，終於決定好下一個執刑對象。

李哲承和朴時亨，根本沒有必要考慮在兩者中選擇誰，這次兩個組決定同時出擊。李哲承由A組執刑，朴時亨則由B組執刑。

在第十次執刑會議上，出現了兩個主要議案。一是尹室長提議同時執刑李哲承和朴時亨。起初，大家認爲他的提議多少有些勉強，但隨著討論的活躍進行，同時執刑的方案逐漸獲得眾人同意。兩個組都經歷過一次執刑經驗了，而沒有什麼是比經驗更好的學習機會。最重要的是，組員們想要讓被執刑的人渣增加的慾望更加迫切了。

另一個是鄭記者的提議：較爲保守地實施下一個執刑方法。事實上，拷問和刑罰給市民帶來了不小的衝擊，正因爲如此強烈，輿論的反應也分成兩極。人們暗自期待下一個執刑對象出現，但對極端的執刑方法表示擔憂。比起鮮血淋漓，他們更希望人渣的沒落。鄭記者指出最近媒體正在重點突顯殘酷的殺害方法，因此輿論正在動搖。如果繼續堅持殘酷的執刑方法，稍有不慎就會遭到輿論的反撲。

「我就知道總有一天會輪到那個傢伙。」

決定同時執刑後，裴中校的嘴角便一直掛著微笑。李哲承被選定爲執刑對象時，最高興的就是裴中校。仔細加以探究，裴中校退役和被迫站到法庭上就是因爲與李哲承的孽緣。

「既然如此，我想親手送他最後一程。」

裴中校希望經由自己的手斬除李哲承，那絕不是報復，而是交給他們組的使命，也是組員們共同決定的任務，這是作爲執刑官應盡的義務。

這個地方徹底禁止個人報復，從第一次完成組織開始就數次強調這一點。如果私人的感情介入其中，就會損害小組的士氣，因此在選擇執刑者名單時，必須放棄個人慾望，將焦點放在執刑候選人的非法罪行上。

A組進入了執刑李哲承的程序，這次沒有另外的支援軍，要A組內部解決所有問題。執刑過程由安課長負責，執刑方法由裴中校負責，鄭記者主要負責李哲承的日程和外圍情報。

安課長和他的後輩們不分晝夜地跟蹤李哲承。與執刑魯昌龍、探索鄭永坤時相比，他們傾注了加倍的心血。裴中校埋頭研究執刑方法，從很久以前開始，他就和負責特殊藥物的醫務軍官出身的部下一起在地下倉庫進行藥物性能檢測。這是事先準備好的，供執刑對象使用，也與保守的執刑方法非常吻合。裴中校對此賦予了特別的意義，說這是老天爺幫助。

幾乎每天都會接獲李哲承的跟蹤報告。最近李哲承接觸的人物大部分都是律師，他正面臨軍需非法行爲事件的一審審判。他的律師團由大法官出身的超級豪華成員組成，因此，面對李哲承的審判，人們紛紛議論。在審判開始之前，法律界就流傳著他充其量只會被判處緩刑、當庭予以釋放的傳聞。在跟蹤李哲承十天之後，安課長終於找到了最佳場所。

「是南楊州的一家汽車旅館。」

面臨審判的期間，沒想到他的戀愛事業也沒有停止。李哲承在每週的週四與週日，一週兩次訪問位於南楊州的汽車旅館。這裡人跡罕至，不用擔心被人看見。

「應該有很多監視器吧？」

裴中校對此表示了擔憂。

「你放心吧，只有兩臺。」

設置閉路監視器的地方只有停車場和櫃檯。因爲汽車旅館不願意曝露顧客的私生活，所以只安裝了少量的閉路監視器。

「崔教授怎麼安排？」安課長問道。「應該會很遺憾，一直讓他幹零碎的工作，重要的時刻卻漏掉他。」

「請不要在意。」

許東植果敢地打斷他的話說道。以目前來說，崔柱浩無事可做。因爲都是冒著生命危險做的事情，所以很難共享所有資訊。對於崔柱浩來說，一切都是陌生的景象。第一次進入療養院時，他的表情非常可憐，甚至顯得非常悽慘。但從上週開始，他的態度逐漸發生變化。剛開始覺得是迫不得已才堅持下來的，但現在好像是要適應團隊一樣，積極地奔跑著。

打算再留點時間觀察他，現在與組員們交流還爲時過早。執刑官的熱情……，現在交給他的任務也沒剩多少了。不惜扔出誘餌把他拉進來是有理由的，絕對不是爲了讓他整理文件才拉攏他，實際上，他還有另外的事情要做。

篤篤。

敲門聲響起，尹室長只露出了頭顱，望向內部。

「出來一下。」

許東植走出獨院外，看見尹室長臉色陰沉。

「調查組正在調查崔教授的周邊情況。」

難道是崔柱浩陷入了調查網內？這是意料之外的情況。他涉足此地還不到一個月，怎麼可能成爲調查對象？

「聽說找到了從大學圖書館借來的書。」

尹室長還補充說崔柱浩訪問亞洲日報社的那天似乎成爲了線索。巧合的是，日子剛好與執刑魯昌龍和鄭永坤的日子一致。調查組在追蹤鄭記者的過程中過濾出了崔柱浩。

「不僅是崔教授的專欄文章，連論文也在調查之中。請告訴他以後務必要特別注意自己的行動。」

到目前爲止，在將兩人送往另一個世界的過程中，絲毫沒有露出任何馬腳，但是卻在完全沒有預料到的地方有了縫隙。

爲了把崔柱浩拉進來，委託他提供魯昌龍的資料，但這卻給調查組提供了線索。這是沒有辦法的事情。幸虧還能看到調查組的底牌，眞是萬幸。

4

聽證會現場的氣氛像熔爐一樣熾熱，受邀來的演講者所說的每一句話都引來雷鳴般的掌聲。雖然崔杜浩已經參加過聽證會無數次，但還是第一次經歷如此狂熱的氣氛。演講者們都像是在比較誰更善於聲討貪腐公職人員一樣，熱情異常高漲。最近發生的魯昌龍和鄭永坤事件給演講者增添了力量，每次演講者的演講結束時，前來參加聽證會的市民們都會以熱烈的掌聲附和，接下來的演講者則用更加熱烈的聲討予以回應。

在五名受邀者中，宋教授的演講尤爲突出。宋教授表示要用國民的力量驅逐貪腐的權力，重新找回國民的主權。不知是不是因爲聽眾們的熱烈響應而興奮不已，他連準備好的稿子都沒看，從頭到尾用即興的演講代替。

宋教授在演講結束後，當場提議通過聲明書。這是一份名爲《要求處理貪腐公職人員立法案決議》的聲明書。內容是將牽涉到非法行爲的政治人士和公職人員全數抓出，不再任用，讓他們無法東山再起。還有人主張，乾脆趁此機會在國會內設立反貪腐監督委員會，以防止貪腐公職人員逃出法網。主辦單位聲明，將從本週開始進行簽名工作，並以此作爲聽證會的結尾。

崔杜浩走出聽證會現場，進入休息室。

「老師好。」

「你來了？」

雖然年過八旬，宋教授的氣色依然很好，但梳理整齊的白髮仍比以前少了很多。

宋教授八十年期間只行一條路，一步一步地走過來。從維新政權初期到現在，為了這片土地的民主化，不惜獻身而出。他的存在感在時局混亂時更加耀眼，每當政府進行內閣改組時，宋教授就會成為總理候選人的首選。精明的政府官員們也多次試圖與他接觸，想要加以聘請。選舉時也是一樣。不分朝野，重量級的政治家為了拉攏他，在他家門口排起長龍。但是宋教授不僅沒有擔任政府要職，連政治圈也沒有涉足。他欣然答應市民團體的要求，但與政治圈畫清界線。作為學者或在野人士結束其一生是宋教授長久以來的願望。

「有好好吃飯吧？」

宋教授來到聽證會大廳時問道。已經很久沒聽到這句話了，不知從何時起，這句話成了宋教授的標誌。

「是的，我每天三餐都有好好地吃。」

軍事政權時期，宋教授進行了三十二天的絕食抗爭，是為了恢復民主主義而拚上性命的鬥爭。當時中斷絕食後，第一句話就是「大家都有好好吃飯吧？」，這是表明自己直到生命結束為止，都會守護民主主義的意志。對宋教授來說，飯就是生命、良心、正義。

「臉色看起來不太好。最近有什麼煩惱？」

「沒有的事。」

確實有苦惱，但那究竟是什麼苦惱，這反倒令他困惑。他至今在組裡還沒有找到該做的工作，整理許東植帶來的資料就是全部。即使在A組內的作用微乎其微，他也不會感到遺憾。正如鄭記者所說，他決定暫時靜觀其變。

「我看到您上次寫的專欄文章。」

最近經常能看到宋教授的專欄。宋教授在刊登專欄文章時，對任何媒體都來者不拒。兩天前，宋教授寫的專欄文章是發給檢察機關的警告信函：如果今後不能正常執行法律，將會發生第三、第四次事件，這是針對魯昌龍和鄭永坤事件發出的警訊。在最近發表的宋教授的專欄文章中，是最強而有力的。

這時，韓次長從大廳一角氣喘吁吁地跑過來，他一見到宋教授就九十度鞠躬。

「這段時間沒能去看您，眞的很抱歉。身體怎麼樣？」

「每天都不一樣，你也有好好吃飯吧？」

「雖然有好好吃飯，但消化卻不太好。」

「那是因爲時局混亂，媒體也沒有發揮應有的作用。如果一直看權力者的眼色，那就完蛋了，這種情況下，飯怎麼能順利地嚥下去呢？」

宋教授也對媒體進行了指責。

「教授如何看待最近發生的事件？」

韓次長迅速轉移話題。

「仔細分析的話，這都是因爲執法不公正而發生的事情。如果法律因人而異，不能公正地執行，最底層的民心就會崩潰。」

在宋教授說話的時候，組員們的臉孔依次浮現在眼前。此時此刻，他們應該仍在追蹤李哲承的腳步、尋找執刑場所、埋首於執刑方法。雖然看不到他們，但能感覺到他們的行動。嚓嚓，連他們的腳步聲也清晰地傳進耳朵裡。三天前安課長的後輩帶來的報告書中，詳細記錄了李哲承的行蹤。可想而知，距離執刑日期所剩無幾了，最長也就四五天左右。

「懲罰國家的盜賊，哪有人會不喜歡呢？輿論不背棄他們也是因爲這個原因。」

「我明白您的意思。」

「我最近從他們那裡得到了特別的靈感。」

「什麼靈感？」

崔柱浩問道。

「我們只顧抓著筆桿抱怨，但他們卻付諸行動，比我們強了百倍、千倍。」

「即便如此，殺人也不能正當化不是嗎？」

韓次長插了進來。

「根據視角的不同而不同，戰爭中發生的殺人行爲不都是正當的嗎？」

「在，在戰爭中？」

「他們現在正在作戰。難道一定要拿起刀槍才能叫戰爭嗎？」

這實在是簡短而明快的指正。不愧是宋教授，現在組員們正在觀察敵人的動向，埋伏在敵人前往的路口，窺探著埋設地雷襲擊的縫隙。他們正在與罪惡的根源進行戰爭。

「殺害鄭永坤的方法很獨特，他們是不是參考了你的論文？」

宋教授嘴角微微一笑問道。

「我不明白那是什麼意思。」

崔柱浩明知宋教授的話，還狡辯說道。

「他們在現場留下了刑罰工具，這難道不是警告其他貪官污吏的訊息嗎？」

宋教授似乎也在《朝鮮時代刑罰制度研究》中找到他們的訊息，畢竟宋教授不可能不知道自己的論文，每當論文集出版時，他都會最先呈給宋教授過目。

「您要去哪裡？」

韓次長問道。

「我要回家。」

「我送您回去。」

宋教授跟著韓次長走到一半，回頭看了看崔柱浩。

「你最近還釣魚嗎？」

「最近很少。」

一到暑假，他就喜歡釣魚。妻子和女兒留下的空位，被釣魚的手感所代替。但是許東植出現後，別說釣魚了，他連溪邊都沒去過。

「有時間就一起去釣魚吧，八堂大壩附近有個好地方。」

「好的。」

八堂大壩附近是崔柱浩很熟悉的地方。他已經多次進出療養院，要去那裡，一定會經過八堂大壩。八堂大壩周圍有幾處不錯的地方，感覺若是垂下釣竿，好像馬上就能釣上手臂那麼大的魚。

5

趙熙成走出聽證會現場，坐在等候室旁邊的椅子上。

在聆聽受邀演講者的演講時，他整個人不知所措。他們尖銳的發言猛刺心頭，究竟是爲了誰實施的法律？這個國家的法律是否有被公正執行？事實上，演講者的要求是檢察機關應該積極面對的事情，因爲對於從一開始就沒有約束力的市民團體和學者來說，能做的事有限。可能是因爲這個原因，當受邀演講者婉轉地主張檢察改革，聲討依附權力的政治檢察時，他感到慚愧和羞恥，全身心接受著演講者的指責。

爲了與崔教授進行簡單的會面，他來到聽證會現場。這個時候和他打個招呼好像也不錯。這是爲遙遠的未來做鋪墊。正如宇檢察官所說的，只是想小試一下身手。

趙熙成環視聽證會的大廳，休息室的門被打開了，崔教授和宋基白教授並排走到大廳。兩人都是調查組關注的對象。過了一會，兩人之間又有人插了一腳，是亞洲日報社的次長。可能是因爲好久沒見，師生之間的交談沒有停止過。

宋教授和韓次長消失在停車場，只剩下崔教授一個人。正好，本來還很擔心他們三個會不會一起消失。趙熙成從座位上站起，走近崔教授。

「您是崔杜浩教授吧？」

在他面前出示了工作證。

「我有話想跟您說，能抽出一點時間嗎？」

把崔教授帶到噴水池旁邊的木椅。進入聽證會會場之前，他便先看好了談話的場所。咖啡廳等密閉空間會讓人倍感壓力，第一次見面的時候，四周開闊的空間會比較舒服。

「初次見面就說這樣的話，希望您能夠理解。關於最近發生的殺人事件，我有事要問教授，所以來找您。」

崔教授緊張的表情十分明顯，他走出聽證會會場時，也一直在確認四周。

「請說。」

趙熙成從包裡拿出了複印紙，是崔教授在亞洲日報上登載的專欄文章。

「這些專欄文章針對的是最近發生的殺人事件被害者，魯昌龍和鄭永坤，從專欄內容中可以看出，教授是這兩位……」

「那個專欄有什麼問題嗎？」

崔教授打斷了他的話。

「批判親日派或貪腐政治人士是像我這樣的專欄作者應該做的事情。」

「當然。我們並不是要把教授的專欄文章當作問題。」

接著他拿出摘自《朝鮮時代刑罰制度研究》的文章。

「巧合的是，教授寫的這篇論文與殺害鄭永坤的方法非常相似。從偶然的角度來看，存在一些難以釋懷的地方。」

「不管是偶然還是必然，如果從這個角度來看，我沒有什麼可說的。眾所周知，研究專業領域是學者的任務。希望您能夠理解這一點。」

「我知道了，您最近訪問過亞洲日報社嗎？」

「……」

「據我所知，教授是用電子郵件發送專欄評論的。」

「不久前因爲個人的原因去了亞洲日報社。」

「在那裡跟誰見面？」

「……」

「您不是見了社會部的韓一國次長嗎？剛才他也出現在聽證會大廳。」

「是的，我和韓次長是大學同學。」

「您認識鄭潤周記者嗎？她在亞洲日報社工作。」

「我看過她的報導。」

「私下見過面嗎？」

「爲什麼要問這個問題呢？」

「如果不好回答，也可以不回答。這可能也是偶然，但鄭潤周記者寫的報導與教授的文章有很多相似之處。」

崔教授的臉漲紅。趙熙成本想更嚴厲地逼問他，但最終還是放棄。至於與鄭記者見面的事情，爲了日後的調查，將保留與鄭記者見過面的時間，沒有必要把底牌都拿出來。

「教授有沒有想過，最近發生的殺人事件可能有哪個組織介入？」

「這是官方的提問嗎？」

「不是。」

「這個問題在媒體上不是給了很好的答案了嗎？」

「媒體總是超越我們的想法，沒有可信度。」

「我沒有想過這個問題。」

「最後我想對教授說一句話，與這次殺人事件無關，希望您不要太在意。我一直在關注教授的專欄，也爲教授那爲了社會正義不惜全身投入的勇氣給予掌聲，也許將我視爲教授的粉絲也無妨。我也能理解對於貪腐公職人員在刑期未滿的情況下被釋放時，教授感受到的失望，這與執行法律任務的檢察機關的立場沒有太大區別。」

「……」

「如果法律不能履行其職能，社會根基就會動搖。這起殺人案跟一般案件是兩碼事，犯人的行爲並不是穩妥的解決方案。如果以執法公正性爲藉口，製造社會公憤，這個社會又該如何維持？雖然現在暫時可以依靠輿論的力量，但也不會持久。請相信檢方，如果需要幫助，請隨時聯絡我。」

趙熙成向他遞出了名片。

「有聽剛才的演講嗎？」崔教授瞥了一眼聽證會現場的建築物問道。

「是的。」

「如果法律得到公正執行，就不會出現像犯人一樣過於激烈的人物。」

「……」

「請想一想，讓他們變得過度激動的人是誰？無法順利執行法律，總是看掌權者臉色的檢察、沒能做出公正判決的法院、以及凌駕於他們之上的統治權者應該對此負責。」

崔教授乾咳兩聲後，消失在路邊。趙熙成仔細回味他最後留下的話，不知從何時開始，檢察機關淪落為出氣筒，崔教授乾脆明目張膽地攻擊檢察機關，還加上訓誡。的確，他的話完全不是空穴來風。如果法律有正確執行，魯昌龍和鄭永坤等人就不會迎來如此悲慘的結局。

他與崔教授的第一次見面只是淺嚐輒止，所以沒有提摘自《日本帝國主義強佔時期拷問殘酷史》的文章。訪問亞洲日報社的話題中，也沒有觸及當天在那裡見到鄭記者的事實。沒有逼迫崔教授是有原因的，只有露出適當的空隙，嫌疑人才會行動起來。如果逼得太近，當事人連嘴巴都會閉緊。如果崔教授眞的有介入此次事件，今後他的動向就會發生明顯的變化。一定要抓住這個機會，這是留給調查組的責任。

一回到調查本部，朴刑警就拿出一本名為《法律與平等》的雜誌。

「這是媒體專門小組找到的。」

媒體專門小組是在找到崔教授的專欄後，重新組建的團隊。宇檢察官認為犯人的窗口除了亞洲日報之外，還有其他途徑。趙熙成在此基礎上，補充了調查人力，並成立媒體專門小組。媒體專門小組不僅調查各種報紙，還調查了最近發行的定期刊物。起初只以日刊和網路報紙為對象，後來擴大到週刊或月刊。

《法律與平等》九月號刊登了有關人身拘留制度的特別報導，以及有關法律改革的文章。參與投稿的作者中，法學院教授佔絕大多數。雖然也有一些具改革傾向的律師，但卻未見法官和檢察官的蹤影。

趙熙成翻開朴刑警做記號的部分。

現在的赦免權是否有被正當使用？封建主義時代殘餘的這種恩賜，應該極其有限並公平地使用。儘管如此，目前的赦免權仍被政派的利益和政治理論隨意濫用。看到日前貪腐的政治人物和企業家大舉被赦免並恢復權利，作為法律界的一員，實在無法掩飾自己慘淡的心情。究竟是如何走到這一步的？如果真的是為了國家團結，就應該阻止貪腐勢力的復活，並加以定罪，這才是國民的命令，也是確立法律秩序的方法。

一九六〇年，韓國為了處罰非法選舉負責人士，制定了《反民主行為者公民權限制法》。該法律限制了公務員報考資格、剝奪選舉權以及被選舉權，並將公民權限制對象定為非法選舉相關人士及非法斂財者。這反映了積極清算自由黨獨裁政權留下的遺產之意志。即使為時稍晚，但也應適用該法律，剷除貪腐的政治人士和高階公務員。國民希望公正執法，為了確立這片土地的社會正義，就像下面崔柱浩教授的金言一樣，必須將貪腐勢力徹底分辨出來，並讓他們站在法律的審判臺上。

「檢方手中的刀柄是國民借給你們的，為的是嚴懲那些藐視法律、肆意妄為的貪腐掌權者。」

趙熙成的瞳孔一下子擴大。《反民主行爲者公民權限制法》，這不就是成爲殺害魯昌龍名分的法律嗎？而且最後一句還引用了崔柱浩教授的文章。

撰寫這篇文章的是嚴基石律師。

「嚴基石也有值得注意的東西。他說自己和鄭永坤有孽緣。」

「孽緣？」

「嚴基石在二〇〇三年之前，一直擔任特殊部檢察官，那年冬天因爲抗命事件辭去檢察官的職務，當時他的上級就是鄭永坤。」

在初任檢察官時，便從檢察官前輩那裡聽說過這個抗命事件。檢察機關是一個上命下從的組織，對檢方來說，抗命等於是賭上職位的行爲。當時在特殊部任職的嚴基石正在追查某大企業的祕密資金，起因是負責財務管理的企業幹部向檢察機關投函檢舉。在調查開始半個月後，資金的流向被調查網獲悉。可當時的上級卻在這時下達了停止調查的指示。嚴基石並沒有聽從，開始追查黑錢。

只要再推進一點，就能抓住祕密資金的軀幹，切斷幾名重量級政治人物的命脈。喝令喊停的檢方領導階層沒有放過嚴基石，將他降職到濟州地方檢察廳，於是祕密資金事件得以掩蓋。

當時調查指揮組的負責人就是鄭永坤。

嚴基石因此次事件在當年冬天辭職，鄭永坤也在第二年辭去了檢察職務，進入政界。

「嚴基石也要調查吧？」

「好。」

《反民主行爲者公民權限制法》、精通法律的人、引用崔杜浩教授的文章、與鄭永坤的孽緣，處處散發出惡臭的味道。

「見到崔教授了嗎？」

朴刑警問道。

「只是開了個頭。」

「什麼？」

「請你從現在開始注意觀察崔教授的行動，一定會找到漏洞的。」

朴刑警露出笑容，好像知道是什麼意思了。此次事件的調查方向與普通殺人事件完全不同，留在案發現場的證物沒有任何幫助，被害者周圍的人也找不到嫌疑點。因此，調查方向轉向報紙、雜誌、專欄和論文等外圍領域。這些都得到很好的效果，雖然還沒有找到確鑿的物證，但在掌握調查脈絡方面獲得了良好的作用。

6

遠處的八堂大壩盡收眼底。或許是因爲前天下雨，水庫的水位比幾天前增加許多。依稀能看到水庫下方有幾位垂釣者。

崔柱浩隨時觀察後視鏡，沒有放鬆警惕。考慮到跟蹤，他只走狹窄而偏僻的道路。進入河南市後，有兩輛車跟在後面，看起來都不像是跟蹤的車輛。一輛是年輕的戀人，另一輛是中年女人。中年婦女不知是不是新手駕駛，想讓她超車，但依然跟在後面。

越過八堂大壩後，在遊樂園附近的超市右轉後，立即左轉。許東植曾反覆提醒，來療養院時一定要利用這條路。在超市右轉的話，會出現三條叉路和隨機左轉路，這裡非常適合甩開跟蹤。

昨晚許東植打來電話，內容只有兩句話。第一句話直接就問道有沒有見到趙熙成檢察官，他回答說見到了。之後讓他在明晚七點之前來療養院，他回答知道了。一聲嘆息後，電話隨即掛斷。許東植不可能長時間通話，簡單地說了想說的話就切斷電話。許東植怎麼會知道自己見了趙檢察官？總之，無論是趙檢察官還是許東植，都絕對不是一般人。

在聽證會現場見到趙檢察官後，一直無法集中精神做事。兩個月前，他還對魯昌龍事件產生諸多疑惑，但是現在反而成爲被追查的對象，處於不得不畏手畏腳的處境。這實在是夠荒唐的。當趙檢察官出示工作證時，感覺像是陰間使者從天而降。

到達石牆獨院時，已經過了七點。獨院裡只有許東植和安課長坐著，兩人的表情都很陰沉。

「你出來一下。」

許東植把他叫出房間。

「趙檢察官問你什麼？」

「我的專欄和論文、鄭記者……」

又問了什麼呢？除了這些以外，想不起來了。

「從大學圖書館借的書是？」

《日本帝國主義強佔時期拷問殘酷史》，幸好當時沒被問到這本書。如果追問為什麼要借那本書，自己就會因找不到合適的藉口而陷入困境。

「趙檢察官是怎麼知道我的存在？」

「調查組知道你借的書、在出版社前見到鄭記者、找到亞洲日報社是哪一天，甚至知道你妻子住在芝加哥。」

也就是說，他的個人資訊被洗劫一空。事情到底是從哪裡開始不順利的？

「你去亞洲日報社的影像被監視器拍到了，記得那天是什麼時候嗎？」

「當然。」

兩次拜訪都印象深刻。與韓次長見面是魯昌龍被殺害的第二天，與鄭記者見面那天剛好是鄭永坤被殺害的日子。現在才察覺，去亞洲日報社的日子恰巧與兩起事件發生的時間重疊。

「現在知道為什麼要叫你來了吧？」

「……」

「得制定對策才行。現在他們只是用鵝卵石碰你一下，但是下次會用岩石砸你的。」

被鵝卵石碰到就已經火辣辣的了，居然還會有岩石？光是想像就覺得是件可怕的事情。

「能擋就擋。」

「怎麼擋？」

「安課長會解決的，只要按照他的指示去做就可以了。」

崔柱浩不由得嘆了口氣。他連魯昌龍和鄭永坤的指尖都沒碰到，也沒有親眼見過他們的臉孔，但是卻突然成為被調查對象，陷入了必須制定對策的處境。他走進獨院，安課長立刻起身。

「那天趙檢察官怎麼樣？沒有嚴厲地逼迫你吧？」

崔柱浩點了點頭。

「他應該也沒有提出讓你難以回答的問題？」

「……」

「是不是只選了容易回答的問題？」

「好像是。」

趙檢察官沒有問從圖書館借的書、見鄭記者的理由、訪問亞洲日報社的日期之類的提問。

「首先應該從這個開始說起，趙檢察官去找您的理由是為了嚐嚐味道。」

「味道？」

「一般調查專家在面對模稜兩可的對象，或無法確信是否可成為調查對象的時候，經常會使用這種伎倆。如果早就掌握了確切的線索，絕對不會使用這種方法。」

「……」

「換句話說，他們告知教授已經受到調查組關注的事實後，將會密切關注您今後的行動。大部分的人知道自己被列入調查後，行動會與平時明顯不同。搜查組瞄準的就是這一點，所以可以說是一種誘餌。以後如果突然問起這些問題，他們就一定會像狗群一樣撲上去撕咬。」

安課長一口氣喝掉圓桌上的水。

「不久後，趙檢察官將會再次傳喚教授，屆時場所將會是調查本部的調查室。與上次不同，他們將會嚴厲追究教授的漏洞。」

「那我應該怎麼辦？」

「和我一起制定應對方法，現在開始練習預想審問，從現在開始請把我當成趙檢察官。」

安課長好像眞的要審問似的，把椅子拉向前，緊緊貼著桌子，擺出了攻擊性的姿勢。

「請不要覺得不高興，這不僅僅是爲了教授您。」

「……」

「如果落入調查組拋出的圈套，不僅是教授，所有組員都有可能會陷入危險。好，我們開始吧。」

安課長已經準備好要審問的內容了。他的提問尖銳如錐，有時像誘導提問一樣柔和地引導，有時卻粗暴威脅。如果沒得到想要的答案或回答錯誤，安課長就會迅速糾正，然後親切說明爲什麼需要這樣回答。

這是崔柱浩平生第一次接受這麼險惡的審問。被抓住話柄刨根問底時，崔柱浩爲了狡辯，脊梁上不自覺地瘋狂流下汗水。這根本就不是預演，讓人產生一種錯覺，彷彿調查機關的審訊室被原封不動地搬到這裡。

訊問快結束時，裴中校進入獨院。

「怎麼樣了？」

安課長在審問過程中，突然從座位上站了起來。

「當然收拾了，乾乾淨淨地！」

裴中校翻轉雙手，露出燦爛的笑容。

「辛苦了。」

許東植走近裴中校，緊緊握住裴中校的手。在觀看審訊的過程中，許東植始終僵硬的臉孔在這時突然變得明亮起來。

「這次用燒酒代替紅酒吧。」

「沒問題。」

崔柱浩立刻瞭解他們在說什麼。也就是第三個執刑對象——李哲承已經被乾淨俐落地送到另一個世界了。

早先他也預估也許今天或明天就會執刑李哲承。

「B組怎麼樣了？」裴中校問道。

「好像已經把朴時亨的居住地調查清楚了。」

「我們快了一步。」

「聽說他們這次正在準備特別的活動。」

「活動？」

「似乎要把朴時亨帶到療癒的殿堂來。」

「要把活的人帶過來？」

「是的。」

「哇！那就是要讓他站上法庭，接受審判嘛。眞讓人期待啊。」

崔柱浩悄悄地從座位上站起來，把許東植叫到外面。

急著要轉告他的話，是趙檢察官也向鄭記者製造了圈套。

「趙檢察官好像在懷疑鄭記者，是不是也應該準備審問鄭記者呢？」

許東植輕輕地笑了笑。

「別擔心，已經準備了。」

7

「快開始吧。」

宇慶俊的耳朵裡傳來傲慢的聲音，他不禁咂嘴。最討厭的女人類型正坐在他面前，長髮和高聳的鼻梁，再加上銳利的眼神。感覺若是說她一句不好，她就會頂兩句。

通常這種類型的女人下場都不太好。他在成爲檢察官之前交往過的就是這樣，當時自己的理想型就是長頭髮的女人，因爲他覺得隨風飄動的頭髮實在迷人，因此在近三年的時間裡，他只和那位長髮女子交往。考試第四次落榜後，她卻只留下一句話就離開，說自己無法再等下去了。其實也沒讓她等過自己。第五次挑戰時賭上性命，一下子通過了考試，那時她臉上化著濃妝，又找上門來了。她的第一句話眞是傑作。

比愛情更悲傷的是感情，她吟誦了過時的流行歌歌詞。宇慶俊好不容易才忍住沒笑出來，毫不留情地把她甩了。可她當時也沒閒著，因而造成實在慘烈的下場：來司法研修院大鬧一場、在他結婚後將自己寫過的情書寄到家裡，讓妻子感到尷尬；生孩子的時候，在白襪子上畫了倒五角形的紅色圖案，那是惡魔的象徵，讓岳父岳母一家大吃一驚。直到現在，每當快要忘記她的時候，她都會在檢察機關的公告欄上發表譴責自己的文章。

宇慶俊一邊翻閱調查報告，一邊瞟鄭記者一眼。她臉上充滿火爆脾氣，進入調查室後也沒有絲毫緊張的神色，反而顯得悠閒自在。一位刑警說鄭記者被帶來時沒說一句廢話，反而走在前面要他走快點。

這段時間一直在鄭記者周圍徘徊。舉報者的身分尚未查明，也沒有找到特別的信件。雖然還沒有掌握充分的證據，但是決定在這個時候刺她一下。

「晚上有個約會。」

鄭記者又催促他們。心裡還眞想跟她先打一架再開始。

「好吧，首先了解一下妳那些報導的出處。」

宇慶俊在她面前拿出魯昌龍的報導。首先，在魯昌龍被殺之前，報導的主要目標是他購買了位於龍仁的墓地。如果不知道魯昌龍入境後的行蹤，就不可能寫這篇報導。

「消息是從哪來的？」

「是舉報人發來的。」

「應該不是直接打電話吧。那是怎麼發來的？」

「是用郵件寄來的。」

「是家嗎，還是報社？」

「我家。」

「你們是經由什麼方法聯絡的？」

「他那邊單方面轉達。」

「知道舉報人的聯絡方式或身分嗎？」

「不知道。在那之前，我有件事要先講清楚。這樣的舉報者都有一個特性，那就是不光是長相，他們連身分都極其忌諱曝露。」

很不喜歡她帶著訓誡的語氣，接受審問的態度很不禮貌。

「有沒有想過舉報者的身分？」

「你到底在問什麼？」

「就是說有沒有可能是共犯？」

「應該要先將這人歸類爲是共犯還是舉報者。如果是直接參與犯罪的舉報者，絕對不會做出那種愚蠢的事情。因此應該是觀察犯人行動的觀察者，也有可能是從某處聽到消息的人。我認爲這個人很明顯地是想讓更多的人知道這一事實。」

宇慶俊噗哧笑了出來。她敲鑼打鼓，一個人玩得很開心。

「他現在還跟妳聯絡嗎？」

「鄭永坤被殺害後就失去聯繫了。而且從現在開始，即使舉報者聯絡我，我也會愼重對待。」

「那是什麼意思？」

「意思是要在確認舉報者的身分後，再將內容報導出來。」

「是要和舉報者斷絕交易嗎？」

「什麼交易？是不是說得太過分了？」

「這也不算說錯話。託他的福，亞洲日報最近非常火爆。」

這次鄭記者噗哧地笑了。宇慶俊看到這一幕，不由自主地聳了聳肩。鄭記者的笑容酷似以前的戀人，還有那微笑背後的嘲諷。

「妳認識崔柱浩教授嗎？」

「他是我們報社的專欄作家。」

「有直接見過面嗎？」

「上個月吧，我在出版社前面見過他一次。」

「妳知道那天是什麼日子嗎？」

鄭記者搖了搖頭。

「是鄭永坤被殺害的日子。」

「原來如此，現在想起來了。」

「你們聊了些什麼？」

「好像是對我寫的報導很感興趣，所以交談了幾句。」

「我再問妳一次，進行了什麼對話？」

「剛才不是說過關於我的報導了嗎？」

頓時氣氛緊張起來，這人不是省油的燈，鄭記者毫不猶豫地頂了回來。

「妳沒有想過那個舉報者是崔教授？」

宇慶俊在她面前拿出從《日本帝國主義強佔時期拷問殘酷史》中複印的資料，是描述「纏藤條」的內容。

「請比較一下畫線文章和妳寫的報導。眞是天作之合，完全一致呢。」

「對此我無話可說。如果是那樣的話，難道不應該問當事人崔教授嗎？」

現在把崔教授拉進來還爲時尚早。舉報者的話題到此結束，進入下一階段。

「見過魯昌龍的屍體嗎？」

「沒有。」

「但是妳怎麼知道魯昌龍是被用纏藤條的拷問手法殺死的？」

處理事件現場的調查官們都不知道魯昌龍的死因，經由鄭記者寫的報導才知道魯昌龍的直接死法。

「那不是明擺著的嗎？案發現場不是有纏藤條時使用的拷問工具？坦白說，舉報者發送的資料對我很有幫助。」

「妳事先知道魯昌龍的入境消息嗎？」

鄭記者又搖了搖頭。

「告訴妳魯昌龍去購買墓地的，也是舉報者嗎？」

「是的。」

「同一個舉報者嗎？」

「不是，魯昌龍被殺後，我又接到了另一個舉報。有人說在龍仁見過魯昌龍，所以我去了舉報者告知的地方，發現魯昌龍在龍仁的一家房地產詢問了關於購買墓地的問題。」

眞是流暢啊，事前做了充分的準備嗎？就像已經預想到這樣的問題一樣，一股作氣地說出了回答。

「有一個哥哥吧？鄭澤民。」

這次輕輕地刺一下她的痛處。鄭記者的臉上佈滿陰影。

「魯昌龍被殺的第二天，妳不是去了鄭澤民的墳墓嗎？」

「那天是哥哥的生日。」

「據我所知，鄭永坤被殺害的第二天妳也去了。那天是什麼日子？」

「那和這次事件有什麼關係呢？」

「請回答問妳的問題。」

宇慶俊沒有給她空隙，而是勒得更緊。

「沒有特別的理由。因爲最近經常想起哥哥才去的。」

「……」

「還有什麼要問的嗎？」

鄭記者從座位上站了起來。

「等一下！」

宇慶俊悄悄拿出一張照片，是魯昌龍在被綁架的晚宴現場附近閉路監視器拍下的照片。照片中一輛小型汽車停在路邊。

「這輛車很熟悉吧？」

「這是我的車啊。」

「這張照片是七月十九日，魯昌龍被殺一週前拍的，距離魯昌龍被綁架的地點只有一百多公尺。」

「你提問的要點是什麼？是在問那天，因爲什麼事去了那裡嗎？」

她的語氣突然變得具有攻擊性。

「是的。」

「我的朋友住在那附近，看時間好像是下班後去她家的時候被拍到的。你們去調查吧，我的朋友叫吳允熙，現在在廣告公司上班。現在我可以走了嗎？」

「……」

「最後，我也問你們一個問題。」

「請說。」

「還要繼續跟蹤我嗎？」

這是個唐突的問題。

「如果今後還一直跟在我後面，我也不會坐視不理的。我到這裡就是爲了來告訴你們這句話的。」

「……」

「還有，如果想跟蹤，就別讓人發現。」

鄭記者消失後，宇慶俊的臉像褲子一樣皺了起來，就像挨了一槍一樣。自始至終，對方都毫無停頓或遲疑之色，作爲王牌而準備的閉路監視器照片也完全沒有發揮出力量，還不如不傳喚她呢。

一走出調查室，調查本部內部鬧哄哄的。

「發生什麼事了？」

一名刑警不敢說話，只是察言觀色著。

「不是問你發生什麼事了嗎？」

「又，又發生了。」

難道又有人去了另一個世界了嗎？他瞬間喘不過氣來。

「這次……是誰？」

「李，李哲承。」

二十三日下午兩點左右，在位於南楊州的汽車旅館客房內發現三一企業總裁李哲承（六十二歲）的屍體，警方已介入調查。據汽車旅館服務生透露，由於客房內沒有任何反應，打開房門進去一看，才發現李哲承已經死亡。警方認為，死亡的李哲承總裁手腕上有注射的針痕，是被注射劇毒物質致死的他殺，因此委託國立科學調查研究所進行驗屍。當天死亡的李總裁被指認為最近發生的軍需非法事件核心人物，一直在接受調查，並將於下週進行審判。

這與上次的事件有很多不同。被害者的背部沒有阿拉伯數字，殺害手法也很沉穩。與魯昌龍和鄭永坤相比，李哲承的死亡還算乾淨。現場鑑定組拍攝的照片中，除了臉色呈現綠色外，身體沒有其他傷痕。

「會不會是模仿犯罪？」

一位刑警問道。

「李哲承正面臨下週的審判。」

「……」

「會不會是軍需非法事件牽涉到的人？」

宇慶俊思考了一下究竟是同一犯罪還是模仿犯罪，模仿犯罪似乎還更好一些。這時，他突然想起可以判斷犯人的東西。

「確認過小腳趾指甲了嗎？」

8

一切準備就緒。

療癒的殿堂內瀰漫著微妙的緊張感，組員們對特別活動飽含期待而興奮不已。裴中校的眼裡冒出火花，尹室長連連乾咳了幾聲，崔柱浩則挺直腰身，留心觀看門口。嚴基石好像回到從前特殊部檢察官的身分一樣，翻閱著審問資料。經常都是面無表情的北極星也似乎有些好奇。

兩天前，許東植接到尹室長的電話。說朴時亨在西海的小島上被逮捕，想把他帶到療癒的殿堂。剛開始還不知道那是什麼意思。

「我想讓他站在法庭上受審。」

也就是讓朴時亨站在組員面前徹底承認自己的罪名。他已經與B組成員達成協議。許東植沒有理由拒絕他的提議，只是沒有想到他會有如此出眾的對策。

咯噔咯噔，從半開著的門外傳來腳步聲。

那聲音停下來，木門打開的聲音進入耳膜。緊接著，戴著黑色頭巾的朴時亨走進療癒的殿堂，上身和雙手都被繩子緊緊綁住。

「坐下！」

北極星的部下讓彎著身子的朴時亨坐在木椅上。可能是因爲已經被修理了一次，朴時亨乖乖地聽從北極星部下的指示。他戴的頭巾中間有個拳頭大小的洞，讓他方便說話。

許東植利用短暫的空檔，想像著朴時亨的表情。他雖然戴著頭巾，但並不表示無法看出他的表情。

死亡、恐怖、痛苦、絕望、挫折……，這個世界上最可怕的面孔此刻正出現在頭巾內裡。

「現在開始第十二次執刑會議。」

嚴基石從座位上站起來，用嚴肅的聲音說道。

「被告請立正。」

朴時亨沒有反應，北極星的部下猛刺他的肋下，這時朴時亨才猶豫不決地起身。

「救，救命啊……。」

頭巾裡裏傳出他細弱的呻吟。

「現在被告的自由將被剝奪。今後，依據被告的坦率回答，命運可能會發生變化。被告，針對提問，你能按照事實、沒有任何虛假地回答嗎？」

「……」

「被告請回答。」

嚴基石的聲音鏗鏘有力。

「我，我知道了。」

「被告，請說你的姓名。」

「我，我是朴時亨。」

「你現在的職位是什麼？」

「我是海東企業的代表理事。」

朴時亨是擁有特殊履歷的人物。他在國家情報院工作到二〇一二年，後來才搖身一變成爲企業家。他在國情院任職時，惡名遠揚，甚至被稱爲陰謀政治的代名詞。大部分的時局政治事件都是由他策劃，他的企劃能力非常突出，每當選舉季節，他的活躍表現總是毫無例外地出現。但他總是故意躲藏在暗處，沒有表現出存在感，因此他的存在是從變身爲企業家後才開始被外界知悉。

「記得一九八六年發生的反帝同盟事件[14]嗎？」

「那是……？」

「不記得了嗎？」

「啊，我知道了。」

「當時被告負責的是什麼工作？」

「我在國家安全企劃部負責學術界和勞動界的偵查工作。」

朴時亨經歷第五、六共和國[15]，每當政權面臨危機時，都會爆發大規模事件，以之作爲扭轉局面的機會。文民政府[16]上臺後，他一直被認爲是共產黨間諜造假事件的幕後人物，但從未被列入調查對象。

「反帝同盟事件是不是安企部捏造的事件？」

「……」

「被告！」

「那是……」

「按照事實回答就可以了，有沒有造假？」

「是的。」

「什麼叫是的？有沒有造假？」

「有，有。請，請饒了我。」

「請具體說明捏造該事件的過程。」

「剛，剛開始的時候沒有合適的物證，所以讓牽連其中的學生寫了自白書。」

「寫自白書的時候，有沒有虐待行爲？」

「……」

「請回答。」

「有。」

「爲什麼捏造這樣的事件？」

「隔年四月將舉行國會議員選舉，我們需要扭轉局面。」

朴時亨用哽咽的聲音回答捏造反帝同盟事件的經過。那次事件，足足有二十多名大學生被逮捕。但是他們還不滿足，甚至把觸手伸至勞動界和宗教界，使局面擴大。當時陷害無辜之人的朴時亨如今只是一直重複說著我錯了、請饒了我等話語。

14 注：一九八六年底，京畿道警察局強制帶走十六名大學出身的勞動者，將其捏造為反帝同盟團後，以違反《國家安全法》等嫌疑拘留起訴的事件。

15 注：韓國第五共和國指的是全斗煥政權，第六共和國為盧泰愚政權。

16 注：文民政府指的是金泳三政府。

「你也參與了二〇〇八年秋天的旅日僑胞間諜團事件吧？」

繼嚴基石之後，尹室長也進行審問。

「是的。」

「當時被告的職務是什麼？」

「我是國家情報院助理次長。」

「被告被認爲是策劃此案的人物，對嗎？」

「……」

「請具體說明你在這個事件中做了什麼。」

「……」

「這裡不是對被告定罪的地方，而是查明眞相的地方。被告策劃這個事件的理由是什麼？」

「當時青瓦臺祕書室下達了特別指示。」

旅日僑胞間諜團事件是二〇〇九年經由一位記者的執著追蹤，證實是由國情院所策劃和捏造的，但該事件的全貌仍然蒙著一層神祕面紗。因爲在檢方調查過程中，該事件的核心人物——朴時亨的部下自殺身亡。由於他的自殺，該事件不了了之，朴時亨以證據不足爲由被判無罪，而朴時亨的部下承擔了該事件的所有責任。此後，朴時亨離開國情院，換穿上企業家的服裝。

「被告很瞭解金奎植吧？」

「……」

「請回答。」

「是的。」

「和被告是什麼關係？」

「他是我的直屬部下。」

「被告爲了隱瞞自己的過失，曾誘導下屬職員金奎植自殺嗎？」

「不，不是的。」

朴時亨劇烈地搖頭，黑色頭巾也跟著晃動。

「被告在金奎植自殺的前一天見過他嗎？」

「……」

「請回答，見過金奎植嗎？」

朴時亨的口風甚緊，這個問題的答案是很危險的，所以他正在愼重考慮。

「二〇〇八年九月二十六日下午四點左右，你是不是在驛三站附近的Giant咖啡廳見了金奎植？」

聽到這句話，朴時亨的肩膀無力低垂。

「請回答。」

「是，是的。」

「那天和金奎植談了什麼？」

「爲了結束這個事件，必須有人負責。我只是說了會好好照顧他的家人。」

「那不就是誘導自殺嗎？」

「……」

「被告是捏造旅日僑胞間諜團事件的負責人，也是企劃者。儘管如此，仍然將所有責任推卸給下屬，甚至誘導其自殺，試圖掩蓋這一事件。」

雖然確實是特別活動，但隨著時間經過，變得越來越無聊了。活動還是要簡短有力才夠味。許東植一邊打哈欠一邊把頭轉向崔柱浩。崔柱浩的表情非常認眞，因爲太認眞，看起來像是沉醉在其中，眼神也如湖水一樣清澈。他的雙眼瞪得圓圓的，傾聽著尹室長和朴時亨的對話。當有惋惜的聲音時，也跟著露出惋惜的表情，發出嚴肅的聲音時，則擺出嚴肅的表情。偶爾也發出嘆息聲，與朴時亨相當一致。

「被告願意向金奎植謝罪嗎？」

「……」

「再給你一次機會。如果被告還有一絲良心，請眞心向金奎植道歉，這就是被告最後的良心。」

「我，我知道了。我眞心向他道歉。如果當時我處事正確，就不會發生這樣的不幸。同時我也要向他的家人致以誠摯的歉意。」

接下來，朴時亨的審問又持續了近一個小時。大選資金籌募過程、鐵原前方部隊發生的木枕避雷事件等眞相依次被揭曉。隨著過去事件的眞相大白，組員們的臉部變得僵硬。只有坐在角落的北極星依舊保持著和平時一樣的表情。

再審問他也是沒有意義的。許東植安靜地走出療癒的殿堂，接著尹室長也跟出來。

「剛剛想好了處理朴時亨的地方。」

尹室長把菸遞給許東植說道，他的臉上泛起淡綠色的氣韻。

「是什麼地方？」

「朴時亨的部屬上吊的地方。」

9

這是同一群犯人所爲。

國立科學調查研究院推測，李哲承是因注射藥物而死亡。此次的殺人手法保守，原以爲和之前的虐殺案是兩碼事。受害者的背部沒有數字，可能是模仿犯罪。但是他們在李哲承的特定部位留下了相同的標記。和鄭永坤的屍體一樣，小腳趾的指甲不見了。在其他的案件中，都沒有留下相同標記的情況。

根據推測，在被害者的身體部位（右側手腕）進行靜脈麻醉後，注射了名為克拉西特的劇毒物。克拉西特是從劇毒中提取的物質，使呼吸器官癱瘓，窒息所帶來的急速痛苦導致死亡。一九六二年被首次使用，凶手是號稱挪威最惡劣的醫院經營者阿芬．內塞特，這起大量殺害事件導致二十二名老年患者死亡。

犯罪局面逐漸擴大。從日本帝國主義強佔時期的親日派，到剛被釋放出來的貪腐政治人物，這次的目標則是面臨審判的不道德企業家。

趙熙成集中關注此次事件的部分是被害者現在正面臨審判。李哲承原計畫下週因軍需非法事件受審，犯人們是否已經知道李哲承的審判結果？是不是因爲知道會被判處緩刑且被釋放，所以在他接受審判之前就直接除之而後快？從犯人過去的行跡來看，這絕不是無理的推測。他首先將焦點放在目前正在進行的軍需非法事件上。

在調查軍需非法事件的過程中，意外地釣到大魚。那就是A專案。這次也由媒體專門小組找到頭緒。

「李哲承還牽涉到A專案。」

朴刑警翻開最近發行的時事雜誌。該雜誌集中報導軍需非法事件的內容，還報導了以前類似的事件。例如以日誌形式介紹過去事件，幫助讀者理解的企劃報導。內容中還著重記載三年前發生的A專案。

A專案是指國防部的下一世代潛艦專案，也是圍繞針對兩兆韓元規模的事業權，提出疑惑的事件。李哲承為了被選定為A專案的軍需企業，向軍方和政治圈送出數十億韓元的資金。在承包過程中，發生特定企業的特別優惠疑慮，軍隊將領接連被逮捕。

「請仔細看這個人，他是最初揭露A專案的軍人。」

朴刑警指著出席記者招待會的軍官說道，該記者會現場是宣告A專案序幕的場合。

「名叫裴東徽，是A專案的核心人物。」

雖然多名將領因該事件被逮捕，裴東徽更因涉嫌向外界洩露國家機密而被強制退役，但李哲承卻被判無罪。據此研判，裴東徽和李哲承不過是個人恩怨。在此次事件中，他們徹底不管被害者的個人關係，因犯人們殺害的對象都是「人民公敵」。

「看過這個資料之後，或許會改變想法。」

朴刑警似乎讀懂了趙熙成的內心，拿出在網上找到的資料。

「當時裴東徽因涉嫌洩露國家機密接受審判，當時負責裴東徽辯論的人物就是嚴基石。」

耳朵一下子豎了起來。嚴基石不就是在擔任特殊部檢察官時期，因爲抗命事件而與鄭永坤有過孽緣的人嗎？找到《法律與平等》中嚴基石的投稿文後，沒有取得什麼進展。他寫的文章可以成爲參考資料，但不能成爲證據。儘管如此，調查組還是沒有放棄，徹底調查了嚴基石的周邊人物。

「不僅如此，嚴基石也是想要查明鄭澤民不明死亡事件的人物。」

熟悉的名字像接龍遊戲一樣連接起來。鄭潤周、崔柱浩、嚴基石、裴東徽互相交織。以嚴基石爲中心，一邊是鄭記者和崔教授，另一邊是裴東徽支撐的局面。找出他們的共同點並不困難，負責報導權力型貪腐事件的社會部記者、攻擊貪腐政治家和貪腐公職人員的歷史學教授、因抗命事件辭職的前特殊部檢察官出身律師、揭露國防部貪腐事件的退役軍人……，他們都是對抗貪腐和非法作爲的人物。

「裴東徽現在做什麼工作？」

「退伍以後，他一度在徵信社工作，現在擔任預備役軍人的聯誼團體會長。如果挖掘裴東徽的背後，肯定會有什麼東西出現。」

「知道了，裴東徽就交給我吧。」

趙熙成充滿自信地說道。A專案，這次也是在完全沒有預料到的情況下打開了閘門。

趙熙成來到徐俊範教授的研究室。提到A專案，最先想到的人物就是徐教授。他是反貪腐市民監督委員會的共同代表，也是公開討論A專案的人物。去年調查大企業的紙上公司時，徐教授給予很多幫助。得益於他的熱情，趙熙成找到很多以逃稅為目的的紙上公司。

徐教授清楚記得A專案的當事人裴東徽和李哲承的關係。

「裴東徽來找我，是在發表良心宣言的一週前。」

裴東徽在出席記者會之前，首先拜訪了徐教授。因爲他需要市民團體的幫助。

「如果他自己被逮捕的話，拜託我查明A專案的眞相。」

「裴東徽只是一個中校軍官，怎麼會負責像A專案一樣的巨大項目呢？」

「因爲軍方高層對他的清廉有滿高的評價。」

裴東徽負責的資金專司部門是A專案的核心部門。他因爲負責核心部門的緣故，集高層將領的視線於一身。但問題出在參與該項目的軍隊將領們，他們比起圓滿的協商或簽訂契約，更加看重可以貪污的金錢。這個專案本來就有很多巨額資金往來，國防委員會所屬的國會議員也把目光投向該專案。

「正如媒體後來報導的，在選定潛艦型號時迴避競標，給予特定企業特惠。」

以裴東徽爲首的校級軍官，發現了軍隊領導階層和政治人物介入這個黑色幕後交易的事實。察覺到的這群軍隊高層開始籠絡校級軍官，並進行威脅。但是裴東徽並沒有屈服，而是主動要求和志同道合的校級軍官一起召開記者會，這也是A專案的非法情況首次公諸於世的瞬間。

「因此次事件，裴東徽和出席記者會的軍官們都被迫退伍。」

軍隊將領因爲無法遂行籠絡和壓迫，就找校級軍官們麻煩，強迫他們退役，亦即進行了事後清算。

後來，他又因爲涉嫌洩露國家機密而被告上法庭。

「當時慫恿軍隊將領、在背後操控的人就是李哲承。追根究柢，軍隊將領們也被李哲承玩弄了。因爲李哲承將這一事件引向軍隊領導階層和校級軍官之間的混戰。李哲承還把其中一名校級軍官安排在法庭證人席上，強迫他說出不利的證詞。」

「校級軍官居然站在證人席上？」

「在記者會現場，一名軍官背叛了同僚，在法庭上作證，這讓其他軍官遭受了很大的侮辱。總之李哲承想通過離間校級軍官等各種手段來平息那次事件。」

最終，A專案按照李哲承的計畫發展。校級軍官被強制退伍，幾名將領被判有罪，但李哲承只有無嫌疑處分。

「你知道當時幫裴東徽辯論的律師嗎？」

「當然，不就是嚴基石律師嗎？」

徐教授多少有些誇張地聳了聳肩膀。

「裴東徽和嚴基石律師是什麼關係？」

「讓他們有所接觸的人就是我啊，哈哈。」

徐教授和嚴基石是大學同學。在A專案公諸於世後，徐教授見到了嚴基石。當場了解A專案事件全貌的嚴基石主動擔任了裴東徽的辯護律師。聽到裴東徽的難處後，他自願參加辯論。如此看來，裴東徽和嚴基石的共同點就是都辭掉了自己原有的職位。

接著，他又詢問嚴基石是什麼樣的人。

「他生活得很艱難，作爲法律界人士，很少見到像他那樣生活困苦的人。他雖然在檢察機關工作，但具有強烈的改革傾向，甚至主張要進行檢察改革。」

嚴基石轉任律師後，主要負責社會弱勢團體的辯論。別說收到委託費了，就連委託人的午餐也經常由他付錢。

「A專案也給嚴基石帶來很大的傷害，因為沒能阻止曝露該事件的校級軍官被強制退伍。另外，雖然該事件是國家大型的貪腐事件，但最終卻變質為國家機密洩露事件，校級軍官們對此感到非常惋惜。」

趙熙成開始對出席記者會的校級軍官進行人身調查，但是他們之中沒有特別值得關注的人物。校級軍官們退伍之後，大部分都過著困苦的生活。有人開小雜貨店，也有人在工地每天苟延殘喘。裴東徽的人生也很艱難，在徵信社工作後沒過多久就辭職了，此後行蹤不明，與出席記者招待會的軍官們也斷絕一切聯絡。再次重新露面，便是從負責預備役軍人的聯誼團體之後了。

10

特別活動結束，沒有留下特別的餘韻，也沒有出現轉折，只不過是用雙耳確認了朴時亨的犯罪事實而已。

爲了觀看朴時亨最後的樣子，許東植走進療癒的殿堂。朴時亨在被拉出去時，似乎預感到自己最後的結局，嚎啕大哭。哭聲和驚悚片中狼的叫聲很像，眞讓人吃驚，連人也會發出這樣的聲音。朴時亨坐過的木椅上散發出難聞的尿騷味。

處理屍體的地方是朴時亨部屬上吊之處。在踏入陰間之前，這個地方很適合讓朴時亨的靈魂暫時停留，與他的部屬反覆聊聊過去的歲月。朴時亨的部屬一定會出來迎接他，引導他走向陰間之路。

送走朴時亨的屍體後，許東植久違地回了趟家。到達禾谷洞的家時，天色微亮。剛跨進房門，孤獨感就撲面而來。如同往常，沒有妻子的房子無限荒涼。

「你去哪了？」妻子在木製相框的照片中露出燦爛的笑容。她原來是個愛笑的女人。他就是被那樣的微笑所吸引，戀愛，然後結了婚。

今天尤其想念妻子。也想念妻子收到便宜的化妝品作爲生日禮物時哈哈大笑的臉孔。從戀愛時期開始，他就和妻子擁有同樣的夢想，製作充滿人情味的紀錄片是他們共同的目標。

妻子死後，世界一瞬間就爲之改變，夢想和希望都消失了，就算活著也不像個活人。

「你知道世界上最悲傷的事情是什麼嗎？」

妻子的聲音在通往火葬場的路口和進入火爐的門前時，無一例外地出現，並強烈動搖他的內心。火爐裡的火不理會家屬的血淚，猛烈燃燒了近兩個小時。

「是永遠和相愛的人分手，永遠的離別。」

就這樣，妻子全身被燒成灰燼，撒在遠處的大海中。因爲事發太過突然，送她走並不容易。妻子的靈魂每天晚上都來找他，在枕邊抹上一把眼淚，然後消失得無影無蹤。一覺醒來，妻子停留的地方總有一股寒風，那眞是段漫長而黑暗的日子。

打掃了房間，洗了碗。因爲離家太久，有很多事情得做。垃圾分類也不是件容易的事情，可回收物品需要單獨放在大塑膠袋裡。大門前的郵箱裡堆滿了公共費用通知書，電費和瓦斯費積欠了兩個月，又忘記自動轉帳。直到現在總應該適應了，但卻沒能如願。隨著時間的推移，妻子的空位越來越大。

把煮的拉麵吃完後，正要睡一會，但手機突然響了。是崔杜浩。

「有空的話見個面。」

爲什麼突然打電話呢？明明跟他說過如果不是急事，就儘量不要打電話來。

「發生什麼事了？」

崔杜浩沒有回答，只是喘著粗氣。難怪他的態度不尋常，是不是趙檢察官又來了？不久前，鄭記者被叫到調查組接受審問了。

「現在在哪裡？」

這次換了另外一個問題。

「月尾島。」

＊＊＊

月尾島文化街道的空氣非常清新，在乾淨整潔的街道上，可以看見不少正在約會的年輕戀人。海的顏色是藍色的，海風涼爽。崔柱浩靠在混凝土欄杆上，望著遠方。

許東植突然想起崔柱浩在療癒的殿堂觀看審問朴時亨的情景。在審問期間，他的目光一次也沒離開過朴時亨。他的雙眼冒著火花，直到狼叫聲平息爲止，一直堅守著自己的位置。特別活動一結束，他就走近自己低聲說道：「今天眞是令人陶醉和感動。」

「有話就說吧。」

他走近崔柱浩。可能是因爲在月尾島待了很久，崔柱浩身上散發出濃濃的海味。

「我對你不瞭解的地方太多了。不，我什麼都不知道。」

難道是爲了說這個，才把自己叫到月尾島？實在是很無力。

「聽說你一個人住有一段時間了？」

「……」

「夫人是什麼時候死的？」

他那無力的聲音刺痛了自己。現在只要一想起妻子，胸口還是像被釘上釘子一樣，無比疼痛，心裡的火柱直往上冒。妻子在拍攝拆遷戶的靜坐示威現場時，被挖土機挖倒的圍牆壓死。一言以蔽之，就是無辜地犧牲了。直到妻子斷氣，誰也沒有救出妻子，這個事實令人更加傷心且悲慘。

「三年多了。」

那是三年前的初夏，妻子和拆遷戶一起生活，用相機記錄他們的生活和悲歡。當時許東植受某個有線電視臺委託，正在拍攝非法滯留的外國勞動者的紀錄片。妻子和拆遷戶一起生活半個月後，警察來到靜坐示威的現場。而後全副武裝的拆遷勞動者跟在警察後面，靜坐示威現場瞬間亂成一團。

因爲對方是偷偷趁凌晨進來的，所以沒有任何防備。拆遷勞動者在靜坐示威現場使用挖土機威脅拆遷戶，另一輛挖土機則趁機搗毀他們的房子。妻子用相機記錄起勞動者無情的拆遷現場。四周漆黑一片，距離太陽升起還爲時過早。警察的探照燈在空中閃爍，四處傳來哭喊。天快亮時，妻子拿著相機往後退，結果被壓在牆下。石板瓦屋頂嘩啦啦地掉落，挖土機的轟鳴聲未曾停止。

誰也沒有發現她，妻子的尖叫聲被挖土機的聲音淹沒，拆遷戶則被警察趕到野山。受傷的人頻繁出現，黑煙籠罩了拆遷戶的村莊。拆遷戶的靜坐示威在中午時分被強制鎮壓，才在倒塌的圍牆下發現妻子冰冷的屍體。第一個發現妻子的是個五歲的小孩，當時死亡的景象非常悽慘。

妻子屍體被領走的一週後，許東植經由投入到靜坐示威現場的警方人士的良心宣言，得知意外的事實。那位人士作證，其他警察有看見妻子被壓在牆下，卻置之不理，逕自離開。在負責人的心裡，妻子的生命根本不重要，他們只覺得應該儘快鎮壓靜坐示威現場。

如果有警察站出來、如果不迴避妻子的慘叫聲，妻子就能活著。警察把妻子視爲外來的非法勢力進行鎮壓，之後卻只被處以三個月的減薪。妻子的相機最終也沒有找到。補償沒有獲得實現。

「你在做什麼工作？大家都叫你許導演。」

崔柱浩的聲音充滿了不滿，目光也極具攻擊性。現在雖然只是問起老同學過去的日子，但看模樣像是馬上就要直搗這個組織的實質核心。

「我拍了幾部紀錄片。」

大學畢業後，他以教養製作局導演的身分邁出進入社會的第一步。五年後，他離開電視臺，進入大學前輩經營的獨立電影公司。

當時是最幸福的時期，他製作了自然、旅行、文化等多種紀錄片。二〇〇九年在親眼目睹龍山慘案後，他開始製作具有濃厚社會性的紀錄片。那是慘不忍睹的戰場，六個年輕人被燒死。之後，他一邊尋找社會黑暗的角落，一邊用相機拍攝。第一次見到妻子也是在那個時候。

「網路上找不到啊。」

「進入電影製作公司的時候取了新名字，叫做許白天。」

「導演們也用藝名嗎？」

崔柱浩笑著，似乎是說那樣的名字有什麼了不起的。

「只有在製作作品的時候。」

那是大學前輩取的名字。東植這個名字感覺太平凡，所以取白頭山[17]天池的其中兩字為白天，這個名字很合他的心意。

「組員們是怎麼認識的？」

和許東植預想的一樣，迅速清理老同學的話題，並在該空位上插入組織的實體。

「沒有什麼特別的緣分。」

「總有些因緣吧？」

「我直接去找他們，就像你一樣。」

「也給他們扔誘餌了嗎？」

「他們和你有點不一樣。」

「有什麼不同？」

「他們每個人都有個痛苦的傷口。」

這樣的傷口對於團結組織、實現共同目標發揮了很好的養分作用。許東植朝露天舞臺的方向走去，崔柱浩迅速走過來擋在他面前。

「說說我要做的事，我眞的要做的事！」

崔柱浩在說「眞的」這兩個字時特別用力。

「不會是爲了讓我整理資料，才把我拉進來的吧？」

如果是爲了知道這一點才把自己叫到月尾島的話，那正好，他也剛好想在這個時候打開心扉，告訴崔柱浩未來的計畫。許東植目不轉睛地看著崔柱浩的臉。

「今後你要做的事情是，把執刑官們熾熱的心臟記錄下來。」

---

17 韓國人將長白山稱為白頭山，長白山位於中國吉林省。

崔柱浩的眼睛裡波濤洶湧。

「這包含著執刑官們爲什麼要做這樣的事情，以及他們想要的是什麼。」

「……」

「最重要的是，在這份紀錄檔案中，要能夠生動地感受到執刑官們的熱情。」

歷史學教授、冷靜透徹的專欄作者，在呈現執刑官的熱情這一方面，沒有比崔柱浩更出色的人物。這是他在第一次拉攏他的時候就計畫好的內容。光靠發洩憤怒的方法是不夠的，他不想用一時的憤怒和瘋狂來當作執刑官們熱情的結尾。如果眞的有機會，他想好好製作這個紀錄資料，傳給後代。

「如果是紀錄資料，難道是要製作歷史書嗎？」

崔柱浩的眼中流露出一絲嘲笑之情。

「你那麼覺得也無妨。比如說，你就把自己當成是觀察者、記錄者、證人。沒有固定的形式，日記也好，報告書也好，論文也罷，都是你的自由。但是有一個條件。」

「……」

「必須承載執刑官們的熱情和信念，也就是要傳達出他們的心臟有多麼熾熱，那是你眞正該做的事情。」

執刑官們熾熱的心臟，僅此一個就夠了。如果再補充一點，他想提醒觀看該紀錄的人，表達憤怒的方法是什麼。

「怎麼樣，能做到嗎？」

「……」

「慢慢構想吧，因爲時間很多。」

「這不是件容易的事情……。」

他的臉上原有的嘲笑之情已然消失，充滿清新的生機取而代之。就知道是這樣。整理資料是任何人都可以做的，每個人都有自己該做的事。也許崔柱浩的工作最困難，有條理地表現執刑官的熱情絕非易事，如果能再加上一點感動，就再沒有什麼奢望了。

11

又一人去了另一個世界。

朴時亨在西海失蹤三天後，屍體在南楊州的一片森林中被發現。朴時亨的脖子上綁著一條紅繩，吊在松樹上的屍體下方整齊地放著一雙皮鞋。屍體乾淨。這次小腳趾的指甲也同樣消失了。

再怎麼樣也無法打起精神。距離李哲承被殺害僅過了四天，速度開始變快了嗎？殺人週期之類的東西看來根本就不存在，碰到就殺，似乎要把全民公敵殺盡。

「聽說頸椎骨斷了。」

趙熙成翻閱了朴刑警帶來的初步驗屍結果，要完成朴時亨的最終驗屍報告至少還需要兩天時間。

「死因是窒息嗎？」

窒息死的狀況中，經常有脖子被勒得骨折而死亡的情況。

「聽驗屍官說扭斷脖子的人力氣不一般。」

不知朴時亨的脖子被扭得有多厲害，他的頸骨已經完全脫臼。把屍體吊在樹上是憤怒的另一種表現。可能已經變成慣性了，現在看到現場鑑定組拍攝的照片也沒有什麼感覺。

趙熙成打開電腦。未關的監視器畫面中有著初步的調查報告草案。

昨晚，宇檢察官要他製作一份調查報告。

這是要提交給文檢察長的報告書，必須格外愼重。即使不是這樣，他也打算冷靜地處理此次事件。想研究一下有沒有漏洞，有沒有需要補充調查的部分。在製作報告書的過程中，他在意想不到的地方找到了事件的線索。

「聽到消息了嗎？」

正在埋頭打報告，背後一股酒氣撲鼻而來，回頭一看，宇檢察官筆直地站著。

「朴時亨的屍體被發現的地方。」

「還沒。」

宇檢察官無力地坐在旁邊的椅子上，好像喝了不少酒。

「朴時亨牽涉到旅日僑胞間諜團事件，知道嗎？」

「知道。」

旅日僑胞間諜團事件後來被查明為國情院捏造的事件，引起了軒然大波。朴時亨在事件發生後離開了國情院，成為企業家。

「朴時亨的部屬自殺事件？」

這一點他也很清楚。朴時亨的部屬名叫金奎植，他在檢察機關調查國情院的過程中自殺身亡。不知道是為了保護組織，還是因為上級的壓迫，關於他自殺的說法非常多。

「朴時亨上吊的地方，也是他部下自殺的地方。」

「……」

「有生以來，第一次見到這些像怪物一樣的傢伙。」

宇檢察官的臉部表情變得非常陰沉，呼吸聲也跟著變粗。短暫的、令人不舒服的沉默持續。宇檢察官從座位上站起來，看著正在打初步調查報告草案的電腦螢幕畫面。

「什麼時候能收到？」

「明天早上會交給您。」

宇檢察官在門前停下腳步。

「聽我說，這些凶手絕對不是幽靈，他們的身體無法隱藏，也無法躲避。」

他的眼睛裡佈滿了紅色血絲。

「只要是人，監控錄影就會拍到，把他們給我找出來。」

宇檢察官不知又嘟囔什麼之後，像幽靈一樣消失了。趙熙成深深地埋進椅背裡，他從未想過他們是幽靈，只是不曝露在閉路監視器上的能力比其他犯罪者更優秀一些而已。但是，爲什麼偏偏把棄屍場所選在那裡呢？是爲了安慰朴時亨部屬的冤屈靈魂嗎？這次似乎也試圖表現出執刑的意義，但仍無法抹去強行串聯的感覺。

用冷水洗把臉，回來後調整了下姿勢。中間因爲宇檢察官的介入，始終無法集中精神。趙熙成參照上次的調查日誌，從事件概要到初步調查結論，一一進行整理。

一、事件概要

隨著最近接連發生殺人事件的犯罪對象被查明是社會領導階級，對執法的不信任和反感正在擴散。在這種社會氣氛下，對現行法律體系提出疑惑等各種不健全思想存在擴散的危險，因此應儘快逮捕嫌疑犯，確立法律秩序。

此次事件具有以下共同點。第一，被害者是前任高階公務員、企業家、政治家等社會領導階層人士。第二，把引發社會公憤的貪腐人物當作殺害對象。第三，殺害手法獨特，關注輿論動向。

據心理學家及法醫學者的意見（參照附頁一），推測這是對現行法律體系不滿的勢力為得到自我滿足和心理補償採取的集體行動。預估他們在極度的不安心理狀態下，今後會肆意實施第五和第六次犯罪。

二、殺害方法及特別事項

從犯罪手法的周密程度來看，判斷有多名人員參與其中。組織成員除各領域的專業人員外，還有專門負責殺害行爲的行動組參與。

從各種情況中發現專家集團參與的痕跡（請參考嫌疑人部分）。他們不僅擁有普通人極難接觸到的高級情報，而且在歷史、法律、醫學、調查等方面也具有廣泛的知識。

（一）魯昌龍

以日本帝國主義強佔時期施行的拷問手法被殺害。殺害現場是獨立有功者的後代居住過的荒廢住宅，根據縝密的事前共謀，犯罪得以實現。從詳細掌握魯昌龍的目的地研判，應是入境後即加以跟蹤。魯昌龍被綁架的地點是舉行入境晚宴的辦公大樓路邊，據推測，其乘坐的應是模範計程車（請參考情況證據一）。

在魯昌龍身體的一部分發現數字194809與196011。前面的數字是制定《反民族行爲處罰法》時期，後面的數字則是制定《反民主行爲者公民權限制法》的時期，推測是以這兩部法律作爲殺人的藉口。

（二）鄭永坤

被朝鮮時代的刑罰殺害。鄭永坤的身體上也刻有阿拉伯數字，這是表示特殊恐嚇罪、國會僞證罪等法律條款的數字。鄭永坤的綁架地點是首爾江南的娛樂場所，嫌疑人在被害人獲釋之後，跟蹤了一段時間。根據研判，在案發現場留下的刑罰工具是爲了向外界宣傳犯罪行爲，同時最大限度地擴大展示效果。

（三）李哲承

死因是注射有毒物質所致（請參考驗屍意見書一）。嫌疑人與之前的兩起事件不同，選擇了相對保守的殺害方法，這被認爲是意識到輿論的走向而有的改變。案發當時，李哲承因牽連軍需非法案件而面臨審判。

（四）朴時亨

直接死因是「頸部壓迫性窒息」。判斷犯人勒死朴時亨後，才將其屍體吊掛在南楊州山腰。遺棄屍體的場所，與因旅日僑胞間諜團事件接受檢察機關調查的前國情院職員金奎植自殺場所相同。

三、疑問事項

（一）情報蒐集

嫌疑人擁有魯昌龍的入境時間、鄭永坤的行蹤、李哲承的私生活、朴時亨的經歷等一般人無法接觸到的個人機密情報。

（二）殺害方法

從完全復原日本帝國主義強佔時期和朝鮮時代的拷問及刑罰研判，應有精通歷史考證的專家（參考嫌疑人）參與了此次案件。另外，在第一、第二被害者的身體上刻有法律條款，從這一點來看，可推測有精通法律的人（參考嫌疑人）參與。

（三）專門殺害集團

調查組正關注專門負責綁架、殺人等暴力犯罪的集團。案發現場周圍沒有發現人體的指紋、毛髮、唾液、血跡等身體特徵。另外，從閉路監視器也沒有曝光這一點來看，認爲應是熟練的專家所爲。根據法醫學的意見（附頁二）判斷，凶手對法醫學也有相當的知識。以此推測，這個組織至少有十到二十人參與。

四、調查進行過程

目前正在確認四名嫌疑人的身分，並周密調查其周圍人士。不僅是幕後操縱嫌疑人的勢力，還將調查擴大至與嫌疑人有特殊關係的人物。特別是有可能發生社會不滿勢力的模仿犯罪，因此有必要向媒體請求協助，防止對嫌疑人的犯罪行爲進行友好報導。考慮到此次事件正在集體進行，將把調查重點置於掌握企圖不純的集團和組織上，經由組織成員的縝密追蹤，查出接頭地區及嫌疑人的祕密隱居地點。

五、補充調查

以正面看待此次事件的各種社會團體和人物爲對象，展開內部調查。目前正在瞭解最近媒體動向和批判貪腐勢力的研討會現況。社會團體中的市民聯合會、媒體，特別建議亞洲日報作爲需要注意的機構進行觀察。市民聯合會最近正主導制定《貪腐公職者防止法》，預計即將進入連署階段。亞洲日報在報導此次事件的專欄和新聞中，與其他報紙存在明顯區別。亞洲日報的報導分析結果顯示，嫌疑人的犯罪行爲非常具體和刺激，因此將向發行人和出版社長發送對此的解釋要求書，並追究其原委。考慮到有可能提供打壓輿論的藉口，應該慎重考慮。

六、證據現況

目前調查組掌握的證據包括：在魯昌龍的殺害現場蒐集的拷問工具、留在殺害鄭永坤現場的刑罰工具、在李哲承的投宿旅館發現的一次性注射器，以及在朴時亨的屍體遺棄場所發現的繩索等。

魯昌龍事件的拷問手法相關書籍（附件資料一）、鄭永坤事件的刑罰中引用的研究論文（附件資料二）、反民主行爲者公民權限制法的專欄文章（附件資料三）等雖然作爲證據略顯不足，但由於與此次事件有關，所以將作爲主要參考資料加以應用。

今後將增加、補充具體的物證。

七、嫌疑人現況

本項爲此次調查過程中，最重要的部分。以下四名嫌疑人看似沒有直接參與犯罪行爲，但從最近的行蹤來看，有間接協助犯罪或起到舉報者以上的作用。

（一）崔柱浩

四十四歲，具有進步傾向的歷史學教授。作爲亞洲日報的固定專欄作者，一直高強度批判貪腐公職人員和貪腐政治人物。最近對亞洲日報上刊登的專欄文章（附頁三）進行分析的結果顯示，他對此次事件的被害者進行了攻擊。根據研判，他應有提供造成第一、第二被害者直接死因的拷問和刑罰資料，研判其有直接或間接參與此次事件。

（二）鄭潤周

三十五歲，亞洲日報社會部記者。去年在政治部任職時，報導了大信集團祕密資金事件（附頁四），在社會上引起軒然大波。根據研判，在第一、第二被害者的採訪過程中，從匿名舉報者處得到被害者的近況及行蹤等資料。嫌疑人的哥哥鄭澤民曾在軍隊中遭致原因不明死亡，而當時極欲查明鄭澤民死因的人物是嚴基石。

（三）嚴基石

五十二歲，司法研修院第二十一屆特殊部檢察官出身，現爲律師和電視時事節目主持人。

在擔任特殊部檢察官時，因主張司法改革，經常與上級發生摩擦。二〇〇三年因與檢察機關上級幹部發生衝突，被降職到濟州地方檢察廳，後辭去檢察官，以律師身分開業。當時成為抗命事件起因的檢察機關高層幹部是第二被害者鄭永坤。另，他負責因A專案被起訴的裴東徽的辯論，還參與了查明鄭澤民死亡原因的工作。

（四）裴東徽

四十九歲，陸軍官校畢業的預備役中校，在派遣至國防部工作時，揭露A專案後被強制退伍，目前擔任預備役軍人的聯誼團體會長。平時以俠義心強、在軍隊內部廉潔清白而聞名，但人際關係並不圓滿。隨A專案的調查開始，與第三被害者李哲承被移送審判，當時負責裴東徽辯論的是嫌疑人之一嚴基石。

八、未來調查方向

上述四人具有強烈的改革傾向，持續批判貪污腐敗的勢力，對社會抱有強烈的反感。嫌疑人一和嫌疑人二在事件發生前後被目擊到已見面兩到三次，相互關聯性極強。除嫌疑人四外，其餘三人的不在場證明無異常。據此研判，他們應是協助犯罪或共同鼓動犯罪的勢力。今後查明這些人的幕後勢力將是調查的核心事項。根據此次事件判斷，與上述人物相同的間接勢力及執行組織分擔了各自的任務，因此計畫將調查組編成兩組，特別關注作為直接參與殺害的執行組織，亦即嫌疑人四的戰友會。今後將對上述嫌疑人周邊人物進行調查，在查明幕後勢力的同時確保證據。

九、初步調查結論

此次事件被判斷是情報、歷史、法律、法醫學等專家集團出於引起社會混亂等不純意圖主導的犯罪行為。上述四名嫌疑人有可能毀滅證據並逃逸，因此需要慎重處理。嫌疑人一、二在調查組各接受過一次調查，因此，預計他們的活動暫時會受到限制。

上述四名被害者是民族叛徒、貪腐政治家和公職人員、道德敗壞的企業家等所謂的「國民公敵」，輿論也對這些人持否定態度。據此研判，應經由媒體強調此次事件的暴力性及不當性，並持續傳達維持社會安全的必要性。另外，由於可能發生第五、第六次的類似犯罪，建議對各界領導級別的人士進行保護觀察。

趙熙成推開椅背，伸了個懶腰。熬了整整一夜，報告書反覆修改三次，但都不滿意。說實話，漏洞實在太多。在選定嫌疑人時也沒有明確的人證物證，只是依靠專欄、報導和投稿推測。原本想把科學調查寫進報告裡，但沒有掌握到那麼多的線索。

窗外灰濛濛的，天快亮了，得去三溫暖睡一會。此時，敲門聲傳了進來。

「您還在啊？太好了。」

是影像判讀組的朱刑警，他可能也熬夜了，臉孔乾巴巴的。

「抓到了裴東徽的車！」

睡意一下子頓然消失，朱刑警的聲音在耳際緊緊纏繞。

這眞是未曾有過的好消息。趙熙成和朱刑警一起進了判讀室，裴東徽的車被閉路監視器拍到的地方是亞洲日報社前十字路口。

「請看日期。」

朱刑警指著螢幕說道。九月二日，下午三點十六分。

「九月二日是鄭永坤被殺害的日子。」

那天也是崔教授第二次訪問亞洲日報社的日期。朱刑警將九月二日亞洲日報社大廳裡拍到的崔教授和鄭記者的畫面放在螢幕上。

「這次請您好好看一下時間。」

崔教授和鄭記者被亞洲日報大廳內的監視器拍到的時間是下午三點十七分。裴東徽的車停在亞洲日報前十字路口的時間是三點十六分。

這可以說是偶然嗎？相隔一分鐘，被列爲嫌疑人的三人出現在亞洲日報社內外。三個人在同一空間、同一時刻出現的偶然是不存在的。

12

從戰友會辦公室出來後，後腦勺就開始發癢。

裴中校在便利商店的轉彎處轉了一圈，回頭看了看。一個穿著條紋夾克的男人雖與他維持著一段距離，但一直緊緊跟在身後。是個四十多歲的男人，個子很高，身材瘦長。他看起來不像調查官，調查官是不會那麼明目張膽跟蹤的。

剛開始知道被跟蹤後，還想裝作不知道，他不想在大街上和陌生人發生爭執。稍有不慎，就會引來警察，在莫名其妙的地方出事。但是經過馬路邊的斑馬線後，他的心情發生了變化。男人的跟蹤態度引起了他的好奇，這人看起來有些傻乎乎的，並非專業人士的手法。

裴中校環顧四周，尋找可以引誘那男人的地方，正好看到斑馬線旁的辦公大樓。一進入大樓的地下停車場入口，身體就緊貼著樓梯的牆壁。過了一會，停車場的門打開，條紋夾克走了進來。一伸腿，男人就失去重心，一下子摔倒在地。

「哎呀！」

裴中校抓住男子的脖子，向牆壁猛推過去。想問他爲什麼像野狗一樣跟著自己，但條紋夾克的口中卻喊出了自己的名字。

「啊，東徽。」

「……」

「是我啦，學洙。」

條紋夾克的嘴角露出皺紋，微微一笑。

「金學洙。」

裴中校慢慢放下抓住他領口的手。

「喝一杯吧。」

裴中校迫不得已舉起了酒杯。

「對不起。」

金學洙不好意思地碰了一下杯子。天色還算明亮。酒吧裡沒有其他客人，從半開著的門縫中傳來賣蔬菜的商人廣播聲。

雖然見到老同事，心裡還是不怎麼愉快。金學洙是當時出席A專案記者會的五名校級軍官之一。

當初判決結束後，他就突然銷聲匿跡。誰也不知道他的行蹤。不，也不一定要知道他在哪裡。

「我對不起你們。」

金學洙只是輕輕地抿了一口酒。

「你來這裡做什麼？」

是什麼風把他吹來的？裴中校邊喝酒邊瞟他一眼，白頭髮好像一下子增加不少。

「我是來請求原諒的。」

三年期間不見人影，突然現身請求原諒？裴中校將視線轉向門口。說實話，自己完全沒有原諒他的想法。雖然已經過了三年的時間，但是他所受的傷害還沒有癒合。金學洙背叛了同僚軍官，只想著讓自己活下來。所有軍官都因他在法庭上的不實證詞而受辱，在審判期間，他始終站在李哲承和軍隊將領一方攻擊戰友。

「事情都已經過去了。」

裴中校心不在焉地回答，這是他不想再提及的回憶。金學洙曾立誓，直到A專案眞相大白爲止，都會和他們一起走下去，但這個誓言像泡沫一樣消失。比起國家，同僚軍官背叛的傷害其實更大。

「我從新聞看到李哲承被殺的消息。」

現在才明白他爲什麼來找自己了。看到李哲承被殺的新聞後，想起了三年前的記憶。最近的頭條新聞中，朴時亨和李哲承事件十分友好地被重點報導。突然想起讓李哲承斷氣時那刺激的手感。與執刑魯昌龍時不同，只需要一支一次性注射器就足夠了。爲了避開監視器，他們適當使用了公車、徒步和計程車。打開汽車旅館客房的房門時，李哲承正穿著內褲一個人睡午覺。

這是三年前在法庭上見面以後的第一次相見。好不容易才忍住把他叫醒，談一談心裡話的衝動。

「雖然不想再翻以前的舊帳，但我希望你能知道一件事情。」

裴中校猜到金學洙想說什麼藉口，他想透露當天爲什麼會在法庭上做僞證。大家都認爲他之所以突然背叛的背後，應該是李哲承的懷柔和壓力。

「李哲承只不過是跑腿的。」

這句話在意料之外，裴中校在空杯裡斟滿了酒。

「李哲承也是從某個人那裡得到指示的嗎？」

金學洙點了點頭。

「那人是誰？」

「延世鉉。」

當時的國家情報院院長。

「李哲承籠絡我失敗，三天後，延世鉉就找上門來。」

延世鉉與李哲承不同，他從不打算籠絡金學洙。只是威脅，如果不按照自己的要求去做，家人將會付出嚴重的代價。延世鉉威脅金學洙說將以弟弟涉嫌逃稅、哥哥違反外匯管理法讓他們坐牢，而金學洙沒能掙脫延世鉉的威脅，在法庭上做了僞證。家人的安全比對同僚軍官的義氣更重要。

「當時我也是迫不得已。」

裴中校很快喝光了酒。那麼，難道國情院介入了A專案嗎？還真沒想到事情會這樣發展。國情院院長直接處理與國防部相關的事項是非常罕見的。但如果是延世鉉，他相當有可能會親自出面。只要是能鞏固政權的事，他無所不入。他主導了民間人士非法調查、監視在野黨人士的私生活。政權末期，他甚至領軍在國情院設立留言水軍，操縱輿論、懲罰批判政府的勢力。對於不符合統治權者口味的反政府人士來說，延世鉉是惡魔般的存在。

「慫恿李哲承將A專案僞裝成國家機密洩露事件，拉攏軍隊將領的都是那個傢伙。追根究柢，我們都是被那傢伙耍了。」

「……」

「延世鉉，那傢伙是最惡劣的。」

金學洙掩飾不住氣憤，渾身哆嗦。儘管如此，裴中校還是不相信他的話。到現在才揭露這些的理由是什麼？這不就是想把一直以來留下的傷痛全部抖出來嗎？

「即便是現在，我也想請求你的原諒。」

裴中校喝完一瓶酒之後，離開了酒吧。他至今還是沒有原諒金學洙的想法。作爲背叛同僚的代價，他可能得到了家人的安全，但其他軍官卻受到無法洗刷的傷害，要不然怎麼會自殺呢？時隔三年突然說出口的一句話，不能掩蓋長久以來的傷痕。

金學洙說完對不起後，消失在公車站附近。裴中校不想看到他的背影，努力轉過頭去。

好像要下雨了，突然烏雲密布。一進入戰友會辦公室，就接到許導演來電。

「最好暫時躲起來。」

許導演喘不過氣的聲音震動了耳膜。

「發生什麼事了？」

「調查組好像已經知道前輩的身分了。」

第五章　尋找隱藏的圖畫

1

那天的餘韻難以結束。正如許東植所說，那是一個特別的活動。直到朴時亨離開療癒的殿堂為止，崔柱浩始終集中精力觀看。他怎麼都移不開視線，甚至因為過度集中，眼睛還因此發麻。

既新鮮又刺激。執刑官們並沒有動朴時亨一根寒毛，卻讓人感受到他們的可怕力量。這既讓人毛骨悚然，又讓人感動。很遺憾沒能和更多人一起觀賞當天的場面，如果再次出現這樣的機會，他想積極建議經由網路進行轉播。

執刑官熾熱的心臟……，他很喜歡許東植在月尾島提出的建議。不是為了讓他幹那些雜活才把他拉進來，他們需要的是一個紀錄官，記錄執刑官們熱情的紀錄官。

崔柱浩感受到重大的責任。他們如果是行動的戰士，自己就是記錄戰績的史官。要正確、正直地記錄下戰士們的熱情和信念，乃至他們的憤怒。但是，應該從何處開始、如何進行工作呢？他還沒有頭緒。因為沒有特別規定的形式，所以更加耗費心思。

崔柱浩決定把想到的東西都先寫下來。

他們是抵抗不義、懲治貪腐的戰士。用團隊精神徹底武裝自己，默默地履行陰間使者的角色。他們沒有寬容和慈悲，誰也逃不過他們凶狠的刀刃。但他們並不是把任何人都當作目標，而是以大量的貪腐資料和報告書作為執刑依據，他們既理性而又冷靜。

只寫了幾行，心裡就刺痛起來。崔柱浩停止寫作，在腦海中刻畫了藍圖。要寫的東西太多，還沒整理好。比起開始撰寫文章，先擬定框架更爲重要。如果想製作一本書，那分量肯定不少。這時手機在口袋裡響起，螢幕上出現陌生的號碼。是誰呢？和他用這個手機通話的人只有許東植。

「是我。」

是鄭記者。

「我在你們學校後山。請注意有沒有人跟蹤。」

鄭記者來電、來大學都是第一次。她不是去療養院，而是來到學校，可見理由非同尋常。

崔柱浩爬上學校後山，仔細觀察周圍有沒有跟蹤自己的人。自從和安課長進行了預想審問後，已經習慣保持警戒心了。他被嚴格教育對於日常的事情要和平時一樣行動，在與組員接觸時也要注意極其細微的事情。

登上半山腰，鄭記者便揮手走近。還沒來得及問是什麼事，她就立刻從包裡拿出資料。

「這是調查組製作的初步調查報告。」

製作報告書的日期是兩天前，製作者是趙熙成檢察官。

「這裡面既有教授您，也有我。」

坐在木椅上，他快速瀏覽了一下報告。超過二十張的報告書中，密密麻麻地寫滿了令人毛骨悚然的詞匯。裴東徽、鄭潤周、嚴基石，還有自己的名字。每翻一張，調查組的刀鋒就更靠近胸前一點。對執法的反感、專家集團的介入、周密的事前計畫、犯罪行爲的職責分擔……，不知是不是經過了多次修改，調查幾乎完全正確。如此一來，相當於已經有一半的組員被調查組識破了，最引人注目的是，裴中校和嚴律師也被調查組掌握。

「這是從哪裡拿到的？」

「早上北極星用電子郵件發過來的。」

「北極星是怎麼拿到的？」

「我也不知道。」

報告書的內容雖然令人吃驚，但如何拿到報告書的經過也不亞於其內容。

「如果連裴中校都曝露了，那可不是一般的狀況。見過裴中校了嗎？」

「還沒有。」

「許東植呢？」

「聯絡不上。從來沒有發生過這種事……。」

鄭記者把報告書遞給他之後，從座位上站了起來。

「我得走了。我想教授您也應該要知道這件事，所以才急忙趕來的。」

「……」

「今後要更加小心了。不久前，我也被叫到調查組接受調查。」

崔杜浩把報告塞進後口袋裡。無論如何，這是一份令人震驚的報告。如果沒有像樣的物證，怎麼能得出這樣的結論？這份報告沒有把重點放在案發現場，而是固執地探查外圍。如果要說這份報告書有任何遺憾之處，那就是感受不到執刑官們的熱情。

＊＊＊

「我有話要告訴您。」

走進研究室，金助教表情嚴肅地走了過來。

「幾天前，有刑警來過。」

「刑警爲什麼來？」

金助教的話很快就停止了。他就這樣開了頭，之後卻緊閉著雙唇。

「沒關係，快說。」

他明明知道原因，但還是故意問助教。不僅是金助教，他們應該已經見過自己周圍的人。需要詳細追問，如果已經被列入嫌疑人名單，說不定已經將手伸到人在芝加哥的妻子那裡。安課長也預料到這一點，他甚至還附帶說明了對待周圍人物的要領。要沉著、不以爲然，甚至反過來辱罵警察。

「他們問了很多關於教授的問題。最近和誰見面、經常去的地方是哪裡、有沒有比平時可疑的地方等等。」

「別在意。」

崔柱浩打斷了金助教的話。

「那些傢伙對誰都想要招惹，這不就是他們原本的工作嗎？」

「眞的沒有什麼事吧？」

「可能是因爲上次聽證會時，我說了幾句話。讓我以後說話小心點的意思吧。」

崔柱浩拍著金助教的肩膀，坐回座位上。雖然不知道刑警說了什麼，但金助教大概察覺到了。第一次發生魯昌龍事件時，金助教驚慌的眼神至今還歷歷在目。但只要是金助教，他就大可放心。金助教對於此次事件的執刑官可是熱烈讚揚的，對於刑警的誘導提問，他應該能輕輕鬆鬆地帶過去。

直到深夜也沒能和許東植通話，他的電話一直打不通，在簡訊和語音信箱裡的留言也沒有回音。

一整天，趙檢察官的初步調查報告一直縈繞在心。回到家後，報告書中尖銳的字體仍一直刺著太陽穴。

許東植打來是在午夜時分。

「看過調查報告了嗎？」一確認是許東植的聲音，就急切地問道。「趙檢察官寫的報告。」

「看了。」

「他們是怎麼知道裴中校的？嚴律師呢？」

問了兩遍也沒有反應，只有嘆息聲傳出。崔柱浩冷靜下來，雖然想說的話很多，但還是忍住了。如果話語增多，只會成爲嘮叨，於是安靜地等他開口。

不一會兒，傳來了低沉的聲音。

「誰也阻止不了我們，任何人……。」

難道是喝了酒？他的聲音像似要斷氣般無力。

「誰都不會是我們的對手……。」

「……」

「你在聽我說話嗎？」

「嗯。」

「垃圾一樣的賤種……，我們得處理，只有我們能做到……。」

許東植不像過去一樣冷靜，自己一人胡言亂語了好一段時間，他好像也受到了很大的衝擊。如果看到這樣的報告書還不感到驚訝，才會更讓人感到奇怪吧。被列入嫌疑名單的四人中，A組就有三人。

「週末見吧。」

「……」

「下一個對手在等著呢，第五個……。」

2

療癒殿堂內的氣氛十分沉重。

這與從前有特別活動的日子完全不同，初步調查報告是他們焦慮不安的主因。在趙檢察官鋒利的刀刃前，他們的熱情也跟著減弱。不知是不是因為這個原因，執刑會議開始之前，氣氛已經混亂不堪。這是以前不曾看過的景象。只有北極星看起來和平時沒什麼兩樣。

崔柱浩將手托在下巴上，頭部左右轉動。他的視線自然而然地找到被懷疑的人物，鄭記者嘆了口氣，嚴基石呆呆地看著天花板，今天沒看到另一名嫌疑人裴中校。

「第十四次執刑會議現在開始。」

今天執刑會議的主持人是許東植。

「第五次執刑對象候選人是金萬哲和趙民國。」

一、金萬哲

曾是青瓦臺經濟政策祕書官，在情報機關的協助下介入各種營利事業。從九〇年代開始，他開設了私人組織「鍾路研究所」，監視政治人物的私生活，也非法調查民間人士，開展情報活動。以分析輿論動向為目的開設的該研究所，從情報機關處得到二十多億韓元的資金，用於各種政治工作。據悉，他在軍方人事調動中也發揮了相當大的影響力，他曾收受二十億韓元的賄賂，作爲晉升將軍的代價，也因此成爲校級軍官指責的對象。另外，在通信事業權和綜合金融許可過程中，他從企業那裡收受五億韓元的賄賂，將此款項投資於賭場事業。

二、趙民國

曾是言論學教授，一九九七年才進入政界。他在七〇年代是反對維新政權的改革勢力，但第五共和國政權上臺後，開始走上變節之路。在擔任教授期間，他發行了擁護新軍部勢力的機關報紙[18]，爲軍事政權代言。八〇年代初期，他直接或間接地參與了江南房地產投機項目，獲得了鉅額差價的報酬。進入政界後，他提出偏重財閥的經濟法案，以及妨礙勞動者權益的各種惡法，並在學界發揮影響力，介入了各學校教授及校長的任用。他對於媒體也行使了強大的影響力，爲引發媒體人的大量被解僱事態提供了藉口。

執刑會議的進行也和平時不同，就像被什麼追趕著一樣，速戰速決地解決了問題，也沒有多少討論的內容。驗證執刑候選人的非法資料也比上次少很多，更沒有詳細說明他們兩人是經過怎樣的過程才成爲候選人的。

18 注：政黨、團體、工會等為宣傳政綱、政策或主張而發行的報紙。

許東植似乎也是迫不得已才主持了會議。他沒有引導組員們發言，而組員也沒有對這樣的進行方式提出異議。

似乎省略了所有程序，只注重會議結果。

崔柱浩未能集中精力開會，現在不是悠閒地選擇執刑對象的時候，調查組的刀鋒似乎已經抵在脖子前方。

目前已有四人被列入嫌疑人名單，但尚未討論有關調查報告的內容。稍後應該會討論對策吧，他決定再等一下。

會議快要結束時，嚴基石從座位上站了起來，所有人的目光都投向他。

「對於第五次執刑的候選人，我有話要說。」

嚴基石環視了一下在座的人，接著說道：

「趙民國從軍事獨裁政權時期開始就擔任新軍部的走狗，是一個惡劣的政治家。每次選舉時，都會煽動地域情感，掌握電視媒體並挑起輿論，堵住國民的眼睛和耳朵。雖然現在已退出政壇，但依然大範圍地介入媒體界，不僅涉及人事權，還涉及編輯方向……。」

嚴基石兩眼冒火，嘴邊泛出唾液。那個樣子既陌生又生硬。到目前爲止，他們極度惜字如金，表現出極佳的自制力，這種節制力提高了執刑會議的品格。但是今天卻與以往不同，嚴基石額頭上冒起青筋，大聲咆哮，如果趙民國現在出現在嚴基石的眼前，他必定會立刻把他的頭砍下來。

「藉此次機會，一定要處決趙民國。應該以執刑官的名義讓趙民國站在法律的審判臺上！爲此……」

「請暫時停止發言。」

許東植阻止了嚴基石的話。

「執刑會議不是為個人準備的，今後請克制過分的發言或個人見解。第五次執刑對象將在第十五次執刑會議上決定。」

「第五次執刑對象是不是已經決定了？」

嚴基石迅速回擊了許東植的話。第五次執刑對象已經決定？這又是什麼意思？療癒的殿堂內出現一陣騷動。

「我們不是傀儡，也不是隨從。從現在開始，執刑候選人和對象被選定的過程……」

「嚴律師！」

許東植再次制止他，但嚴基石的發言並沒有停止。

「為了讓所有組員都能接受，應該一一公開。我們聚在這裡，雖然名分不同……」

「請冷靜一下！」

接著尹室長也出面制止嚴基石的發言。療癒的殿堂內如今充滿緊張的氣氛，靜靜傾聽會議的北極星也微微皺起了眉頭。

「越是這樣的時候，越要保持冷靜。正如大家所熟知的，執刑對象會經由組員協調的意見產生。」

尹室長暫時停止說話，冷靜地環顧每個人。

「組員們有同感的意見都可以接受，但是私人意見或單方面的主張對決定執刑對象沒有任何幫助。正如剛才主持人所說，第五次執刑對象將在第十五次執刑會議上決定，希望到時候大家的意見能夠獲得一致。」

即使尹室長出面，也未能平息氣氛。嚴基石好像還有話要說似的，氣呼呼的。

執刑會議從頭到尾都不順利，雖然不到三十分鐘就結束了，但過程非常散漫。執刑會議結束後，組員們分散到原木獨院和石牆獨院。他們的臉色看上去比會議開始時還要陰沉。嚴基石沒有去原木獨院，而是逕自走向停車場。崔杜浩緊跟在走出療癒殿堂的許東植旁邊。

「這是因爲大家的神經都變得太敏感了。」

許東植對嚴基石的突出行爲不以爲然。正如他所說，神經確實是變得敏感了，但這並不像是全部的原因。

是不是只有嚴基石知道些什麼呢？否則他沒有理由那麼氣憤。嚴基石似乎不信任選定執刑對象的過程。

「爲什麼沒有提到調查報告？」

他原本預計這次執刑會議將對調查報告進行認眞的討論。他認爲，應該仔細分析報告內容，並制定對策。但是誰也沒有提起那個報告書，這是必須進行討論的，但卻沒有人提出這一點。

「眞的有……對策嗎？」

許東植只是默默地走著，一邊走一邊連聲嘆氣。他的表情是還沒有制定出合適的對策的表現。

「好像是從A專案中察覺到了什麼。」

安課長小心翼翼地提到了調查報告書。

「我也沒想到他們會從那裡突破。」許東植接過安課長的話。

「嚴律師不是說過裵中校的辯論是他負責的？」

「是的。」

「事情竟然在莫名其妙的地方打結了。」

「會繼續進行下去嗎？」鄭記者問道。

「當然，今後A、B組將合作執刑。」

崔柱浩搖了搖頭。如果歲月不太平，連小鳥都會窩在窩裡不出現。調查網逐漸縮小，他們卻只顧執刑，難道要和調查組展開膽小鬼賽局嗎？

「裵中校在哪裡？」

「先讓他躲到安全的地方了。」

許東植在被列爲嫌疑對象的四人中，對裵中校格外費心。但也只能這樣了，其餘三人沒有直接參與執刑，但裵中校卻是手上沾滿鮮血的人物，不在場證明也不明確。裵中校負責的預備役戰友會也被列入調查對象。

3

眼前發黑，眼角刺痛，肩胛也一片痠痛。

宇慶俊從座位上站起，左右轉動頸部。可能是因爲長時間沒有攀岩，體力大不如前。進入九月以後，他也沒有再踏進體育中心一步。在判讀室的一角，調查官們無法抗拒睡意，連連打著瞌睡。

在影像判讀室熬夜已經是第三天了。每天三餐都在這裡解決，甚至還吃了宵夜。所有調查官都是如此，李哲承被殺害後，他們根本沒法回家，離不開判讀室。

朱刑警在亞洲日報前的十字路口發現裴東徽的車輛後，便把所有希望都賭在這上面。現在能相信的只有閉路監視器，全國設置的公共閉路監視器達七十四萬多臺，如果加上民間的監視器，共達一百五十多萬臺。總有一天，這些傢伙的屁股絕對會被抓到。只能用這個方法了，即使完全利用死角地帶，也絕對無法避開所有監視器。如果這些人不是透明人，就不可能躲過。如果可以，眞想翻遍全國的監視錄影機。

以四名被害者爲中心，展開了集中解讀工作。每五人組成一個小組，總共由二十人進行解讀。不僅是被害者周圍，連被害者經常去的地方也沒有放過。

「找到裴東徽的車了！」

進入判讀室之後的第三天，終於傳來了好消息，是來自專門負責鄭永坤的判讀組。電腦螢幕上顯示的是灰色的小型轎車，該車於八月二十九日二十一時二十二分在清潭洞十字路口被拍到。是繼亞洲日報十字路口之後，裴東徽的車第二次被閉路監視器抓獲。當天是鄭永坤被殺的三天前，車子在十字路口左轉，就是去維納斯酒店的路上。

維納斯酒店是鄭永坤被殺害之前經常光顧的地方。

那天鄭永坤離開維納斯酒店後，人和車都神不知鬼不覺地蒸發掉了。調查組推測，犯人僞裝成代駕司機綁架了鄭永坤。但是裴東徽的車只出現在十字路口，後面就沒有被酒店周邊的閉路監視器拍到。據推測，他可能是利用沒有安裝閉路監視器的狹窄道路。

宇慶俊在嫌疑人中選定裴東徽是有理由的，他是軍人出身這一點，引起了他的關注。廉潔剛直的性格不能忽視。裴東徽所在的戰友會辦公室經常有三十多歲的年輕預備役軍人出入，雖然這個推測稍嫌草率，但不能排除他們作爲行動組參與的可能性。最重要的是，裴東徽是與A專案牽連上的李哲承結下孽緣的人物。

閉路監視器的範圍也逐漸擴大，用事發現場周圍的閉路監視器根本不可能涵蓋他們所有的移動範圍，這些傢伙清楚知道案發現場附近的閉路監視器位置。爲了抓住敵人的尾巴，必須更加嚴謹。

「從案發現場擴大半徑十公里！」

在管轄警察署的協助下，公共閉路監視器錄影檔案全部回收查看。宇慶俊在四處事件現場中，特別密切關注李哲承被殺害的南楊州汽車旅館。這裡與其他三處事件現場不同，魯昌龍在廢宅被發現，鄭永坤和朴時亨在人跡罕至的樹林中，但是發現李哲承屍體的地方是人們經常出入的汽車旅館，這意味著凶手們被閉路監視器拍到的概率很高。

窮則變，變則通。在擴大判讀區域的第二天，專門負責李哲承的判讀組找到了裴東徽。

這次不是車，而是實際人物。

「右邊的人就是裴東徽。」

判讀調查官指著走出餐廳門口的兩名男子，裴東徽身旁的男人看起來約三十多歲。監控錄影顯示，他們被拍到的餐廳距離汽車旅館足足有七公里遠。日期則是李哲承被殺的九月二十三日上午九點十分，判讀組從閉路監視器拍到的餐廳縮小到汽車旅館，二十名判讀調查官撲上去，像是圍捕兔子一樣仔細查看。

之後裴東徽被閉路監視器拍到的時間是在上午十一點五分，地點是在公車站前。這個地方距離汽車旅館有三公里遠，之後裴東徽就再也沒有進入閉路監視器的拍攝範圍。但是，僅憑這一點就可以追趕上他們的移動路線了。

宇慶俊展開汽車旅館所在的南楊州地圖。九月二十三日上午九點十分，他們出現在距離汽車旅館七公里的餐廳。兩個小時後出現在距離汽車旅館三公里的公車站。四公里可能是步行穿越閉路電視無法拍到的地方。李哲承死亡的時間是十二點十分左右。

「賓果！」

這些資料就足以把裴東徽叫到調查室審問一番。他是否是眞凶，那是以後再行判斷的問題。

4

光線從禪房的門縫中透進來。

裴中校從被窩裡爬出來，敞開房門。可能是因爲沒睡好覺，渾身不舒服。五天前許導演聯絡到自己，勸告最好暫時躲起來，並建議他進入寺廟。沒有別的辦法了，趙檢察官製作的調查報告書中，自己的名字清楚出現。裴中校接受許導演的勸告，躲進了寺廟裡。進入寺廟前，他也囑咐戰友會的部下暫時不要有太大動靜。

他做夢也沒想到自己會落入調查組的網中。這非常奇怪，無論怎麼摸索，調查組也沒有什麼可以抓住自己把柄的事情。調查報告書中出現的只有A專案，與李哲承的孽緣也是眾所周知的事實，到底是從哪裡找到頭緒的？

裴中校走出禪房，向溪谷方向邁出腳步。這個寺廟他也來過，去年春天，許導演就住在這裡。位於偏僻的地方，作爲藏身之處是最佳選擇，幾乎沒有人會進出寺廟。他沒看到許導演禪房隔壁的公務員準備生，他隱約想起那人說過如果這次也落榜的話，就不得不放棄的決定。

可能是因爲昨天下雨，溪水的流速很快。水流似乎把岩石當作引路人，順利地流過彎道。這時，在大岩石下撿鵝卵石的童子僧映入眼簾。

「幾歲了？」

童子僧撿起鵝卵石，抬起頭來。

「七歲。」

最後一次見到兒子也是在他七歲的時候。自己年近四十才得子，也是自己唯一的血脈。但至今已經兩年多沒見到兒子了。

退伍之後的生活簡直太可怕了。政界和媒體像鬣狗一樣一直將他緊咬著不放，他甚至還被以洩露國家機密的嫌疑送上法庭。家庭也無法倖免。

當時經常與妻子吵架，隨著在家的時間變長，與妻子發生衝突的次數也逐漸增加。妻子不贊成他進行良心宣言，說就裝作沒看見、沒聽見，順其自然地活著就好，名譽不能代替米飯；決心參加記者會時，妻子也抓住他的腳哀求。A專案的非法行爲曝光後，妻子就不認爲自己是一家之主，只是個根本不把妻子、兒女放在眼裡的不負責任的男人。忍受不了妻子的嘮叨，他去了徵信社工作，但這也沒能維持多久。

有一天，他回到家一看，沒看到妻子，兒子也不見了。她把抽屜裡的私房錢拿走，並離開了家。一開始以爲他們過幾天就會回來，但是，那一年都過去了，還是不見蹤影。可能是因爲預想到會離開家很長一段時間，妻子仔細整理了兒子的衣物。第二年春天，他終於接到妻子離家後第一次打來的電話。通話是單方面的，沒有給他一點插嘴的機會。不要太擔心、孩子過得很好、你也去過新生活吧……，每一句話都像匕首一樣，狠狠地插在後背。

「原來在這裡啊。」

背後傳來許導演的聲音，裴中校勉強用明朗的表情迎接他。許導演坐在溪谷旁的岩石上。童子僧用僧服抱著一堆鵝卵石，消失在法堂的方向。

「過得怎麼樣？」

「還好。」

說實話，心裡實在悶得慌。自己是位軍人，無論在哪裡都得好好活動身體才能放鬆。不過還好寺廟的食物很合胃口。

「誰知道一天三餐都會吃寺廟的飯呢？」

「很快就會平靜下來的。下雷陣雨的時候當然要躲雨。」

說得對，但是他擔心雷陣雨會持續很久。

「第五次對象已經確定了嗎？」

雖然身體停留在寺廟裡，但他的心總是在療癒殿堂的正中央。

「金萬哲和趙民國被提名爲候選人。」

其實是某種程度上已經預想到的。趙民國之所以成爲執刑候選人，是因爲嚴基石的努力。嚴基石在鄭永坤被執刑後，開始強力推薦趙民國。他甚至找到A組成員，拜託他們努力讓趙民國成爲下一個執刑對象。

「嚴律師的願望終於實現了。」

許東植抬起下顎，似乎是在問這是什麼意思。

「嚴律師一直把趙民國放在心上。他因A專案爲我辯護時，也曾提到過趙民國。因爲祕密檢舉嚴律師的哥哥，並讓他入獄的人就是趙民國。」

他至今還清楚記得嚴基石說的話，他的哥哥經不起拷問的後遺症而自殺身亡。據說他的哥哥自殺後，嚴基石親自撫養侄子二十多年，就像親兒子一樣。嚴基石至今仍將當時的事情刻在內心深處。

「為防範於未然，請特別注意嚴律師。如果不能如他所願，說不定會做出什麼事來。」

嚴基石是有明確目標的人，目標越明確，目的意識就越強。無論何時，他都苦苦等候趙民國成為執刑對象。

「謝謝你，許導演。」

裴中校用溫暖的眼神看著許東植。

「如果不是你，我應該已經到了那個世界。」

當時妻子離家出走，填補妻兒空缺的便是許導演。當時裴中校只想著要結束自己的生命，因此過著極其荒廢的生活。妻子和兒子沒有回來的跡象，每天晚上，孤獨和悲慘襲來，根本就是行屍走肉，他甚至覺得連呼吸都很吃力，心想與其那樣生活，還不如結束生命。就在那時，許導演像救世主一樣向他靠近，伸出溫暖的手。退伍之後，難得出現散發著人情味的手。

「在寺廟裡待了幾天，你的想法好像變得更深了。」

許導演露出微微的笑容。

「我到現在還記得你說過的話。」

「……」

「你說不要把憤怒放在心裡，要盡情表達出來。如果當時想用正義或良心之類的話來說服我，我肯定會一口拒絕的。但就是那一句話打動了我。」

「謝謝你那麼想。」

現在也和當時的想法一樣。表達憤怒的方法……，這是最確實、最明快的事情。反正不可能在法律這一框架下區分善與惡，但只要是執刑官，就完全變得可能。

5

被列爲嫌疑對象的四人中，有一人脫離了監視網。裴東徽神不知鬼不覺地蒸發了。

這段期間，調查組集中監視這四人。崔柱浩、鄭潤周、嚴基石都沒有特別的徵兆。在家裡與大學、辦公室、報社之間來回穿梭，但只有裴東徽毫無蹤跡。他沒有去戰友會辦公室，也不在家，甚至沒有看到其他出入戰友會辦公室的男人，難道這麼快就察覺到了？

「宇檢察官找您。」

在三溫暖短暫休息的時候，趙熙成收到了數十條簡訊。確認後，他急忙回到調查本部。

這次又要用什麼來辱罵自己呢？每次接到宇檢察官的呼叫時，他都覺得腦袋都快爆炸了。自從朴時亨被殺害後，宇檢察官的態度就超乎預期。他的房間不時地傳出髒話，對瑣碎的事情也忍不住憤怒，還摔碎辦公室裡的用品。已經有兩部電話被砸壞，一面鏡子被摔碎了。昨天甚至踢了調查官的膝蓋。

「裴東徽呢？」

一進辦公室，宇檢察官就不由分說地問了裴東徽的消息。

「現在還沒有消息。」

「我說過什麼？你把報告拿來的時候，我就說過要先折磨那傢伙吧？」

「是的。」

他認爲現在叫裴東徽過來還爲時尚早。嚴基石擔任辯論，和與李哲承的孽緣不是輕易就能拿出來的底牌。亞洲日報或清潭洞十字路口閉路監視器拍到的畫面也不能成爲確切物證，因此決定一直關注到出現決定性線索爲止。然而在這種情況下，裴東徽竟然神不知鬼不覺地消失了。

「你過來。」

宇檢察官豎起中指前後晃動，每當中間手指蠕動時，他的肩膀都會不由自主地縮起來。後來才知道，那是他生氣時的信號。趙熙成向前走了兩步。

「我是不是說過那傢伙是重點人物？」

「是的。」

「但是爲什麼沒有逮捕呢？」

「……」

「我的話像放屁嗎？」

「不是。」

宇檢察官重複同樣的話，對趙熙成進行了強烈的指責。趙熙成的脊梁上一片冷汗，宇檢察官面無表情的臉上透著令人毛骨悚然的殺氣。

「知道這是什麼嗎？」

宇檢察官出示兩張照片。一張是兩個男人走出餐廳正門的照片，另一張是他們站在公車站附近的照片。瘦長的男人穿著藍色夾克，身材好的男人則穿咖啡色夾克。

「右邊的傢伙是裴東徽。」

宇檢察官指著那個穿著咖啡色夾克的男子。

「看看被拍到的日期。」

九月二十三日是李哲承被殺害的日子，餐廳正門前被拍到的照片是上午九點十分，在公車站拍到的照片是十一點五分。

趙熙成瞠目結舌，他們的臉孔還是首次被閉路監視器拍到。在過去的幾天裡，宇檢察官一直待在判讀室，現在才終於逮住裴東徽的身影。這張照片說明了裴東徽的移動路線正走向汽車旅館。既遺憾又空虛，只要早一天找到，就能掐住裴東徽的脖子了。

「我是不是讓你為這次事件賭上性命？」

「是的。」

突然覺得辦公室裡像進了三溫暖一樣悶熱，宇檢察官身上散發出的熱氣瀰漫在房間。

「難道只是嘴上說說嗎？」

趙熙成用手背擦了擦額頭上的汗水。

「知道現在該做什麼吧？」

「是的。」

「出去吧。」

趙熙成安靜地走出房間。宇檢察官確實有生氣的理由，他連續幾天熬夜，好不容易找到線索，結果卻以些微的差距，讓裴東徽得以銷聲匿跡。總之，這是一個驚人的發現。趙熙成有和判讀組一起確認李哲承被殺害的汽車旅館周邊的監視器，但是距離汽車旅館七公里外的餐廳還沒有找過。

難道直到現在，老練檢察官的實力才顯現出來嗎？宇檢察官的簡短幾句話一下子就打進了他的脊椎，這種聲音聽起來比任何髒話或叫罵都更有威懾力。

「請接一下電話，是跟蹤崔杜浩的小組。」

朴刑警把電話遞過來。在去三溫暖之前，他聽到崔教授走出大學正門的消息，本來就想打聽崔教授的去向。

「對不起，剛才把崔杜浩跟丟了。」

負責跟蹤的調查官的聲音聽起來非常無力。

「你們現在在哪裡？」

「在八堂大壩附近。」

鄭記者的車消失的地方也是在八堂附近，難道……他們在那附近另外開闢了一條躲避追蹤的道路？

「在八堂大壩待命，他一定會重新回到那個地方。」

「知道了。」

此時，似乎該再和崔教授見一次面了，而且這次還準備了殺手鐧。另外，也應該好好查明裴東徽和崔教授的關係。這次不會再讓他矇混過關了，即使不能馬上停止呼吸，也應該給他一點顏色瞧瞧。

6

甩開跟蹤並不困難。

早就知道他們分成兩組輪流跟蹤。於是車子進入楊平後，換成了黑色轎車。在首爾進入楊平之前，經由後視鏡看到是白色轎車進行跟蹤。黑車雖然有超車的空間，但始終保持適當的間隔跟在後面。

在遊樂園區超市右轉後，快速地在隨機左轉道路轉向，這是擺脫跟蹤的唯一途徑。沿著左轉道路進入泥土路，就能看到通往療養院的國道。此時再也看不見跟蹤的車了。

原本沒必要讓調查組跟蹤自己，現階段不能隨意去療養院，許東植也提醒過他，暫時只能待在家和大學裡，一動也不能動。但他不顧這樣的囑咐，最終還是選擇前往療養院。全體組員幾乎都陷入危機，他不能一直待在研究室坐以待斃。崔柱浩把車停在離停車場很遠的地方。

夜幕很快降臨，黑暗和光線交織的療養院風景讓人眩目。療癒的殿堂、石牆獨院、原木獨院都是一片黑暗，唯獨八角屋頂建築物中出現了微弱的燈光。雖然多次出入此地，但八角屋頂建築物開燈尚屬首次。因爲沒有人進出，還以爲是閒置的建築。他想起第一次來療養院的當天許東植說的話，說絕對不要去那棟八角屋頂的建築物察看。

崔柱浩悄悄走近八角屋頂的建築，那裡面會有人嗎？雖然內心明白這是不能隨意接近的地方，卻無法抑制強烈的好奇心。這座八角屋頂建築座落在療癒殿堂上方的山坡上，給人監視哨所般的感覺。他最大限度地放低身體，朝著八角屋頂的建築物前面走去，建築物裡傳來嘟嘟囔囔的聲音。

「我也沒想到裴中校會曝光。」

「調查組已經掌握了裴中校的照片。」

繼尹室長的聲音之後，又傳出了許東植的聲音。

「眞是糟糕。知道了，那個問題慢慢再說。」

這次傳來上了年紀的聲音，他們之間沉默流淌。

「趙民國是誰推薦的？」

年老的聲音問道。

「是嚴律師，嚴律師和趙民國曾經有過舊恨。」

許東植說。

「什麼舊恨？」

「很久以前趙民國祕密檢舉了嚴律師的哥哥，導致他哥哥入獄。」

「不能被個人感情所左右。」

「嚴律師仍然對趙民國耿耿於懷。」

「除掉那些過時的政治家有什麼用？」

「我也是同樣的想法。」

尹室長回答道。

「沒有別的消息了嗎？」

「北極星的部下正在觀察金萬哲的周圍。」

「已經確定了執刑日期，十月二十二日是金萬哲結婚三十週年紀念日。」

「嗯，那個日子不錯。」

崔柱浩懷疑自己的耳朵，難道第五次的執刑對象已經確定了？按照程序，下週的執刑會議上才會在金萬哲和趙民國中選出執刑對象，但是他們竟然已經確定了金萬哲的執刑日期。

「這次打算粗暴一點。」

「不要太過分就好。」

過了一會，門被打開，許東植、尹室長相繼走了出來。崔柱浩躲在建築物旁的樹後，許東植和尹室長互相交談著走下斜坡。石牆獨院和原木獨院同時開了燈。

年老聲音的主人公是誰呢？從許東植和尹室長恭敬地對待他來看，似乎不是一般的人物。會不會是這個組織的最高領導人？第一次籌劃這個局勢、培養局勢、主導局勢的人物？

他一動也不動地守在八角屋頂建築物旁的樹後許久，想用雙眼確認年邁聲音的主人是誰。雖然時間已經過去很久，但建築物裡的人還是沒有露面，只有翻書聲時斷時續。

鼻子發癢，打噴嚏的信號傳來。崔柱浩用雙手捂住嘴巴，向山坡下的樹叢走去。用盡全力掙扎著，想阻止噴嚏打出，但卻出現乾嘔。實在受不了了，只好暫時離開八角屋頂建築。正想走下山腰時，巨大的洞窟出現在眼前。

咦，這樣的地方竟然有洞窟？崔柱浩突然感到全身僵硬得像石像一般。雖然多次進出療養院，但他完全不知道這裡面有洞窟。這個洞窟和八角屋頂建築的古色古香很搭，洞窟旁的樹枝也下垂著，彷彿是科幻電影的某個場面。

崔柱浩似乎被某種強大的力量所吸引，慢慢地走近洞穴。黑暗的入口像是在召喚他快點進來似的，發出陰涼的氣息。才走進洞窟沒幾步，眼睛就像蒙上一層黑色顏料，什麼也看不見。山洞特有的寒氣從四面八方迸發出來，他拿出手機，按了手電筒按鍵，直到這時，周圍才變得明亮起來，洞窟內部尚清晰可見。

山洞沒有想像中那麼大，可能十坪左右吧？雖然像自然生成的洞穴，但處處都能看到人爲的痕跡。就在那時，手機燈光照到洞窟頂端的瞬間，崔柱浩不自覺地後退兩步，一個手掌大的洋娃娃掛在洞窟頂上。

一看就知道不是一般的娃娃，細細的眼睛、高聳的鼻子、古銅色的瘦削的臉、用密密麻麻的線結戴在頭上的帽子……，這是在普通商店裡看不到的充滿異國風情、土俗氣息的娃娃。娃娃身上插著好幾根針，頭、胸、手臂、腿部都被插滿。

娃娃的雙眼似乎隨時就要流下紅色的血淚。

在手機的燈光照射下，崔柱浩在洞窟裡摸索著。娃娃一共有四個，滴水的洞窟頂端、冰柱般突出的牆壁上都掛著娃娃。他已經頓悟到四個數字意味著什麼，不就是魯昌龍、鄭永坤、李哲承、朴時亨的分身嗎？是不是每送一個人去另一個世界，娃娃的數量也會增加呢？崔柱浩像逃跑一樣離開了洞穴，如果停留的時間更長，似乎就會變成那些娃娃的模樣。

八角屋頂建築物被黑暗籠罩。燈熄了，寂靜無聲，再也沒有翻書的聲音傳來。這時，年邁聲音的主人離開了建築物。不僅僅是八角屋頂的建築，原木獨院和石牆獨院都暗下來了。

似乎是趁他在洞穴裡停留的期間，不約而同地消失。

崔柱浩步履蹣跚地走向石牆獨院，一走進房間就開始翻抽屜和書櫃。現在輪到作爲熱血組織成員做自己負責的事情了。因爲一直待在研究室，最近沒能好好整理資料。接到許東植要求記錄執刑官熱情的建議後，他的心裡更加著急。

黃色資料夾裡蒐集著金萬哲和趙民國的資料，金萬哲的資料遠遠多於趙民國的資料。翻閱金萬哲的資料時，崔杜浩雙手的動作頓時停止。十月二十二日被用紅筆畫著圓圈，金萬哲結婚三十週年紀念日正是執行第五次任務的日子。

到了八堂大壩，車速爲之降低。好像沒有發生車禍，因爲這裡是單行道，一旦發生事故就無法越過大壩。崔杜浩把頭伸出車窗外查探狀況，遠處的移動式柵欄映入眼簾。

「暫時進行盤查。」

身穿螢光安全背心的警察讓他停車。警察對照身分證和臉部後，露出了不懷好意的微笑。

「是崔杜浩先生嗎？」

「是的。」

「請下車。」

「有什麼事？」

「大家請過來這裡！」

警察沒有回答他的問題，而是揮舞著螢光棒。不到一會，體格健壯的男人走到車前。

「請您和我們走一趟。」

兩個男人把崔杜浩從車上拉下來，然後將他推進黑色轎車。這是從首爾跟蹤到楊平的那輛車，他們並沒有因爲錯過了跟蹤就直接回去，而是直接管制八堂大壩，只爲等待自己出現。

崔柱浩已經做好心理準備，他馬上就會接受趙檢察官的審問。和上次不同，這次肯定會被猛烈逼問。在回首爾的車裡，他仔細準備著會被趙檢察官問到的問題。已經接受過安課長的嚴酷審問，窘迫的辯解是行不通的，因此已經準備好應對之策。他打算按照安課長的要求，正面對應趙檢察官。趙檢察官知道什麼就說什麼，留下疑點的部分就模糊以對，但能否如願以償還是個疑問。

7

「好久不見。」

趙熙成把從自動販賣機裡買來的咖啡放在桌上。在坐下之前，他偷偷瞄了崔教授的眼睛。他的瞳孔在不停地轉動，腦細胞可能運轉得更快吧。他們已經預想到會有什麼樣的提問，因此正在準備如何回答。他不只經歷過一兩次，所以知道面臨審問的嫌疑人表情都像死亡面具一樣，死亡面具中唯一會動的就是兩隻眼睛。

「您要抽嗎？」

趙熙成拿出從朴刑警那裡借來的香菸。

「不了。」

「對不起，讓您來到這裡，首先請您諒解我們的立場。」

趙熙成雙手放在桌子上鄭重說道。崔教授抬起頭，似乎是在跟他說不需要這種諒解，有什麼問題就儘快問。

「是因爲什麼事去八堂？」

首先詢問他爲何去那裡，辦了什麼事。

「下個月我們學院教授有一個研討會，因爲有意見建議在郊外舉行研討會，所以去那裡進行考察。」

崔教授好像就是在等待這個提問一樣，迅速做出回答。這也許是他預料中的問題之一，這次稍微扭曲了提問。

「有必要非得在平日的晚上去嗎？」

「週末我有約。」

「好，我就開門見山問你吧。你在大學圖書館借過《日本帝國主義強佔時期拷問殘酷史》這本書嗎？」

趙熙成立即進入了正題，再也不會發生像在聽證會前見面時那樣蜻蜓點水般的事情了。在傳喚崔教授之前，他準備了相當可用的武器，雖然不致命，但仍然可以留下深深的傷痕。

「是的。」

「你知道在殺害魯昌龍的時候，使用了那本書的部分內容嗎？」

崔教授點了點頭。

「教授不僅接觸了嫌疑人，還向他們提供了犯罪資料。」

「如果我牽連到那個事件，我也沒有必要刻意否認。首先我說明一下初次見面時遺漏的幾點。我借的書和我的研究論文被這次事件所使用是事實，這是因爲我從身分不明的男子那裡收到了提供資料的請求。」

「是誰要求你提供那些資料的？」

「我也不認識。」

「竟然不認識要求提供資料的人。」

「請聽我說。魯昌龍事件發生前不久，研究室收到一封奇怪的信。這封信裡有我以前寫過的專欄文章，我猜測是匿名讀者發來的，所以沒有太在意。雖然檢察官不太清楚，但專欄作家必然會有狂熱讀者。過了幾天，一個男人聯絡我，要求把魯昌龍的簡歷和親日行爲，以及高等係刑警們使用的拷問手法等資料都寄給他。剛開始我沒有答應那個男人的要求，我沒有閒到接受連身分都不知道的人請求的程度，但是第二天，那個男人又給我打了電話。」

「所以你把魯昌龍的資料寄給他了嗎？」

「是的。說實話，感覺不太好，但是因爲他的態度太過誠懇，所以查找魯昌龍的資料並寄了過去。我從圖書館借的書裡有纏藤條的拷問資料。」

「資料是怎麼交給他的？」

「我是用郵寄的。」

「還記得地址嗎？」

「如果大學內的打掃阿姨沒有清理掉的話，應該是在研究室的某個地方。」

「還有什麼類似的請求嗎？」

「過了半個月左右，又要求提供朝鮮時代刑罰的相關資料。但這次我斷然拒絕了，恐怕不只是我，沒有一個人會接受這樣的請託，因爲那時已經是在魯昌龍被殺害之後了。儘管如此，怪電話還是不斷打來。」

「爲什麼沒有告訴警察呢？」

「說實話，我很害怕。因爲我覺得會把魯昌龍逼到那種地步的人要解決我是很容易的。」

「你是說害怕報復嗎？」

「是的。明明知道自己被那個男人的詭計所蒙蔽，但還是無法拒絕。他知道我的妻子住在芝加哥，聽說還給妻子寄了奇怪的郵件……。如果你們跟我妻子聯絡一下，就能理解我的話。我堅持了三、四天，最終還是從我的研究論文中把資料摘錄下來寄給他。」

「你認爲他爲什麼要拜託你呢？」

「我也覺得很奇怪，也許是因爲看了我的專欄才得到靈感的吧。」

「什麼靈感？」

「那個就交給檢察官來判斷了。」

「我實在無法理解，你上次爲什麼沒有回答這些話？」

「正如我剛才所說的，我沒辦法對任何人說，總感覺有人在我周圍監視我。希望你們能夠理解。」

「之後那個人也有打電話來嗎？」

「鄭永坤被殺害後，就沒聯絡了。」

趙熙成停頓了一下後開口問道。

「你跟亞洲日報的鄭潤周記者很熟吧？」

「其實也不太熟，只是在事件發生後，見過一、兩次面。」

「你在亞洲日報社見過鄭記者嗎？」

「是的。」

「你們聊了什麼？」

「我問她我摘錄的資料是如何被報導出來的，鄭記者說那個資料是從匿名舉報者那裡拿到的。所以我摘錄的資料好像經由那人轉交到鄭記者手中。」

聽起來很有道理，崔教授摘錄的資料流向正好吻合，鄭記者也表示從匿名舉報者那裡拿到了資料。

「聽說過A專案嗎？是三年前發生的事件。」

「以前經由媒體得知。」

「請仔細看一下這張照片。」

趙熙成把照片放在桌子上。現在開始要攻擊崔教授的要害了，他雖然一直堅持到現在，但在十分鐘內，他一定會舉雙手投降。

「你認識他嗎？」

「我不認識。」

「請再仔細看一次。」

趙熙成狠狠瞪著崔教授的眼睛，遞給他的照片是在公車站前被拍到的裴東徽。

「不認識，我是第一次見到這個人。」

「好，那這孩子應該認識吧？」

這次拿出來的照片是小孩的臉。他是在崔教授任教的大學附近賣米腸的大嬸的小兒子，人文學院警衛也清楚地記得這個孩子的臉。

「正如同我之前說過的，他是拿給我那個裝有專欄文章的小孩。」

「你認識那個讓他跑腿的人嗎？用那個孩子的話說，下巴下面有痣，還戴了職業棒球隊的帽子。」

「……」

「請再看看這張照片。」

趙熙成指著裴東徽的照片。

「他是第一個揭露A專案的裴東徽，就是讓那孩子把你的專欄文章送給你的人。」

此前，調查組爲了尋找裴東徽和崔教授之間的關係而四處奔走。最終查明，在魯昌龍被殺之前，裴東徽去了崔教授任教的大學。下巴下面的大痣……，小孩子也清楚記得裴東徽的臉。裴東徽首次出現在大學是七月十七日，但十天後魯昌龍就被殺害。裴東徽第二次出現是在八月十九日，鄭永坤被殺是在九月二日。

「難道你還說不認識他嗎？」

「不認識，我也很好奇讓那個孩子跑腿的人是誰。」

「崔教授！」

趙熙成的聲音變得十分尖銳。

「如果你們調查了那個小孩，應該很清楚。我也多次問那個小孩，讓他跑腿的人究竟是誰。如果我知道他是誰，又何必問呢？」

也就是說，他和裴東徽連見都沒見過。此後，審問又進行了半個多小時，也短暫地提起鄭記者的哥哥，還觀察他對負責裴東徽辯護的嚴基石的反應。崔教授雖然明確回答了調查組已經知道的事實，但是對於調查組想要得到的卻裝作不知道。

趙熙成洩了氣，在把崔教授帶進來的時候還充滿自信，但是崔教授卻像鰻魚一樣順利地溜走。雖然不完美，但也沒有什麼漏洞。他在接受調查期間一直保持平常心，讓他眼神動搖的時刻只有一次，就是在拿出裴東徽照片的時候。

今天應該到此爲止了，已經沒有可以再追問的內容，祕密籌碼也完全曝露。不僅沒有給崔教授造成嚴重傷害，反而感覺像是被反攻了一樣。但即使如此，也還是能確定兩個事實：一個就是崔教授認識裴東徽，另一個就是他不管是合作者還是嫌疑人，都是組織的一員。

「趙檢察官！」

正要離開調查室的時候，朴刑警粗暴地開門闖入。

「什麼事？」

「剛，剛才……」

朴刑警的臉變白。

「趙，趙民國被殺了……。」

8

前議員趙民國（七十九歲）被發現在城北洞住宅前身亡，警方已介入調查。城北警察署表示，當晚十一點十七分左右，趙前議員在城北洞住宅附近的大街上被發現身體不斷出血，緊急送往附近醫院，但在抵達急診室兩個小時後死亡。經確認，趙前議員的死因是被凶器猛刺，出血過多所致。

警方在距離犯罪現場一百多公尺遠的便利商店垃圾桶中發現了犯人使用的水果刀和棉手套，已委託國立科學調查研究所進行鑑定。另外，在趙前議員住宅周圍找到兩名目擊者，目前正在調查嫌疑犯的相貌和衣著。據悉，趙前議員三年前從政界隱退，目前在家專心撰寫自傳。

任誰來看，都知道這不是專業手法。與過去的事件不同，這次顯得十分生疏，善後處理也不夠乾淨，等於是毫無準備的亂搞。崔杜浩從大學後門一出來就坐上計程車。

「去亞洲日報！」

除掉趙民國的人是誰呢？在第十四次執刑會議上，嚴基石提高了發言強度，聲稱一定要處決趙民國。即使許東植和尹室長制止，他也沒有理會。那麼，難道是嚴基石違反組織的紀律，單獨進行犯罪的嗎？真是搞不懂是從哪裡開始出錯的。從八角屋頂建築物裡傳來的聲音將金萬哲定爲第五次執刑對象，而在石牆獨院內看到的資料中，金萬哲的執刑日期也被標記爲十月二十二日。

「等一下，你現在是要開去哪裡？」

計程車正駛過忠正路，進入市區內。

「您不是說要去亞洲日報嗎？」

亞洲日報是他絕對不被允許出現的地方，便衣警察們一定會睜大雙眼潛伏在那裡。崔杜浩拿起手機給許東植打了電話，他一接電話就問他現在在哪裡，許東植回答「家」，太好了。

「禾谷洞，去禾谷洞吧。」

原本想見鄭記者的計畫改成去見許東植。此時此刻，無論是誰，如果見不到面，他覺得自己就會瘋掉。無數的雜念在腦海裡迴盪，本來就因趙檢察官的調查報告書而頭疼不已，感覺因爲趙民國事件而變得更加混亂。

「趙民國是誰殺的？」

一進到許東植家，崔杜浩便立刻如此問道，此刻已經無暇顧及其他。

「我也沒想到事情會變得這麼糟。」

許東植微微地嘆了口氣。今天他的肩膀顯得格外無力，A組的組長、執刑官的堅強形象完全消失。他似乎也因爲趙民國事件受到了很大的刺激。

「是嚴律師幹的？」

許東植點了點頭。原本心想不會吧，結果還是闖了禍。原以爲他是法律界人士，應該是一個冷靜的人。過去在特殊部聞名的劍士名聲，如今卻似乎被埋在糞池裡。

「現在要怎麼辦？」

「……」

「不是應該有對策嗎？」

雖然不想催他，但話就那麼脫口而出了。

篤！篤！篤！

這時，敲門聲簡短而粗重地傳來。許東植一開門，就有人探出頭來，是北極星。

「沒想到教授也和你在一起。」

北極星似乎對此感到意外，上下打量著崔杜浩。崔杜浩沒有迴避他的視線。

「第二次調查報告。」

北極星把資料袋放在地上，封面上趙熙成三個字映入眼簾。第二次調查報告的分量比上次少得多，只有三張簡略內容。這份報告值得注意的是調查組最近掌握的三個情報。第一，嫌疑對象中增加了尹室長，一共是五人。第二，在趙民國事件中確認了兩名嫌疑犯的身分。第三，正在追查事件發生兩天前給趙民國家打電話的舉報者，報告書中記載舉報者的訊號傳出地點是在兩水里。

「你們好像看完了吧？嚴基石現在人在哪裡？」

北極星輕輕點頭問道。

「聯絡不上。」

「眞是胡鬧，不能留下活口。」

北極星的眼神極其犀利。他的視線停留在地板上的第二次報告書上好一陣子。

「曇摩呢？」

曇摩？這個稱呼很生疏。

「他在兩水里別墅嗎？」

「好像搬走了。」

「在事情變得更嚴重之前，按照計畫進行吧。破壞組織的人誰也不能例外，是他們先自找的。」

「我知道了。」

「我會先去兩水里，然後去大廣寺。許導演就負責嚴基石吧。」

「……」

「沒有比留下後患更愚蠢的事了。」

北極星走了之後，房間裡瀰漫著沉重的沉默。

「你和北極星到底在說什麼呢？」

他大致聽懂了北極星和許東植的簡短對話意味著什麼，他們現在，正覬覦著嚴基石和「曇摩」的性命。

「你最好不要知道。」

「我需要知道，難道你還不相信我嗎？」

「我不是要隱藏，只是你知道以後不會有什麼好處。」

「先別管有沒有好處，那個由我自己來判斷。」

這段期間，他一直順從許東植的話，即使好奇、即使疑問重重，他還是忍了又忍。

「要除掉嚴律師嗎？」

「你也聽到了吧，是他先自找的。」

「北極星說的曇摩是誰？」

「……」

「那個人也要殺掉嗎？」

「事情結束後，我會告訴你的，全部都告訴你。」

許東植披上放在桌上的衣服，崔柱浩抓住要出門的許東植的衣袖。

「告訴我，那個人是誰？」

許東植在門前停下腳步，用快要斷氣的聲音開口。

「審判官，不是我們。」

9

正在調查趙民國前議員被殺事件的警方十分關注事發前接到的匿名電話。據趙前議員家屬透露，匿名舉報者致電，提醒趙前議員也許會發生生命危險，要他盡量不要外出。據此，警方認為，打電話去趙前議員住家的匿名舉報者將成為此次事件的重要線索，因此正在追查發訊地點。案發當天，趙前議員去門口等候補習班下課的孫子回家時，遭遇了不幸。

趙民國事件與前四次殺人事件截然不同。

嫌疑犯在住宅區犯罪、未確認受害人是否死亡就立刻逃跑，還在案發現場附近留下證據，距離案發現場一百多公尺遠的商店垃圾桶裡發現了用於犯罪的水果刀和手套。不僅如此，從被害人的衣服上檢測出嫌疑犯的毛髮，也在犯罪使用的手套中發現了指紋。這種手法等於就是在跟警方說趕快把我抓走吧一樣。

會不會是模仿犯罪？調查官們異口同聲地表示這是連刀都不會使用的新手手法。調查組最先確認了屍體的腳趾，小腳趾的指甲完好無損。的確，在住宅區裡拔掉屍體的腳指甲有點不合邏輯。

趙熙成更傾向於是跟之前同一夥的犯人。並不是犯罪手法鬆懈就能掩蓋殺人的意圖，沒有必要在屍體上留下相同的標記，反正他們的目的只有一個，那就是扼殺公敵的命脈。趙民國至今走過的痕跡作爲第五次受害者毫不遜色，他是非常適合犯人的獵物，可以與前四名受害者的履歷相媲美。

此次事件的調查焦點集中在兩個方面。一是殺害趙民國的眞凶。嫌疑人在住宅區徘徊，深夜看到趙民國出門後犯下罪行。警方還掌握了經過犯罪現場周邊的兩名目擊者，影像判讀組則集中分析趙民國住家周圍的閉路監視器。從各種情況來看，尋找眞凶似乎並不難。

其次是向趙民國告知注意人身安全的舉報者。趙民國的妻子證實，事件發生的兩天前，有位匿名人士打來了電話。舉報者聲稱，趙民國可能會受到極大的傷害，所以要注意安全。至今，舉報者的身分尚未查明。

趙熙成十分關注匿名舉報者，這是因爲與上次事件有所關聯。事件發生之前，崔教授和鄭記者接到了匿名舉報者的聯絡，而此次事件的舉報者也躲在幕後，起到超越舉報者的作用。警告趙民國注意人身安全的舉報者也是他們的同夥嗎？如果知道趙民國會被殺害，他也會起到作用。換句話說，他是熟悉此次殺人事件的人或合作者。

才過半天，發信地點的追蹤結果就出來了。是京畿道楊平郡兩水里二三四號一帶的公用電話。

「兩水里離八堂大壩很近。」

朴刑警說道。趙熙成在看到兩水里這一地名時，也是最先想起了八堂大壩。跟丟崔教授和鄭記者的地方也在那附近。調查組在進行設置於公共電話附近的閉路監視器解讀工作的同時，對居住在這一帶的七十多戶家庭進行了全面調查。在掌握地址登記的名單時，意外發現了眼熟的名字。

這是誰！趙熙成瞪大眼睛。在地址名單的中間躺著熟悉的人物，眞沒想到在這裡能看見這個名字，一度被忘得一乾二淨的名字浮出水面。

＊＊＊

最終沒能問出審判官的眞實身分。

許東植直到出門爲止，都牢牢地閉緊嘴巴。

無論再怎麼詢問也沒用，都只能得到一句「你馬上就會知道了」的回答。坐上計程車前，總是聽到這一句令人心煩的話。

崔柱浩一進入研究室就打開窗戶，大操場上傳來鑼聲，農樂隊正在操場上跳著舞。

許東植所說的審判官是誰？其實崔柱浩的心裡並非完全沒有頭緒。

無論是初步調查報告書，還是北極星帶來的第二次報告書，裡面都沒有審判官的蹤跡。審判官怕被人發現，一直躲在黑暗的帷幕後面，但這並不意味著他的存在永遠都能被黑幕所掩蓋。崔柱浩閉上眼睛，平靜地摸索著審判官的蹤跡。

「不能被個人感情所左右……。」

從八角屋頂建築物裡傳出的上了年紀的聲音，那個人就是審判官吧。崔柱浩把分散在各處的記憶碎片聚集在一起，現在就要開始尋找隱藏的圖畫了。從那小孩第一次帶著專欄文章出現，到五個人渣被執刑爲止，各種場面紛紛從眼前閃過。最讓他注意的是北極星的話，曇摩、兩水里別墅……，記憶的箱子終於打開，隱藏的畫慢慢浮出。

來到許東植住過的寺廟，上了年紀的老紳士。

從八角屋頂傳來的熟悉聲音。

在兩水里擁有別墅的人物。

這算是曝露了一半，接下來把焦點放在審判官和A組成員之間的關係上。在A組中，知道審判官存在的人物只有許東植，但是許東植和審判官的關係卻是十分曖昧。

打開電腦，進入網路，在入口網站搜索窗口中輸入許東植的另一個名字——許白天。這個名字下面有十多部紀錄片，如同地瓜的莖葉一樣接連不斷。許東植的初期作品主要描寫自然和生態界的情況，到第五部作品才開始製作社會性極強的紀錄片。

在搜尋第九部作品的時候，紀錄片《對談》的介紹中出現一個熟悉的名字。他懷疑起自己的雙眼，但即便如此，他也不太確定，於是按下《對談》這部作品。過了一會，熟悉的面孔塡滿了電腦螢幕畫面。

他瞬間清醒過來，就像瀑布從頭上傾瀉而下一樣。《對談》中登場的人物不正是宋基白教授嗎？他握住滑鼠的手指尖不停發抖。在電腦螢幕畫面中，宋教授的臉孔逐漸清晰。

這部作品是宋教授和一位媒體人士以對話形式製作而成的紀錄片，從一九七〇年代維新政權初期到最近的重大時局事件像全景圖一樣展開。這部紀錄片是在三年前製作的，紀錄片中，宋教授的資料畫面和現代史的主要場面接連不斷。一九七〇年代中期，身穿囚衣站在維新政權法庭上的模樣、一九八〇年代在大規模集會現場演講的模樣，拿著蠟燭反抗不義的示威現場也少不了他的身影。畫面中出現的宋教授是這個時代的良心，也是民主化的象徵。

寒毛直豎，沒想到會在許東植製作的紀錄片中看到宋教授。稍微調整好呼吸後，崔柱浩重新進入回憶，開始尋找隱藏的圖畫。

精通歷史學方面的碩學。

每當發生事件時，在報紙上投稿的評論專家。

在市民團體演講中使出渾身解數，主張處罰貪腐公職人員的演講者。

不僅如此，他試圖查明鄭澤民的軍隊疑問死亡事件，還參與了A專案。在這些地方，他不僅見到鄭記者，還見到裴東徽和嚴基石，與人權聯盟的尹室長也有著與眾不同的緣分。

記憶箱子裡的審判官……，沒有錯。越是回憶過去，蓄意隱藏的存在就越發清晰。不知不覺間，宋教授從黑暗的帷幕中走出來，大步走到向陽的地方。

三年前，崔柱浩去宋教授家拜年，當時宋教授酒醉後說了這樣的話：「在閉上眼睛之前，我要做一件大事，那是一件非常神祕，並且令人著迷的事情……。」

神祕的事情？即使多次問他那是什麼事情，他都沒有回答。宋教授只是哈哈大笑。

把人渣送到另一個世界，難道是神祕而又令人著迷的事情？

是不是從那時起就一個接一個地接觸執刑官們，製造如今看來可怕的局面？仔細一想，還眞不是沒有可能。雖然不神祕，但確實令人著迷。因爲在療癒的殿堂裡審問朴時亨的時候，眞的是令崔柱浩沉浸在恍惚之中。

「只要是破壞組織的人，任誰都不能例外。」

這時，北極星的聲音敲打在他的後腦勺上，使崔柱浩從座位上跳了起來，現在不是悠閒地看紀錄片的時候，北極星已經在覬覦審判官的性命了。

10

對於暴力事件的調查其實沒有固定的模式，被指爲嫌疑犯的人有時會成爲被害者，被害者也可能會在下一瞬間變成加害人。雖然不是常見的情況，但偶爾也會出現意想不到的人物動搖調查的局面。現在就是如此。出乎意料地，出現在兩水里住戶名單上的名字是宋基白。

宋教授曾一度被列入調查對象，由於他強烈批判被害者的專欄文章，以及與崔教授和鄭記者的特別緣分，所以被列爲觀察名單。但因爲除了專欄和交情，沒有找到其他的嫌疑，列爲嫌疑人多少有些牽強，所以在正式展開調查後，宋教授就被排除在名單之外。隨著時間的流逝，他的名字完全銷聲匿跡。但此時，宋教授再次浮出水面，動搖了調查範圍，宣告全面登場。

趙熙成其實還不能完全確定，不能只憑住址名冊就盲目地接近他。這一帶有七十多戶人家，外人也可以使用公共電話，而公共電話附近的監視器畫質不好，對調查沒有幫助。於是他決定先去刺探宋教授的周圍。四處刺探的話，也許會有什麼東西上鉤。

調查組在查出宋教授的居住地後迅速行動起來。

大部分調查人力都投入到挖掘宋教授背後的工作。完全挖掘，不錯過任何一個小細節。沒過多久，關於宋教授的灰塵就一個個聚集在一起，擴大成一塊石頭的大小。

「宋教授在兩水里有棟別墅。從一個月前開始，宋教授和女兒就一直住在別墅裡。」

兩水里別墅。大本營終於出現了。

「宋教授的車也被八堂大壩附近的閉路監視器拍到了。最近找到的人順利解決了。鄭記者、崔教授、嚴基石的車輛都曾經穿梭於八堂大壩之間。最近找到的人權聯盟政策室長尹敏旭的車輛也在那周圍被拍到。但是他們的車輛全部都在越過八堂大壩後，消失得無影無蹤。那裡的某個地方應該存在只有他們知道的逃避道路。

接下來，以宋教授爲中心，將嫌疑對象進行了比對。崔柱浩和宋教授是師生，兩人關係非常親密，宋教授甚至是崔柱浩的證婚人；鄭澤民在軍隊死亡的時候，宋教授爲了查明他的死因還四處奔走，因此他與鄭記者也有著非比尋常的關係。

「宋教授還深度介入了A專案事件。」

也就是說，他與揭露該非法事件的裴東徽、爲裴東徽辯護的嚴基石也有不淺的緣分。無論查證的範圍擴大到哪裡，宋教授都像藥行的甘草一樣必不可缺。

但是有一個問題讓調查組無法理解，那就是宋教授和趙民國之間的關係。

如果匿名舉報者是宋教授，那就應該明確知曉他與趙民國的關係，因爲他沒有理由向陌生人告知人身安全的威脅。

進步的歷史學教授和臭名昭著的貪腐政客，無論從哪個角度看，都不是很合適，因爲他們站在永遠不能相互融合的對立面。

查明這些人的關聯並沒有花很長時間。以宋教授爲中心，他們調查了趙民國的足跡。他們履歷中的共同點不止一兩個。他們的故鄉是慶北蔚山，是中學同學；維新末期，宋教授因違反緊急措施和國家內亂罪入獄時，照顧他的人就是趙民國。當時趙民國擔任媒體學教授，與政治圈也建立了深厚的關係。他們的緣分與形象不同，是十分緊密的。

「他們從小時候開始就是莫逆之交，趙民國的妻子和宋基白也很熟。」

「好了！」

再追根究柢下去就是浪費時間了。以這種程度來看，宋教授更接近於核心人物或主導者。

「走吧！」

朴刑警帶著悲壯的表情走了過來，調查官們全部跟在朴刑警身後。

「宇檢察官在哪裡？」

從上午開始就沒見到宇檢察官的身影。

「他說跟檢察長中午有約。」

「你跟他說過要去宋教授的別墅了嗎？」

「當然。」

趙熙成和調查官們分乘三輛車，在導航系統上輸入宋教授別墅的地址後，身體靠在副駕駛座的椅背上。溫暖的陽光從車窗照射進來，這種天氣正適合釣大魚。

11

「喝一杯吧。」

文檢察長喝著牛骨湯，舉起了酒杯。現在的時間過早，不適合喝酒，而且白天喝酒不符合宇慶俊的性格。文檢察長剛才稍微看了下他遞呈的簡略調查報告書後，就邀他一起到檢察廳附近的餐廳簡單吃個飯。迫不得已，宇慶俊只好輕輕地把嘴湊到酒杯上。

「這裡怎麼樣？」

這是一家只有四張桌子的小食堂，主要菜單是牛骨湯。他還是第一次知道檢察廳附近有這麼破舊的餐廳。

「這是我常來的店。雖然最近比較少來，但是在我當普通檢察官的時候，幾乎每天都來報到。」

從進餐廳開始，宇慶俊就知道他會說這樣的話。這是在迂迴地指責現今檢察官們隨意揮霍的應酬。

「調查得差不多了嗎？」

文檢察長一口便乾掉一杯酒。

「……」

「看了報告書，好像已經接近尾聲了。」

「還需要再觀察一段時間。」

隱藏的圖畫突然從意想不到的地方冒了出來。剛才調查組爲了逮捕宋基白去了兩水里，宋教授別墅的位置、與趙民國的長久關係、與嫌疑人密密麻麻的緣分……，正如朴刑警所說，他根本不只是此次事件的合作者，更是幕後操縱者或實權者。

從鄭永坤被殺害的時候開始，就應該密切關注他。宋教授和鄭永坤也曾有過孽緣，一九八〇年代後期，當時擔任公安部檢察官的鄭永坤拘留了擔任救國聯合會這個容共[19]團體代表的宋基白。

「在想什麼？」

「啊，沒有。」

「正在想宋基白教授吧？」

宇慶俊就像被擊中要害一樣，身體不自覺扭動了一下。是的，他暫時回顧了宋教授如怪物般的人生。再也沒有比他更狡猾的毒蛇了。表面上是高尚、民主化的見證人，背後卻操縱著稀有的野蠻殺人事件。

「我之前說過宋教授吧？」

「是的。」

回想起來，拘留宋教授的也不只鄭永坤一人。

文檢察長也說過他調到公安部後，首次拘留的人就是宋教授。好像也說過宋教授是文檢察官的高中前輩。

「如果宋教授是主導者，人們的失望會更大吧？他畢竟是這個國家的元老。」

他是元老？宇慶俊在心裡暗自嘲笑。像宋基白一樣的人才是惡劣的煽動者，他是操縱大學生示威、助長社會混亂的不良分子。如果坐過那麼長時間的牢，也應該悔改了，但他至今還是如此倔強。雖然已是暮年，個性卻依然如故，主導各種集會和示威。也許是因爲他還不滿足於這樣的示威，乾脆組建了殺人集團，把這個國家搞得一片狼藉。

「你去過印度嗎？」文檢察長斟滿了酒後問道。

「沒有。」

「聽說在和巴基斯坦相鄰的印度北部，是現在還有實行《摩奴法典》的地方。」

摩奴法典是印度歷史上最悠久的法典，與埃及的漢摩拉比法典有很多相似之處。這兩部法典中不可或缺的是以眼還眼、以牙還牙，也就是報復主義。

「通姦者削掉鼻子、偷竊者砍掉手腕。在那個村子裡犯罪的話，爲了付出代價，會毀損身體的一部分。」

文檢察長的話非常刺耳，本以爲他是有要緊的事才邀請他來的，沒想到盡說一些廢話。他現在才喝了半瓶燒酒，臉上卻已經通紅。宇慶俊把酒一口氣喝掉。

「我偶爾會有這樣的想法，對違法者，像印度的那個村莊一樣，果斷地執行法律會如何？這樣的話犯罪不是會減少很多嗎？」

是嗎？即使處罰力度加大，犯罪也不會減少。人們在犯罪前，不會先預想要如何付出代

19　注：左傾。

價。他們的頭腦裡充滿了犯罪意圖，而不是代價的問題，從他們那裡追究罪行的代價是無理的要求。

「法律這種東西只有讓他們付出確實的代價才有效果，如果讓每個人都溜走，還能有什麼威信？執法的檢察機關也一樣，只顧著看執權者的臉色，隨便抓些好欺負的小角色，根本就站不住腳。最近把檢察官叫作紅包檢察官或狗檢察官，不也是因爲這個原因嗎？」

宇慶俊漸漸變得煩躁起來，好不容易才忍住想要離開餐廳的衝動。在如此緊急的時間裡，爲什麼要提到這麼陳舊的話題呢？文檢察長應該要更瞭解檢察機關的現狀才對，紅包檢察官或狗檢察官等說法並不新鮮。

「我得先離開了，調查組……。」

宇慶俊把椅子稍微往後挪了一下。如果再將文檢察長的話聽下去，今晚可能就要像丟了魂似地熬夜了。

「哦，也是，對不起，對不起。」

喝完一瓶燒酒之後，文檢察長的話才停止，他用筷子夾起了辣蘿蔔塊。

「調查組要去宋教授的別墅嗎？」

「是的。」

「如果逮捕到宋教授，立即向我報告。」

「好的。」

「我和他也有很長時間的緣分，想先見見他。」

進入調查本部已經過了四點。爲了聆聽文檢察長的廢話，浪費了三個小時。宇慶俊立即給朴刑警打去電話。

「怎麼樣了？」

「宋教授不在別墅裡，調查組即將前往寺廟。」

「什麼寺廟啊？」

「宋教授經常去的寺廟。」

不管怎麼反覆咀嚼，都是件不可思議的事情。上午接到趙檢察官的報告後，不禁感到懷疑，所以前後三次反覆叮嚀要仔細找出有沒有錯誤。但至今沒有出現任何問題。宋教授在其周圍帶領多名嫌疑人，將五人送往另一個世界。用嚴刑拷打謀害了很久沒回國的人，甚至還毫不留情地殺害了剛出獄的人。雖說是年過八十歲高齡的老人，但他實在是太狡詐和令人毛骨悚然了。難道用各種煽動手段不行，就乾脆全部殺光嗎？

如果逮捕宋教授，宇慶俊打算親自審問他，剖析他的腦袋，到底是因爲什麼原因犯下如此重大的刑案，然後慢慢觀察那裡面究竟裝著什麼。

第六章　像犀牛一樣穩步向前

1

將車停在八堂大壩前。崔柱浩降下車窗，朝外望去。大壩周圍稀稀落落地出現幾名垂釣者，暫時忘卻的隱藏圖畫悄然浮現在腦海裡。

啊啊，爲什麼沒有事先想到呢？雖然數次越過八堂大壩，但始終忘記距離大壩車程不到十分鐘的宋教授的別墅。在聽證會現場見到宋教授時，他不也說過八堂附近有極好的釣魚場嗎？

到達兩水里別墅是在下午四點左右。雖然是久違的造訪，但心情並不喜悅。在攻讀博士課程時，曾多次去過宋教授的別墅。他還和宋教授一起熬夜寫論文，喝酒到凌晨，討論時局。別墅下方，八堂湖靜靜地鋪展著，他想起在湖對面與宋教授一起釣魚的時候。

「您怎麼來了？」

走進別墅的客廳，宋教授的大女兒兩眼睜得圓圓地問道。宋教授似乎還沒有發生什麼大事，她的表情不怎麼開朗，但也不陰沉。

「路過這附近時，突然想起教授，所以就來了。我給家裡打了電話，說教授在別墅。」

客廳裡只有沙發的位置變了，其他擺設則和以前一樣。剛過週歲的孩子正在陽臺前睡覺。

「他現在不在。打電話給爸爸了嗎？」

「他沒接手機。」

宋教授的手機一直處於關機狀態。事實上，他很害怕和宋教授通話。如果宋教授接了電話，他實在不知道該說什麼。

「就是啊，從昨晚開始，爸爸的手機就關機了。」

不祥的念頭突然擊打崔杜浩的後背。在這期間，北極星是不是已經來過了呢？執刑官們去殺害獵物時，爲了避免位置被追蹤，最先處理的就是對方的手機。

「他有說要去哪裡嗎？」

「他沒說。爸爸會不會發生了什麼事？」

她臉色一沉，又開口。「白天警察來過。」

「警察？」

「是的，一直追問我爸爸在哪裡。」

調查組是如何發現宋教授的？第二次調查報告書中明明也沒有宋教授的名字。

「警察總是跟在爸爸後面，所以不覺得有什麼大不了的。不過這次好像不太一樣。」

崔杜浩現在的心裡怎麼也平靜不下來，心中像炭塊一樣被燒得焦黑，但也不敢胡亂猜測。宋教授不但被北極星追著，也被警察追捕。不管是誰，都不會放過宋教授。

崔杜浩從沙發上站起來，掃視客廳牆壁上的書架。書櫃裡整齊地擺放著木製的相框，映入眼簾的是其中熟悉的面孔。尹室長。

「這個人是誰？」

照片中，尹室長和宋教授擺出親密的姿勢，在他們身後有塊寫著「大廣寺」的寺廟牌子。

「他是尹敏旭，擔任人權聯盟的政策室長。」

她歪著頭走到崔杜浩面前。

「眞奇怪，警察看到這張照片後也問了尹敏旭是誰。」

她的眼睛頓時浮現不安。

「爸爸出事了吧？」

「……」

「教授您知道吧？」

「沒事啦……。」

她眞的什麼都不知道嗎？現在她的父親正處於絕境，本應整頓組織的審判官反而被執刑官追趕，調查組也不甘落後，正在緊追宋教授。

「教授最近怎麼樣？」

崔杜浩轉移了話題。

「自從聽到趙民國議員的消息後，他的狀態就不太好了。」

趙民國？她是怎麼知道趙民國的？崔杜浩努力平息驚訝，宋教授明明一次也沒有提到過趙民國。

「教授……和趙議員很熟嗎？」

「是啊，聽說他和爸爸是同鄉，當時還一起上中學，所以該有多傷心啊？」

與趙民國的關係……，又一個謎團被解開了。他還很好奇為什麼宋教授會聯絡陌生人，最後剩下的拼圖也拼好了，因爲太容易了，所以讓他覺得奇怪。就在那時，翻閱書櫃的崔杜浩一下子瞪大了眼睛。

「那個娃娃，是怎麼回事？」

書架最右側陳列著十多個娃娃，和在洞窟裡看到的一樣。他突然覺得胸膛深深地凹陷下去。

「這是從印度回來的人送給爸爸的禮物，也是最近爸爸最珍惜的東西。」

「……」

「早上起床後，他總是會先看望娃娃。」

「那個娃娃有什麼故事嗎？」

「我也是不經意聽到的，據說這是淨化身體和心靈的象徵。」

她仔細看了看娃娃，歪了歪頭。

「玩偶的數量好像減少了，剛開始的時候明明有超過十個的。」

全身插著針掛在洞窟頂上的四個娃娃……，沒有比這更確切的證明了。手臂上不由得泛起小米般大小的雞皮疙瘩，心臟好像就要爆裂開來。

2

汽車駛出高速公路收費站，進入國道。街道上擠滿了車輛，到處都能聽見喇叭聲，互相搶著前行，已經無法看清車道線。到達寺廟已是日落時分。

安課長經過法堂，往禪房走去。裴中校呆呆地坐在禪房的走廊上，巧合的是，這是許導演以前住過的房間。當安課長揮手時，裴中校面帶笑容地走過來，熱烈擁抱他。裴中校的身上散發著淡淡的檀香味。

「對不起，我來晚了。」

安課長真心表示歉意。由於A組的人員減少，很難抽出時間。更何況在意想不到的地方發生了事情，趙民國的死亡是他們完全沒有預料到的結果。

「許導演來過嗎？」

安課長問道。

「當然了，已經來過三次了。」

安課長坐在走廊上望向四周。繁茂的草叢中溪水聲不絕於耳，禪房左右陡峭的山峰像白鶴的翅膀一樣高高聳立，各種樹木和花香濃郁地環繞著寺廟，從禪房對面的小瀑布中流下的細水綿綿不絕。許導演住在這裡時，由於情況不佳，無法觀察寺廟周圍。

「趙民國是怎麼回事？」

「……」

「是嚴基石幹的嗎？」

安課長點了點頭。第五次的執刑對象還沒定下，他就忍不住闖禍了。

「終究出事了。」

「在這種情況下還試圖滿足私慾，眞是令人不齒。」

無論如何也無法原諒嚴基石的行爲，如果不是想消滅組員，就不可能發生這種事。事情處理得也不熟練，可能是只顧著逃逸，四處都留下了證據。

「許導演怎麼說？」

「他這次好像也插不上手了。」

「那麼，該輪到北極星出面了嗎？」

北極星的固有任務之一就是管理組員，他負責懲戒危害組織的人、破壞組織體系的人，和違反組織命令的人。

「許導演現在應該正在和北極星見面。」

安課長深深地嘆了一口氣。嚴基石的個人怨恨使所有組員都陷入危機。

「過來一下，我有話跟你說。」

裴中校從座位上站起來，向法堂方向走去。法堂的前門敞開著，數十支燭火在門後微微晃動，看似即將熄滅的蠟燭吸引了他的視線。裴中校走進法堂，對著黃金佛像敬拜。行完禮後，又帶著安課長去了法堂後院。

「今後組裡將很難恢復。」

裴中校坐在大理石臺階上說道。

「所以我才想跟你說……我需要你的幫助。」

「你儘管說。」

裴中校的眼神閃閃發光。他到目前爲止還沒有任意殺過那些人渣，在去除每一個人的時候都傾注了全部心血，徹底瞭解他們的罪行，才讓他們支付代價。

「讓我們重新開始吧。」

他徹夜尋思自己應該做些什麼。已經豁出性命加入了組織，不能總是待在寺廟裡。

「重新開始？」

「既然已經走到這一步，就讓我們做我們能做的事情吧。」

組員們處於危機當中，組織即將瓦解，現在正是轉換局面的時候。裴中校正在考慮第六次的執刑對象。

「你有考慮的人選嗎？」

安課長很快就聽懂了裴中校的話，他深邃的眼睛裡燃燒著憤怒的火焰。

「當然。」

安課長用眼神詢問他是誰。

「延世鉉。」

既然決定要做，就想處置大人物。想要撼動局面，再沒有比延世鉉更適合的人了。每當政權面臨危機時，他都會利用北韓來扭轉局面。本應維護國家安全的人卻威脅國家安全，製造緊張局勢。更何況轉換局面並不僅僅存在於政界。

「你能幫我嗎？」

「許導演呢？」

「我們兩個人就足夠了。」

3

大廣寺位於宋教授的別墅和八堂大壩中間。

趙熙成把車停在草地旁邊，沿著泥土路向上走。山門兩側稀稀落落地樹立著幾座被苔蘚覆蓋的浮屠塔。

從宋教授的別墅出來後，立即轉向大廣寺。搜查組到達兩水里別墅時，宋教授已經銷聲匿跡了。留在別墅的宋教授女兒對待調查組就像對待欠錢的人一樣冷淡，她駕馭警察的手法不是普通的犀利，不僅沒有回答問題，反而對於每個提問都尖銳地回擊。搜查組因爲她的脾氣太差，像是被趕出來一樣地離開了別墅。但儘管如此，他們在宋教授的別墅裡還是發現了一項東西，那正是宋教授放在客廳書櫃裡的與尹敏旭的合影照片。兩人也是不尋常的關係，嫌疑人都和宋教授糾纏在一起。

趙熙成和朴刑警一起進入寺廟內，其餘的搜查官則在入口待命。大廣寺是調查本部找到的寺刹，在與宋教授的女兒發生爭執時，調查本部急忙聯絡了他。兩水里別墅附近有一座名爲大廣寺的寺廟，據說是宋教授經常去禮佛的地方。宋教授和尹敏旭一起拍攝的照片背景也是大廣寺，因此趙熙成決定對該寺廟投以期待。

大廣寺住持坐在禪房走廊上看電視。

「我是警察。」

朴刑警出示警察證明後，住持用山雀般的眼睛瞪了他一眼。

「你們怎麼會來這個偏遠的寺廟？」

「我是來找人的。這個寺廟裡有一個叫宋基白的人吧？」

「你說誰？」

住持的腰部打直。

「宋基白教授。」

「宋教授不在這裡！」

住持四方形的下巴蠕動著，對待警察的態度令人很不滿意。

「宋教授到底發生了什麼事？白天也有一些男人來找宋教授。」

「他們是誰？」

「我怎麼知道？他們實在是太胡鬧了，我都說宋教授不在這裡，他們還是翻遍了寺廟的每一個角落。」

住持的鼻梁微微扭曲。

「宋教授最近一次來這個寺廟是什麼時候？」

趙熙成問道。住持瞥了一眼掛在禪房牆上的月曆。

「十四號吧……。」

「……」

「他那天凌晨突然來這裡，在法堂待了一會就走了。」

十四日是趙民國遇害的第二天，宋教授是不是爲了哀悼趙民國去世而來到寺廟的呢？住持的目光又轉向電視，電視上正出現熱騰騰的辣燉鮟鱇魚畫面。

「那是什麼？」

朴刑警指著電視機旁邊的娃娃問道，那和在宋教授別墅裡看到的一模一樣。

「那是宋教授送的禮物。他說這是在印度受到尊貴待遇的娃娃，可以驅除惡鬼，帶來福氣。」

沒問住持，他卻親切地說明娃娃的用途。趙熙成和住持又說了幾句就離開寺廟。

「來找宋教授的人會是誰呢？」

朴刑警走出山門問道。

「難說。」

如果在寺廟裡鬧得沸沸揚揚，那麼就是和宋教授站在對立面的人。趙熙成無力地走下泥土路，出了山門，太陽慢慢西沉。

趙熙成渾身無力，不知是不是晚飯吃得不夠，沒有力氣。在回到調查本部之前，他在便利商店買了一碗泡麵，但連吃泡麵都沒有胃口，整碗麵只吃了一半。

宋教授銷聲匿跡，手機打不通，連發信位置都沒有追蹤到。無論如何，所有的疑惑都解開了。被列入嫌疑名單的人物背後都有宋教授。但即使是確認了宋教授的存在，心情也不輕鬆。

宋教授爲什麼投身於這個野蠻的殺人遊戲呢？

趙熙成觀察了成爲宋教授目標的被害者的各個方面。魯昌龍、鄭永坤、李哲承、朴時亨、趙民國，他專挑罪大惡極的對象，將他們送往另一個世界。這些人犯下種種惡行，法律卻對其寬大處理，甚至給予免罪符來庇護他們。如果法律公正，他們就不會成爲宋教授的目標。如果完全接受了罪惡的代價，就不會迎來悲慘的結局。

他接著分析了嫌疑對象。崔柱浩、鄭潤周、嚴基石、裴東徽、尹敏旭……，他們都在各自的專門領域對抗那些貪腐、進行非法行爲的權力者。爲了社會正義和社會弱者不惜做出犧牲，他們並非毫無緣由地殺人。親日派、貪腐政治家、不道德的企業家……，只挑選了這塊土地上不該存在的賤種。他們只指定那些逍遙法外、玩弄法律的人，雖然這不能成爲殺人的正當理由。

在調查此次事件的過程中，他的內心不只一次動搖過。有時還搞不清該逮捕何人。是不是想逮捕的對象顚倒了呢？這不禁讓他懷疑，自己是否眞正履行了國民賦予的檢察公職權限。

進入檢察機關後不久，他就切身感受到這個社會有多麼腐敗，這比在檢察系統外看到的還要嚴重。對於有權有勢的人來說，法律只不過是擺設而已，他們具有隨時可以逃脫法網的特殊才能，他們也只能楞楞地看著那些人民公敵大行其道。正當此時，書桌前的電話響起。

「喂？」

「……」

「請說。」

拿著話筒的手裡傳來奇怪的熱氣。趙熙成沒有再發聲催促，爲了讓對方能夠安心地說話，他向話筒傳出均勻的氣息。過了一會，上了年紀的聲音傳來。

「我是……宋基白。」

4

許東植坐在電視臺前的臺階上仰望天空。在電視臺的電波塔上，滿月緩緩地露出了模樣。現在時間是晚上十一點，尹室長進入電視臺大廳已經過了一個小時。再過一會就要開始直播了，但還是沒有任何消息傳來。

嚴基石下落不明，趙民國被殺害後，連個他的影子都沒見到，律師事務所也不知道其消息。這時，尹室長從電視臺樓梯末端蹣跚地走下來。

「怎麼樣了？」

許東植一下子站了起來。

「直播好像也開天窗了。」

就知道會這樣。抱著僥倖的心理，在嚴基石參加直播的時間過來，但與預想的沒有兩樣。除非是擁有特別強大的心臟，否則絕對不會在這裡出現。

「這都是我的失誤，那天應該抓住嚴律師的……。」

這不是抓住他就能改變的事情。無論嚴基石如何辯解都不能原諒。到目前爲止，任何組員都不曾考慮過要滿足個人的慾望。如果把私慾放在首位，那麼和執刑對象的貪慾有何不同？

「找到嚴律師的話，您打算怎麼辦？」

尹室長問道。

「按照計畫進行吧。」

話雖如此，但能否遵守與北極星的約定還是個疑問。畢竟他們曾經坐在同一艘船上，互相鼓勵和支持斬除那些人渣，現在則是不能再考慮過去的交情了，即使他們下不了手也無濟於事，因爲北極星不會放過他。

「去嚴律師的家看看吧？」

尹室長啟動汽車時問道，許東植勉強地點了點頭。讓直播也開天窗的人不可能待在家裡。許東植降下副駕駛座的車窗。嚴基石爲何要做出如此魯莽的行爲？雖然與趙民國有舊恨，但他的行爲不像特殊部檢察官出身一般冷靜。的確，並不是完全沒有這種跡象。

在第十四次執刑會議當天，嚴基石似乎已經知道金萬哲和趙民國中誰會被執刑。執刑結果還沒出來，他就莫名其妙地提出異議，奮力直言。可是嚴基石是怎麼知道的？

＊＊＊

黑暗很快就降臨了。

嚴基石一進入汽車旅館的房間就拉上窗簾，關掉房間裡的日光燈，換成間接照明。北極星那些人本來就很敏捷，神出鬼沒，所以不能放鬆警惕。北極星的情報能力總是超乎想像，從兩天前開始，他就將手機的主機和電池分離。只要手機開著，北極星就會像鬼一樣聞到氣味。過去這段期間，他一直在北極星身邊，近距離觀察到他的能力有多麼出色。

「叔叔……。」

賢洙走到窗邊。

「沒關係，現在沒事了。」

嚴基石輕輕拍著賢洙，習慣性地強忍住嘆息。

他和賢洙一起離開家、四處躲藏已經是第三天了。第一天在住家附近的汽車旅館，第二天在金浦的一家旅館，第三天在現在所在的坡州。躲開任何有關聯的地方，不在一個地方停留一天以上。北極星的部下可能已經睜大雙眼潛伏在附近了。比起警察，他更害怕北極星。幾天前還是同舟共濟的組員，突然淪落到被他們追緝的地步。這是沒有辦法的事情，現在唯有潛伏才是最好的選擇。

「現在該怎麼辦……才好？」

賢洙的嘴唇顫抖。現在他的眞實身分應該也曝露了吧？因爲證據太多，查明他的眞實身分只是時間問題而已。這眞是不可思議的事情，賢洙被警察追捕，自己則被北極星追緝。一個就已經夠頭痛的了，但竟然得同時甩掉兩組人馬。

「不要太擔心。」

「對，對不起……。」

「沒關係，你做了需要勇氣才能做的事，你爸爸也會爲你驕傲的。」

一提到父親，賢洙的眼睛就狠狠地發亮。嚴基石非常喜歡那像火花一樣熊熊燃燒的眼神，他從賢洙身上感受到只有血脈才能產生共鳴的緊密紐帶感。沒有一個孩子明明知道父親冤死會置之不理的。

嚴基石脫去衣服進入浴室，可能是因爲過於緊張，脊梁上滲出很多汗液。他在浴缸放滿熱水，然後將身體泡在裡面，四肢隨即鬆垮下來。在冒著煙霧的熱氣中，組員們的臉孔一一浮現，他對組員們實在感到抱歉。

如果這就是命運的話，他決定全部接受。如果他們認爲殺害趙民國的人是自己也無所謂，因爲他眞的有過親手結束趙民國性命的想法，只是賢洙代替自己施行而已。

如果那天沒去療養院會怎麼樣？如果沒有從原木獨院拿來趙民國的資料又會如何？雖然知道那是毫無意義的想法，但遺憾之情卻依舊慢慢湧上心頭。

在第十四次執刑會議召開的前一天，嚴基石獨自前往療養院。趙檢察官的調查報告中，包括自己在內共有四人被列入嫌疑人名單。他認爲無論如何都要制定對策，因此在沒有事先通知的情況下，去到療癒的殿堂。原本以爲尹室長和許導演會在那裡面對面討論對策，但是療癒的殿堂裡卻沒有人，臨時居住在石牆獨院的許導演也不見蹤影。嚴基石在原木獨院裡等待尹室長的出現，這時，圓桌前的一堆文件映入眼簾。這是第五次執刑候選人的資料，趙民國和金萬哲……。他知道總有一天趙民國會出現在執刑候選人名單中，機會來得比想像中要快，他內心希望趙民國能成爲第五次的執刑者。

嚴基石在翻閱他們的資料時，發現了令人詫異的地方。

趙民國的資料和金萬哲的資料不同，趙民國的資料中詳細記載了他的非法行爲，其中還有自己的哥哥悲慘迎來生命最後的內容。與以前的執刑對象資料沒有太大區別，問題在於金萬哲的資料。

金萬哲家的簡圖、監視錄影機的位置、他常去的餐廳、健身俱樂部、跟蹤他的日誌……，金萬哲的移動路線是按照時間段整理的！

看到這一幕的瞬間，他的腦海裡湧來極大的疑惑。這是確定執刑對象後才會出現的資料，北極星的部下早就跟蹤了金萬哲。

更令人驚訝的是，金萬哲的執刑日期已經確定。十月二十二日，正是金萬哲結婚三十週年紀念日。

僅從這個資料來看，可知第五次執刑對象就是金萬哲無誤。

在第二天的執刑會議上，他沒能壓抑住氣憤也是因爲這個原因。當時只能如此，即使明知道第五次執刑者是誰，他也不能袖手旁觀。趙民國只不過是爲選定金萬哲的陪襯而已，因此他試圖追究金萬哲是通過什麼過程被確定爲第五次的執刑對象。

簡單地洗了頭髮之後就出了浴室。賢洙不一會就睡著了，可能是因爲疲倦，他甚至還發出細細的打呼聲。嚴基石坐在床上，呆呆地看著賢洙，那天賢洙衣服上的血跡還浮現在眼前。額頭上佈滿汗珠，臉孔像靈魂出竅一樣發青。

「我殺了……趙民國……，父親的仇人……。」

賢洙沒法再說下去，他喘不過氣來。

怎麼會走到這個地步呢？就在幾天前，他還過著平凡的日常生活。妻子和女兒正在歐洲旅行，所以和賢洙兩個人度過了溫馨的時間。追根究柢，當天從原木獨院把趙民國的資料帶回家便是災難的開端。賢洙看了放在書房書桌上的趙民國的資料，這個資料中還記載了賢洙的父親、自己的哥哥死亡的過程。

賢洙執意報仇是理所當然的事情，他在七歲的時候親眼目睹父親自殺，於是在看到趙民國惡行資料的瞬間，心中的憤怒瞬間爆發開來。

哥哥比較早結婚，從軍隊退伍，大學一畢業就和同屆同學舉行了婚禮。第二年因政治事件被通緝的哥哥前往當時擔任指導教授的趙民國家，卻被警察逮捕。哥哥根本沒想到老師會密告學生，當時單純認為是運氣不好，但事實並非如此。

直到他被帶到安全企劃部南營洞分所後，才知道這一事實。更令人震驚的是，除他之外，還有六名大學生因趙民國的告密接連被捕。當時趙民國是安企部派遣的祕密工作人員，因為當時社會的局勢十分混亂，所以沒有人注意到趙民國的間諜活動。那時賢洙剛滿週歲，三年後刑滿出獄的哥哥因為拷問留下的後遺症而無法適應社會，他害怕出門，忌諱與人見面。住進療養院後，哥哥的症狀也沒有好轉，就這樣跟病魔對抗，在療養院的後院上吊自殺。當時第一個目睹哥哥自殺的人就是賢洙。哥哥去世的第二年，嫂子也因病去世。此後，嚴基石撫養突然成為孤兒的賢洙將近二十年。

和賢洙一起躲藏了三天，領悟到一件事情：在賢洙的心中，父親死亡的記憶難以抹滅。

嚴基石對此並不知情，他雖然親自撫養賢洙，卻完全沒有察覺到。七歲時就目睹了父親悲慘的結局，該有多心痛啊。但是賢洙卻沒有表露這種憎惡，二十多年來，他一直獨自一人憋在心裡。看到趙民國惡行資料的瞬間終於爆發，他根深蒂固的憎惡和憤怒如潮水般湧來。

嚴基石默默地接受賢洙的這種執刑。是的，那天賢洙是執刑官，雖然有些生疏，心臟卻比誰都熾熱。

5

黑暗籠罩住嚴基石的家，沒有一處亮著燈。三天以來都是如此，沒有任何動靜，只有貓的叫聲傳來。

「宋教授……怎麼樣了？」

尹室長艱難地打開話匣子，從他口中說出宋教授的字眼足足用了三天時間，哪怕只是輕輕帶到宋教授的話題。他一直忍住沒提，想必許東植也是如此。

「北極星正在努力追查中，宋教授似乎比想像中還要難找。」

宋教授既不在兩水里別墅，也不在大廣寺。但無論他走到哪裡，都無法逃出北極星的手掌心，只不過是延長幾天性命而已。尹室長這樣開口說完之後，就再也沒有出聲了。

他們徹底被宋教授倒打一耙，現在還覺得脖頸發麻。後遺症感覺會持續很久，一、兩個月內都會有如驚弓之鳥。

難道是突然老糊塗了？宋教授的背叛與嚴基石的突出行爲無法相提並論。簡直是慘不忍睹，許東植只能乾笑幾聲。成立並培養組織的審判官卻把組織徹底搞垮了。

「我們三個人第一次見面的時候……是不是下雨天？」

這次許東植提出了問題，沒有什麼特別想說的，只是想起很久以前的回憶。

「對，那天從早上開始就下雨了。」

「所以連登山都沒去成……。」

「所以我們去了酒吧。」

談話又中斷了，沒有什麼可說的。彼此都明白把宋教授掛在嘴邊是多麼痛苦的事情。

許東植將身體靠在副駕駛座的椅背上，閉上眼睛。那天也是這個時候，楓葉染紅山腰，他用米酒碗撈起被雨水沖刷的楓葉。看到這一情景，宋教授露出燦爛的笑容，彼時的情景浮現在眼前。

三年前的秋天，他在北漢山登山路的入口處見到了宋教授和尹室長。他與宋教授平時關係很好，只是隨口的請託，宋教授就爽快地答應演出《對談》這部紀錄片。

宋教授與製片工作人員沒有任何距離感，愉快地完成了工作。與外表不同，他是一個非常靈活、開朗的人，偶爾還會開一些蹩腳的玩笑來緩解工作人員的緊張。

約好見面的日子，宋教授在登山路入口處和尹室長一起走來，那時是他第一次見到尹室長。

那天從早晨就開始下雨，北漢山腳下被雨浸濕。由於下雨，登山不得不取消，他們轉移到附近的露天餐廳。雨水從瓜棚底下嘩嘩地倒落，蔥餅佐以兩杯米酒，就讓他們醉意襲來。米酒喝光之後，宋教授吐露了安排聚會的理由。

「聽我說。」

許東植其實有點緊張，他知道宋教授不是那種無緣無故胡言亂語來炫耀威勢的人。上週宋教授在確定約定的日期和地點時暗示有話要說，神祕而又令人恍惚的話刺激了他的好奇心。

「國家運轉不正常，而我們不能就這樣一直看著，所以……。」

許東植只是靜靜地聽著宋教授的話，沒能做出回應。他的話太大聲，讓他不敢插嘴。直到兩壺米酒都見底了，他才說完。

「怎麼樣？想不想試試看？」

許東植好一陣子都在懷疑自己的耳朵，他剛才聽到什麼了？這不是只有在電影裡才會出現的故事？一時之間沉浸在他的提案中。其實並不神祕，也不令他恍惚，反而讓他覺得毛骨悚然。剛開始只是聽到一個老教授哀嘆世道的抱怨，但是仔細一聽，發現他並不是隨便說說而已，他提出的清晰方針正中許東植的頭頂。許東植沒有痛快地給出答案，尹室長也是如此。

「你們可能需要時間吧？我會等你們，不管是什麼時候，給我答覆。」

宋教授又點了米酒，已經是第四壺了，白天喝酒雖然不是平常會做的事，但仍不停地喝著。因爲下雨的緣故，天色陰暗，雖是白天，卻和夜晚一樣。露天餐廳的客人只有他們三個。

「我決定加入。」

在喝光四壺酒後，尹室長接受了宋教授的提議。尹室長的臉上露出奇妙的微笑，眼神看起來很悲壯，嘴角卻掩不住笑意。許東植並不是什麼都能拖很久的性格，卻直到離開餐廳時才接受宋教授的提案。那段期間，小雨已經變成了大雨。

半個月後，他們在宋教授兩水里的別墅再次見面。這次以雀舌茶代替了米酒。柔和、氣味極香，嫩芽的香味撲鼻，甚至滲進身體。

宋教授提出的計畫一絲不苟，那是經過漫長歲月，下定決心準備的劇本。希望只挑選人渣，徹底查明他們的罪名，並讓他們爲此付出沉重的代價，他從一開始就沒有考慮到慈悲和寬容。

「十個人左右就夠了，可以每五個人分成一組。」

許東植和尹室長各負責一個小組，宋教授希望是和自己有緣分的人參加。在A組中，裴中校、安課長、鄭記者依次加入。就這樣，建立一個組的骨架花費了一年時間。最後將崔柱浩拉進來，將五個位置都塡滿了。

組織沒有名稱，組織的綱領和紀律也沒有另行規定。對於象徵組織的圖案或符號等從一開始就覺得沒有必要，那些裝飾品非常礙眼，宋教授想要的只有一個，那就是熾熱的心臟。

「不需要什麼名分，只要按照內心的指示，按照心臟的指令去做就可以了。」

許東植發現了一個疑點，宋教授爲什麼會選擇自己呢？宋教授周圍有非常多的人，那些充滿勇氣和正義感、充滿俠義心的人。他只是個製作紀錄片的平凡導演，也沒有什麼值得炫耀的經歷。

「我還得親口說出來嗎？」

宋教授微微一笑。但許東植還是想聽。

「你不是擁有熾熱的心臟嗎？只要有這一個原因就夠了。」

熾熱的心臟……，這句話很合他的心意。事實上，這是過分的稱讚。除了心臟以外，他的其他一切都很冰冷。妻子死後，他變成了一根沒有感情的鐵棍。

「導演。」

「……」

「許導演！」

許東植睜開眼睛，尹室長正面無表情地看著他。他一時陷入了舊時的記憶，精神恍惚。

「走吧！」

凌晨三點，嚴基石的家依然沒有動靜。停在馬路對面的小型轎車紋絲不動，車上坐著三個人，是北極星的部下。尹室長啟動了汽車引擎。

「現在好像到了該放棄的時候。」

是的，再堅持下去是沒有道理的。北極星拿來的第二次調查報告中有尹室長的名字，一半以上的組員已經被調查組所知悉。

「只能用送走五個人來安慰自己了……。」

說實在話，僅僅送走五個人根本不夠，至少要達到五十個人才能得到慰藉吧。汽車在十字路口紅綠燈前停了下來，身穿螢光背心的清潔工在路邊整理垃圾。

「將他們送去另一個世界時，我領悟到了一個道理，我再次明白，夢想是不會白白實現的。」

尹室長微微一笑，像暗示著告別的微笑。

「以後有什麼打算？」

許東植開口問道。

「我會整理好一切以後離開這裡。許導演呢？」

「我也是同樣的想法。」

「地方已經決定好了嗎？」

許東植點了點頭。作為一個小組的負責人，小組成員們已準備好各種安全措施來應對危機，他認爲這是對相信並跟隨自己的組員們的道義。讓他們站在檢察官的面前、法律的審判臺上，這是無法忍受的侮辱。

「如果見到宋教授，請轉告我想告訴他的話。」

車停在禾谷洞家門口。尹室長努力地露出明亮的表情。

「這段時間能夠擁有夢想，我感到很幸福。」

「……」

「這是眞心話。」

聽到這句話的瞬間，耳朵一下子就變得清明起來，五感也完全開啟。許東植也是如此，在過去的三年裡，他有了明確的夢想和目標。

能夠用熾熱的心臟盡情地發洩憤怒，眞是無比幸福。

6

上午的課程結束後，崔柱浩向人文學院院長提交了停職申請。他編的理由是自己在美國的女兒得了重病，而對於人文學院院長來說，這是無法拒絕的事情。崔柱浩已經沒有餘力繼續講課了，他實在身心俱疲。但即使並非如此，他也真的很想休息，不，他正想趁機溜走。雖然還沒有確定要去的地方，但是已經決心離開，不管是旅行還是逃避都沒有關係。如果被下達了禁止出境的命令，他打算乘坐偷渡船離開。

「是我。」

剛出院長室，鄭記者就打電話來，她說完自己在學校後山的訊息之後就隨即掛斷電話。崔柱浩從一樓教室的窗戶離開了人文學院。監視他的視線在審問過後一下子增加了一倍，在人文學院建築物前徘徊的男子也經常映入眼簾。

才過不到幾天，鄭記者的臉色就變得很不好，儘管塗了淡粉色的口紅，但依然沒有光澤。

「聽到消息了嗎？」

不知道她說的是什麼消息。這段期間發生了太多的事情，十根手指頭都數不完。

「除掉趙民國的人。」

「……」

「聽說是嚴律師。」

「被抓到了嗎？」

「還沒，聽說上週的直播也開天窗了。」

「……」

「原來你已經知道了啊？」

「我見到了許東植。」

「那麼，你也知道了聯絡趙民國的人？」

雖然知道但沒有作聲。

「心情怎麼樣？」

「我也不知道……，看來要過一段時間才會平復。」

鄭記者從手提包裡拿出香菸後，咬在嘴裡。突然對於她如何知道是宋教授的原因感到好奇，爲了尋找隱藏的圖畫，她也困惑了許久嗎？

「我們被騙了嗎？還是宋教授騙了我們？」

兩個似乎都對。不，一個是對的，另一個好像錯了。

「宋教授現在在哪裡？」

崔柱浩搖了搖頭。昨晚宋教授的大女兒打來，只簡短地告訴崔柱浩爸爸剛才有跟她聯絡，說自己正在旅行。幸虧性命還在。

「如果你知道宋教授現在所在的地方……，你會去嗎？」

鄭記者吐出長長的煙霧。

「當然要去，有猜測的地方嗎？」

「聽說教授以前被通緝的時候，有一個經常去的地方。」

他迅速問道那是哪裡。

「聽說是江華島的果園，以藏身之處來說是很好的地方。」

崔柱浩似乎是再也沒有什麼可說的，立即從座位上站了起來。鄭記者的車在大學後門附近的路邊，她可能是因爲擔心被跟蹤，所以開了同事的車來。

在山門入口處，身穿紅色衣服的登山客們來來往往。登山客的身後五彩楓葉染紅了山谷。鄭記者找不到停車的地方，所以繞了好幾圈。當卡車駛出餐廳前時，她把車停在了那裡。

「有人來過了嗎？」

「我也不太清楚，我只聽說他的朋友在傳燈寺附近經營果園。」

果園……。崔柱浩記得在宋教授寫的書中，讀到過關於果園的文章。宋教授形容果園是擺脫妄想、治癒心靈的安息處。

「北極星也知道這個地方嗎？」

崔柱浩問道。

「他只要下定決心，哪裡都找得到。」

從山門入口走十分鐘左右，就能看到長滿水果的樹木，果園入口處有一位身穿工作服的老人。鄭記者走近那老人，詢問宋基白教授是否在這裡。

「歡迎光臨，一直在等你們呢。」

老人熱情地迎接，好像在等待他們的到來。

「您怎麼知道我們會來？」

「宋兄說大概這個時候會有年輕朋友來找他。好，快進去吧。」

他們跟著老人走進果園正門旁的獨院。那是個很有韻致的地方，獨院內部整齊地擺放著古色古香的圖畫和各種古董品。老人說完請等一會的話之後，離開了獨院。

「教授不會是在等我們吧？」

鄭記者聳了聳肩。

「感覺怪怪的。」

見到宋教授該說什麼呢？想不起來有什麼特別的。在來到江華島的路上想了很多，但沒有找到合適的話。分不清是有太多話要說，還是無話可說。一想到面對的不是恩師，而是一個祕密組織的首長，居然有些悲傷。如何能夠承受氣勢洶洶的老教授的憤怒呢？

屋外傳來兩聲乾咳，緊接著，門被打開，身穿改良韓服的宋教授走了進來。

「你們……。」

宋教授的眼睛睜得像黃牛的眼睛一樣大，瞬間，崔柱浩感覺身體變得僵硬。

「回去，這裡不是你們能來的地方。」

「教授……。」

「快點！」

「我不能就這樣離開。」

崔柱浩一動也不動，不，是動彈不得。雙腿似乎觸電了，沒有感覺，只有心臟砰砰地跳。

此時此刻，他不是大學恩師，而是一個組織的首長，而自己是那個組織的忠實成員。如此看來，組織的首長和成員見面也不是什麼奇怪的畫面。

「見到許導演了嗎？」

「是的。」

「那你們應該很清楚了……。」

宋教授的眼珠不停地滾動，這是正在迅速找回冷靜的信號。

「還有要確認的嗎？」

這時果園老人把茶端進來，老人看著宋教授的眼色，悄悄地將茶放下後，走出了獨院。短暫而尷尬的沉默流淌著。

「應該有很多疑問吧，你本來不就是好奇心很強的人嗎？」

「教授，我只是……。」

「雖然都是過去的事了。但只要你願意的話，沒有什麼做不到的。」

說實話，有很多想知道的事情。因爲太多了，都不知道應該從哪裡開始。宋教授喝了一口茶，輕輕地沉下雙眼。

「我以前在老朋友的勸說下，有機會到印度北部小鎮旅遊。」

宋教授的聲音在獨院裡低沉地回響著，鄭記者雙手合十，豎起了耳朵。

「那是一個沒有電的偏僻地區，在那裡我看到意外的光景。在那個村子，執法的方式非常獨特。偷竊者手腕被砍斷，強姦者被閹割，中世紀的刑罰依然存在。他們在執行刑罰時，不會顧慮任何人。他們不會在意犯人的權力、年紀、財富，執刑方法都是一樣。只要是犯了罪，任誰都會依法受到審判，所以沒有人對此感到不滿。從印度回來後，那個村子在我心裡存在了好一段時間。」

宋教授一手握住了茶杯。

「回到祖國大概有一個月吧，我從一家獨立電影製作公司接到了提案，就是拍一部反映我們現代史的紀錄片。那是一個與我年齡相仿的媒體人相互交談的節目，在拍攝的過程中，我能夠冷靜地摸索自己走過的路。雖然我可以自豪地說自己一直以來爲了民主化和社會弱勢的人權奮鬥了一輩子，但不知爲何無法抹去空虛的感覺。表面上沒有表露出來，但其實我一直都是滿腹牢騷的。最重要的是，我對這個國家的不平等執法行爲感到不滿。好好想想吧，發動政變、屠殺無數良民、拷問民主人士、踐踏人權的人……，豈止如此，利用權力滿足私利私慾，犯下貪腐罪行的人……。即使犯下了這樣的惡行，他們仍然昂首闊步地走在街上，甚至繼承榮華富貴，過著富裕的日子。我認爲無論如何都要懲罰這種人，如果不能讓他們經由法律接受審判，就算是採取其他方法，也一定要讓他們付出代價。只是擔心這看起來是小人的行爲，所以沒有表露出來而已。瞭解之後發現，我也只不過是一個討厭人渣、無法掩飾憤怒的平凡人而已……。好好看看周圍，此時此刻，騙子和流氓不是還面對面坐著策劃骯髒醜陋的計謀嗎？別說是良心的譴責，這些只爲自己的寶座而活在社會上的寄生蟲，變節有如家常便飯，把自己的羞恥正當化，進而傷害國民自尊心的賤種……。法律到底是什麼？難道爲了保障既得利益集團的權利而存在的才是法律嗎？我覺得不能再這樣下去了，但是一個退休的教授能做什麼呢？現在不是民亂的時代，也不是革命的時代，但我覺得自己不能袖手旁觀，如果不做點什麼，就好像快瘋掉一樣。即使不能完全改變世界，我仍想稍微引起變化。那時，我見到了許導演和尹室長……，眞是值得感謝的人啊。爲了老教授的願望，他們就像自己的事情一樣獻身實踐。如果沒有他們，也許這些都只是一個老教授的抱怨而已。我現在也不後悔，只覺得結束得太早了，所以很可惜。」

宋教授追溯往昔的足跡，眼中滲出濕潤的淚水。

「既然你們來到這裡，那就聽聽我的辯解吧。趙民國是我獨一無二的朋友，他家和我家從很久以前就有很深的關係。我父親早年投身於獨立運動，在臨時政府和祖國的獨立運動家之間擔任聯絡人。但是在鄰居告密後，被日軍發現並面臨失去生命的危機時，在趙民國父親的幫助下得以挽回生命。不僅僅是父親，我因為違反緊急措施入獄時，趙民國也挺身而出，好不容易才保住了我的性命。延續到第二代的這種不可思議的緣分又應該如何解釋？我有義務保護他。雖然我不想被私人的感情所動搖，但無法一輩子揹負著心理包袱生活下去。緣分是多麼可怕和奧妙啊。」

這樣就夠了。崔杜浩不想再繼續聽下去了，現在不是為了聽辯解才來到這裡的。

「現在回去吧，說不定會有不受歡迎的客人來。」

「到底是誰要來？」

崔杜浩立刻問道。宋教授露出尷尬的微笑，從座位上站起。

「活到這個歲數就行了，還能指望什麼呢？」

「教授！」

「眞對不起你們。」

「請不要說那樣的話，我也和教授的想法一樣。」

崔杜浩作為熱血組織成員，對首長的話表示同感。

「我也是同樣的想法，教授。」

鄭記者也參與進來。

「謝謝你們能這麼想。」

宋教授在走出獨院之前回頭看了看，突然說了一句。

「我的毛病就是心臟太熾熱了。」

走出果園，陽光如瀑布般灑落頭頂，突然感到一陣眩暈。爲什麼來找宋教授呢？從果園出來時，突然有了這樣的想法。眞正想說的話一句都沒說，除了聽了他的辯解之外，什麼都沒做。崔柱浩無力地坐上鄭記者的車。

「教授會不會考慮自首？」

「……」

「說點什麼吧。」

「我無話可說。」

剛才宋教授好像說了不少話，身體一動也不動地聽他的話，雙腿都發麻了。但奇怪的是，他說了什麼現在自己一點都不記得了。**我的毛病就是心臟太熾熱了……**，我的毛病就是心臟太熾熱了而已。只記得這一句話語。

「讓我在這裡下車吧。」

鄭記者把車停在路邊。

「你要去哪裡？先一起回首爾吧。」

「沒關係，鄭記者以後怎麼辦？」

「我相信許前輩。既然把我拉來這裡，應該也會告訴我出去的方法吧。」

「那眞是萬幸。」

車輛迎著風飛馳而過。他橫穿馬路，沿著人行道走著。沒有目的地，只想就這樣一直走著。一進入泥土路，就能看到山腳下零星的墳墓。他躺在墳墓旁的乾草上，身體成大字型，仰望著天空，天上有一隻老鷹在盤旋。

他閉上眼睛，在果園裡忍著的疲勞一下子襲來。今後該怎麼辦？隱約想起了幾件事情。歸納之後，得出兩種想法：要去某個地方，並躲在那個沒有人認識自己的地方。

7

> 七〇到八〇年代曾引領進行民主化運動的宋基白教授被發現在江華島一個果園裡身亡。據當天發現宋教授的金某（七十九歲）稱，下午四點左右到果園後院一看，宋教授已經吊死在樹上。警方表示：「宋教授可能無法承受最近發生的連續殺人事件的調查壓力而自殺」，「事件現場沒有宋教授留下的遺書」。宋教授是繼一九七〇年代的反維新鬥爭之後，反抗軍事獨裁政權，為韓國的民主化運動留下巨大功績的人物。

這是預定好的程序，趙熙成默默接受了宋教授自殺的事實。離開果園時，他最先想到的就是他的結局。宋教授不願站在法律的審判臺上，他原本就是不太遵守法律的人。宋教授爲什麼把自己叫去呢？理由很簡單，就是需要有人能乾淨俐落地收拾殘局。在前往果園的路上就有了這樣的想法，站在法律的審判臺上對他來說是再恥辱不過的事情了。

與宋教授的會面時間很短。他定下約定的地點和時間時，曾有過這樣的想法，即使需要三天兩夜的時間，也要讓他說完所有想傳達的話。他認爲這是對當今時代大師的禮貌。但是宋教授十分節制，只說了自己想說的。他只囑咐了兩件事，首先，他需要整理，所以需要一些時間。趙熙成問要給多少時間才夠，宋教授回答說兩天就可以了。另一件事是關於牽連此次事件的嫌疑人的說法，宋教授問道由自己來承擔一切是否可行。

兩個都是無理的請求。兩天就足夠讓嫌疑犯潛逃了。而關於讓主導者獨自承擔責任，那只有在中世紀才有可能。爲了結束調查，至少還需要三、四名嫌疑人。案件牽涉到的層面太廣，不可能讓他獨自承擔。

趙熙成也只說了自己想說的話。首先決定接受第一個請求，其實他沒有自信給宋教授戴上手銬，更沒有辦法讓他站在法律的審判臺上。也許宋教授暗自希望自己解決這一問題也未可知。對於第二個請求則給出了模稜兩可的答案，即根據第一個請求的結果會變得不同。

「謝謝你答應我這個老人的請求。」

儘管如此，宋教授還是一副很滿意的樣子。他後來解開僵硬的表情，臉上露出了欣慰的笑容。趙熙成最終接受了他以生命爲擔保的交易，最後一程的路，只想保住他的名譽和尊嚴。

「你好像也有一顆熾熱的心臟。」

宋教授把他送到果園正門，以此代替了告別。不知道那句話意味著什麼，好像在吹捧，也好像在諷刺。

趙熙成將身體埋進椅背，伸長雙腿。

昨晚的醉意慢慢浮了上來。見完宋教授回來後，他有幾天一直處於醉酒狀態。天黑之後，他總會離開調查本部，前往酒吧喝酒，一喝醉就會想起與宋教授的最後一個場景。那天他有兩個一定要問宋教授的問題，一個是他想知道掀起如此巨大事情的動機是什麼；另一個想問的是，除了殺死那些人之外，難道不存在其他懲罰他們的方法嗎？可是直到和他分手爲止，他都不忍心詢問。

「我可以問你一個問題嗎？」

正想睡一下，朴刑警就走了過來。

「請說。」

「鄭潤周、崔柱浩、嚴基石、尹敏旭……，爲什麼不逮捕？」

這是意外的提問。朴刑警的表情似乎是想說什麼，十分模糊。好像是具有挑釁的意味，卻也好像是因爲好奇才問的。

「他們與宋教授的關係也已經查明。」

「怎麼了？」

他迅速切斷了朴刑警的話。

「有什麼不滿嗎？」

「啊，沒有。」

這是爲了遵守與宋教授給他兩天時間的約定。

對於這種程度的時間，似乎可以睜一隻眼，閉一隻眼。

「我覺得您做得很好，所以想對您說一句。」

如果是這樣，那就太好了。朴刑警對此次事件也非常痛苦。

起初，朴刑警爲了抓住他們，毫不猶豫地衝上前去，但自從發生第四次事件後，他似乎也非常吃力，調查官在執行法律之前也是有感情的人。

「宇檢察官不會坐視不管的。這樣沒關係嗎？」

「還能怎麼辦呢？該接受的就要接受。」

其實早上他才被叫到宇檢察官的辦公室，受到了各種侮辱。宇檢察官砸爛鏡子，還翻桌，嘴裡不停地冒出髒話，大吼著我讓你把命賭上，你卻潑了糞水之類的話。他抓住自己衣領的表情就像是一頭飢餓的野獸。不知道是不是因爲僅僅如此無法消氣，他還用鞋子踢了自己小腿三次。這是趙熙成從軍隊退伍後，第一次嚐到的苦頭。除了在他面前忍耐之外，別無他法。宇檢察官威脅他說下次人事調動時，一定會讓他付出代價。因爲對方太過粗暴，還產生了可能會就這樣脫掉檢察官衣服的想法。儘管如此，他並沒有太過於擔心。妻子也說辭去那個沒什麼了不起的檢察官職務，去當律師，還能賺更多的錢。妻子還沒嚐過權力的甜頭，她是一個認爲只要有錢什麼都可以接受的女人。無論是辭職還是付出其他代價，他想在這個時候放棄，是最眞實的心情。

趙熙成把雙腳放在桌上，打了個長長的哈欠。酒勁又開始慢慢上來了，緩解宿醉這事，沒有比睡午覺更好的了。

閉上眼睛，那群人的臉一個接一個地浮了上來。現在他們在哪裡做什麼呢？雖然不知道兩天是否足夠，但也好像能適當地爭取到時間。作爲同樣的執刑官，即使不能給他們加油打氣，也不想指責他們。這樣看來，宋教授對自己的請求似乎全都被答應了。

8

不能就這樣放棄。

宋教授自殺、他的追隨者消失地無影無蹤，並不意味著一切都結束了。現在還沒落下帷幕，只有殺人集團的怪獸永遠消失了。

隨著怪獸的自殺，那些傢伙就像約好了似地完全消失。他們不知道在計畫什麼，掩藏得嚴嚴實實，抓捕總是晚了一步。但他們似乎不會就此停止。現在這些傢伙可能正在物色另一個殺害對象，可能連對怪獸的死感到悲傷的時間都沒有，正忙於尋找下一個獵物。他們過去的做法就說明了這一點，也許已經選定殺害對象，並在其周圍盤旋。

宇慶俊趁此機會完全改變了調查方向。現在，他決定不處理他們扔下的垃圾，而是搶先一步尋找他們的行蹤。他打算選擇值得去的地方，集中挖掘。這是徹夜在三溫暖中想出的妙計。

如果這些傢伙在覬覦下一個殺害對象，那會是什麼樣的人物？

魯昌龍、鄭永坤、李哲承、朴時亨……，正如趙檢察官製作的報告書中記載的，他們都是這個社會的「公敵」，但宇慶俊並沒有止步於此，而是更加細緻地分析了他們的傾向，緊接著出現了以下結果：

第一，除了魯昌龍，他們都是與最近三年內發生的事件有所牽連的人物。第二，犯下重罪後皆被假釋或被判緩刑。第三，是媒體大書特書，引起社會公憤的人物。

宇慶俊以這樣的分析為基礎，逐一篩選出那些傢伙可能瞄準的殺害對象。第一輪評選已經選定了八十多人的名單，然後逐漸縮小到因國慶日特赦而被赦免復權的人物，和在審判過程中引起爭議、被裁以緩刑而釋放的人物，以及在三年內牽連到大型貪腐事件的人物。第二輪評選共篩選出四十多人，最後將對象壓縮為媒體和輿論關注的人，最終有十七人進入名單。法官、檢察官出身的法律界人士有四名，情報機關出身人士有三名，大企業總裁有兩名，大學教授兩名，將軍出身的軍人兩名，高層公務員出身人士四名。他們都是在過去三年內被媒體大肆報導而名聲大噪的人物。

調查方向簡單明瞭。最後在選定的十七人的範圍內，決定只依靠閉路監視器搜查。宇慶俊將十七人的名單分給了調查官。

「住宅、辦公室、經常去的地方……，回收設置在他們活動範圍周邊的所有閉路監視器進行判讀！」

調查官們瞠目結舌，誰能知道將來有誰會被殺害，每個人都是一副無法理解的表情。

「這，是不是太牽強了？」

閔刑警開口反駁。也就是說，在沒有任何根據的情況下，為什麼這麼亂來呢？

「別囉嗦，叫你們做就去做。」

現階段沒有比這更確切的方法了。本來是不太相信第六感的，但這次卻不同。第六感太過鮮活，不去做實在是受不了。

調查官的一半人力投入到監視器判讀的任務中。

比上次尋找裴東徽的行蹤多出三倍的人力。

針對十七人的住宅周圍、辦公室或他們工作的地方，以及他們經常去的地方的閉路監視器進行了回收和解讀工作，閉路監視器日期以一週前開始到現在為基準。

沒有必要追溯到更久以前。

正如閔刑警所說的，並非沒有過於牽強的感覺。對於他們挑選下一個殺害對象的標準、是否仍在虎視眈眈地尋找殺害對象、十七名人物中是否包括殺害對象等都沒有信心。但是相信第六感，決定堅持到底。

「看到裴東徽了！」

臨近午夜時分，判讀室裡一片騷動。這距離開始解讀僅過了一天，因為太快找到，反而令人感到困惑。

「在哪裡？」

「是延世鉉的辦公室大樓停車場。」

果然不是憑空產生的第六感。延世鉉是十七人中的一員，兩年前辭去國情院院長一職後，一直留在位於汝矣島的國家發展研究所工作。去年冬天，延世鉉因涉嫌非法稽查民間人士而被移交法院審判，但最終以無嫌疑被釋放。他無疑是適合那些傢伙的獵物。

專門負責延世鉉的判讀組播放了畫面。

閉路監視器畫面上的日期是十月十二日下午四點三十分，就在宋教授自殺的前兩天。一個男人在大樓地下停車場走來走去，雖然戴著棒球隊的帽子，但要分辨出他是裴東徽並不困難。裴東徽身邊有位年齡相近的男人也被閉路監視器拍到。第二個被拍到的地方是設置在城北洞延世鉉住宅附近的閉路監視器。十月十三日上午八點五分，裴東徽的移動路線配合了延世鉉的上班時間。

「不覺得這……有點奇怪嗎？」

閔刑警歪著頭走來。

「至今為止從未曝光在閉路監視器下，這次卻毫不在乎地到處走動。」

這個說法很有道理。這些傢伙從未在案發現場附近露面，之前閉路監視器好不容易找到的地方也離案發現場有三公里遠。但這次不知何故，他們在現場周圍公開了自己的臉孔。

「反正已經被調查組掌控了，所以好像不再在意監控錄影。」

一位刑警替宇慶俊說了話。在已經被調查組揭露的情況下，沒有必要再隱瞞眞相。

宇慶俊緊急召集了二十多名調查官，命令他們從現在開始觀察延世鉉的周圍，等待裴東徽出現。在這個瞬間，這些傢伙一定還徘徊在延世鉉的周圍，權衡綁架時間和地點。

「要不要把這件事告訴延世鉉？」

一位刑警問道。

「稍有不愼延世鉉可能會被敵人得手。」

宇慶俊暫時陷入了苦惱之中。延世鉉不知道那些傢伙指定了自己，也不知道他們在自己的身邊打轉。

「不，不要告訴他。」

告訴延世鉉的話，一點好處都沒有。如果延世鉉的動態可疑，那些傢伙就會察覺到這一點，暫時放棄或乾脆消失。

要跟平時一樣行動，才能在那個地方抓到他們。

「就這樣推動吧，所有的後果我來負責。」

9

崔杜浩突然淪落到哪裡也去不得的處境，爲了躲避警方的視線，他躲進了首爾站附近的三溫暖。

自從見到宋教授以後，他連自己的公寓附近都沒再去過。大學那邊也一樣。停職書雖然已經塡妥，但還是有很多需要整理的。儘管如此，他依然沒去研究室，這是沒有辦法的事情。

四面八方都是便衣警察。爲防萬一，他在三溫暖裡也沒有放鬆警惕。

宋教授自殺的消息是經由三溫暖內播放的電視新聞得知的。

他波瀾壯闊的一生在偏遠的果園裡畫上句點。從在果園吐露心聲開始，他就已經知道宋教授會去的地方。所有的路都被堵住了，沒有緊急出口。宋教授原本就不是很會照顧身體的人。在他放下沉重的包袱時，臉上顯得非常平靜。

我的毛病就是心臟太熾熱了……。

在三溫暖裡，這句話也總是出現在耳際。回首一看，這似乎是個不錯的辯解，不，這是他精心整理出的告別詞。不愧是宋教授，崔杜浩將這句話視爲他的遺言。

在三溫暖裡能做的事情並不多。在黃土房和汗蒸幕之間來回穿梭，用烤雞蛋充飢，口渴了就用甜米露潤口，剩下的時間都在電視機前來回打滾，打發時間。

新聞每小時都一點一點地釋放趙民國事件的消息。警察已經確定嫌疑人的身分，正在加緊追查。但是警察發表的嫌疑人身分卻很可疑，調查負責人指出嫌疑人是一名二十多歲的年輕人。這不可能，難道在這期間嚴基石施展魔法，搖身一變成了年輕人嗎？很明顯，警察搞錯了對象。

接到許東植的電話是在深夜新聞結束的時候。

「你在哪裡？」

聽起來好像是在問他是否還平安無事。

「三溫暖。」

爲了表示自己沒事，他故意讓嗓音明亮起來。

「明天上午來寺廟吧。你知道我以前住過的庵堂吧？」

他想起了帶簷廊的房間、準備公務員考試的年輕人，傳遞資料夾的大嬸也一閃而過。

「有什麼事？」

「準備要離開這裡。」

「去哪裡？」

「印度。A組成員都一同前往。」

現在終於有可以去的地方了。幸運的是，在無處可去的處境下，有了歸處。

＊＊＊

時隔多日，A組組員們再次聚在一起。粗略估計，正好過了半個月。這半個月之間發生了很多事情。大家都在尋找藏身之處，無暇顧及其他。搜查網正在逐漸縮小，使他們看不到出口。組織一下子失去功能，全面瓦解也只是時間問題而已。不幸中的大幸是組員們全都安然無恙，僅這一點就值得感謝。

崔柱浩坐在傳出木魚聲音的法堂臺階上。往事歷歷在目，來到寺廟的那天，就在這個臺階上打開了許東植的黑色資料夾。這個資料夾裡，五個被執刑人都在裡面，殺生簿的預測完全正確。

裴中校和安課長的氣色看起來比在療養院的時候還要好，難道是停留在寺廟裡的時候修道了嗎？就像是躲過歲月寒波的高僧一樣，竟流露出一絲從容。鄭記者從到達寺廟開始就有點興奮，兩天前她打電話給崔柱浩，說宋教授在江華果樹園等待的人就是趙檢察官。許東植在庵堂裡走回走動，忙著通話。通話時間不知爲什麼那麼長，似乎根本不想放下手機。

「大家的氣色看起來都不太好。」

許東植結束通話後，安課長笑嘻嘻地說道。

「幸好沒有留下任何後患。」

「比起被北極星攻擊，這結局還是比較好的。」

裴中校接過安課長的話。

「即使到了陰間也不會感到無聊了。」

裴中校坦言，雖然推測過審判官的存在，但沒想到會是宋教授。安課長也對宋教授爲何要隱瞞審判官的眞實身分感到驚訝。許東植什麼都沒說，雖然已經查明審判官是誰，但卻努力像是在說不認識的人的事情一樣，左耳進，右耳出。

崔杜浩本想向組員們詢問「曇摩」是什麼意思，但最終還是放棄了。最後的審判官……，艱難地找到隱藏的圖畫後，有一個疑問浮現在腦海裡：北極星爲什麼稱宋教授爲「曇摩」？

「聽到消息了嗎？」

鄭記者走過來用悄悄話問道。不久前，她來到學校時也是這樣問的。這次也不知道說的是什麼消息。

「除掉趙民國的人……。」

「是誰？」

「聽說是嚴律師的侄子。」

非常意外。那麼，警方追蹤的二十多歲的嫌疑犯是嚴基石的侄子嗎？

「是嚴律師讓侄子做的嗎？」

「我也不知道。」

既然要辦事，就應該好好辦，反正這次很多方面都讓人不滿。

「請拿好這個。」許東植把一小塊布分發給組員。

「這是什麼？」

「祕密船票。仁川港第四碼頭有貨櫃集合的地方，如果出示這個祕密船票，會引導你們乘上去印度的貨船。出港時間是後天晚上八點。」

「要走的話……，在那之前再抓一個吧。」

裴中校把祕密船票放在口袋裡說道，古銅色的臉上流露出悲壯的表情。

「不能就這樣虛無地結束。」

安課長出面幫裵中校說話。崔柱浩的想法也是一樣，在來到寺廟的路上，他仔細思考除去膽小鬼賽局之外，有沒有善始善終的方案。如果就這樣離開，似乎會後悔很久。爲了記錄執刑官們的熱情，爲了擺脫遺憾和迷戀，非常需要乾淨俐落的一擊。

「沒有時間了。」

許東植搖了搖頭。

「兩天就夠了。」

「你以爲我們一直在廟裡玩嗎？」

「你過來一下，我有東西給你看。」

裵中校和安課長去的地方是寺廟後面的半山腰。在半山腰下面可以看到堆砌石堆的圓錐形累石祭壇，累石壇旁邊的大樹枝上掛滿了布條、裝有米的袋子、舊衣服、幾乎不能再穿的鞋子，像是很久以前作爲城隍廟使用過的地方。

裵中校清理了石堆前的樹枝，露出深挖的水坑，水坑的中間嵌著木製十字架。

「我要把他吊在那個十字架上燒掉。」

十字架下面堆滿了荊棘和木柴堆，只要點燃火種，火苗就會燃燒起來。

「收尾就應該乾淨俐落，宋教授去陰間的路上也需要聊天的朋友。」

安課長連帶著提到宋教授。許東植向後轉，輪流看著鄭記者和崔柱浩。他的眼神在詢問該怎麼決定才好。

「我贊成。」

鄭記者豎起了大拇指。

「我也覺得不錯。」

崔柱浩也跟著鄭記者豎起拇指。這種程度毫不遜色於大型賽事的頒獎典禮，他突然想起宋教授在聽證會大廳說的話，當韓次長說殺人不能正當化時，宋教授這樣說道：他們現在是在戰爭中，戰爭中的一切都是正當的。

他們的戰爭還沒有結束。

「好吧，一定要遵守約定的時間。」

許東植點頭，裴中校和安課長立即走上山路，消失無蹤。鄭記者抽了一支菸後離開了庵堂。

會是誰呢？會在那個十字架上隨著火焰消失的最後執刑對象。崔柱浩即使好奇，卻還是忍住了。他想在前往印度的貨輪上聽到那個故事，此次的執刑對象看起來很難收拾。

全都走了，只剩下他和許東植兩個人。他靜靜地等待這一刻的到來，在離開這片土地之前，有一件事要加以確認。

「我有問題要問你。」

本來是想直接問宋教授的，把自己拉進這裡的是誰？這是得知宋教授是審判官後產生的疑問。是不是宋教授讓許東植把自己拉進來？如果只是許東植單方面拉他進來的話，宋教授當初是什麼反應？是明明知道，卻裝作不知道，還是舉起雙手熱烈歡迎？就算是已經過去的事，他也一定要知道。

「如果是關於宋教授的問題，那就下次再說吧。」

許東植反而先下了手。他嘆了口氣，用深邃的眼神仰望天空。天氣晴朗，天空又高又藍。因爲太藍，眼睛都刺痛了。

「對不起，沒能遵守約定。」

許東植留下這句話後就下山了。他的背影顯得瘦小而憔悴，這時才想到要回答他的話。這樣就已經是充分遵守約定了，雖然只有兩個月，但得益於他，自己可以盡情地發洩憤怒。並不是一定要在手上沾上血才能釋懷，光是看、聽、在一起，就能感受到執刑官們的熱情，也能確認他們的心臟有多熾熱。

現在應該去哪裡呢？崔杜浩望著庵堂周圍。感覺兩天的時間既短又長，已經不想再去三溫暖了。這時，療癒殿堂的淒清景色在腦海中緩緩浮現。

10

街上冷冷清清，在四車道路邊停放著很多高級進口車。住宅區內，教會的十字架燈光模糊閃爍著。

坐在副駕駛座上的裴中校打了一個長長的哈欠。現在是凌晨四點多一點，到達這裡的時間是兩點左右，兩個小時一下子就過去了。這是極其無聊的時間，午夜出發，把車子停在住宅區入口，進入潛伏狀態。也許是因爲面臨最後的執刑任務，心情有些激動。

這段期間，他並沒有一直待在寺廟裡，他與安課長一起在延世鉉周邊進行了近十天的跟蹤。沒有像以前一樣喬裝打扮或留意監視器，反正身分都被揭穿了，沒有必要那麼辛苦。他只關注延世鉉的蹤跡。最終，執刑的日期、時間和地點同時確定。延世鉉是虔誠的基督教徒，每逢主日，他都會去教會做禮拜。他又探索了一下其周邊，確定他每週三凌晨都會去參加清晨禮拜。沒有比這更好的了，就如同許導演經常說的話，這像是從天而降的啟示。

裴中校不想就這樣離開韓國，像被人趕出去一樣。他想做到有始有終，也想向全世界證明：執刑官們還活著，現在也在覬覦著人渣的命脈。

「他來了！」

握著方向盤的安課長戳了一下裴中校的肋骨。一輛白色中型轎車出現在住宅區的入口，安課長啟動引擎，打開前照燈。現在是五點十五分，比預計的時間提早了十五分鐘。

延世鉉的車一開進住宅區，安課長就把方向盤急速向右轉，瞬間車體搖晃，脖子因而向前傾。

撞得好像比想像中還要厲害。安課長下車後，走近延世鉉的車前。

啊，操你媽的！伴隨著凶狠的髒話，延世鉉下了車，敞開的車門內隱約可看見一本厚厚的聖經。

「對不起。」

安課長搔著頭，低頭道歉。

「你現在到底在幹嘛？」

延世鉉的臉部凶惡地扭曲著，他噘著嘴仔細觀察了副駕駛座的車門。車子的側腰部分凹陷得十分顯眼，這時，安課長車上的副駕駛車門打開，裴中校悄悄走了出來。裴中校慢慢走近延世鉉，他的腳步像微風一樣柔和，雙手握著的電線凝聚了巨大的力量，兩隻眼睛對準正半彎著腰的延世鉉的脖子。

就是現在！裴中校在延世鉉的脖子上纏上了電線，然後用力拉緊。他的手背上冒出青筋，以這種力量，猛獸似乎也能立刻被屠殺。

嘶氣的聲音劃破清晨的黑暗，踮起腳尖的延世鉉雙腿哆嗦。裴中校抬起頭數著天上的晨星數字，六、七、八……，在數到九的時候，延世鉉低下了頭。就在這轉瞬間，他的雙肩低垂下去，舌頭一下子吐到嘴外，讓延世鉉斷氣的時間還不到一分鐘。

「動作快點！」

安課長抓住延世鉉的腋下，裴中校則抓住他的脖子。

拖著延世鉉的屍體塞進車子的後座。安課長迅速上車，握住了方向盤。裴中校嘴裡叼了根菸。

放下電線，一股刺鼻的氣味撲面而來。現在雙手還留有延世鉉的微溫。沒有目擊者。今天的晨星格外明亮。

還有事情要做。得把延世鉉的屍體拖到石堆旁，掛在木製的十字架上。柴火很充足，爲了讓大家認出屍體的主人公是誰，他們打算將部分隨身物品放在石頭堆旁邊。安課長提議焚燒延世鉉，說是既然想痛快地結束，就不要旁生枝節了。

「看看後面。」

安課長瞟了一眼後視鏡。經過貞陵後，一輛轎車便一直尾隨在後。即使減速，對方也不超車，而是維持同樣的距離。怪不得感覺不太好。安課長打開右側方向燈，進入大路旁的加油站。

這是自助式加油站，他把一萬韓元的紙幣放入投幣口，並且觀察周圍。加油站附近沒有建築物，洗車場後面隱約可見北漢山山脈。

在加油的時候，後面跟著的車子直接前進。安課長輕輕地吐了口氣，最近神經變得非常敏感，因爲寄居在寺廟幾天，所以對細微的聲音也反應靈敏。

吱吱！

關上加油蓋重新上車的時候，突然有兩輛轎車像旋風一樣出現，擋住了加油站的出口。緊接著，一群健壯的男人從車內一窩蜂地下來。從他們的腰間能看出似乎有什麼東西正閃動著，是手槍。

「快下車！我們是警察！」

安課長對著副駕駛座大喊，裴中校像彈簧一樣從車裡跳了出去。

「這邊！」

安課長轉身衝向事先看好的洗車場後方。

砰！砰！

兩聲槍響劃破黎明，一發擊中加油站的柱子，另一發擊中安課長的車。

砰！

瞬間傳來了巨大的爆炸聲。與此同時，安課長的車在空中翻滾，然後落在地上。車內延世鉉的屍體被彈出車外，壓在車輪下。頭部大小的火花四濺，加油站變得像白晝一樣光亮。

安課長的車被火焰包圍，車內冒出黑煙。

他踏過停在洗車場的車上方，翻越加油站的圍牆，裴中校很快地跟在他後面。

砰！

隨著一聲槍響，從背後傳來了短暫的慘叫聲。

翻過加油站圍牆的裴中校一頭栽到了牆下。

「東徽！」

裴中校的後脖頸流下很多鮮紅的血液。安課長彎著腰托住裴中校的脖子，手上都是從脖頸流出的血。

「我不行了……，你快點走吧……。」

「東徽！」

「我沒事，你快點……。」

裴中校喘著粗氣，喉嚨裡冒著痰，喘不過氣來。每次呼吸時，就像在胸前釘上釘子一樣，疼痛持續襲來。現在要走向另一個世界了，無怨無悔。沒能見到兒子，就得閉上眼睛，覺得實在可惜。裴中校的眼皮漸漸塌下，照耀著北漢山山腳的晨星也被埋在黑暗中。

安課長撥開樹枝和草叢，往山上爬。額頭上淌著汗珠，衣服被汗水浸濕了，呼呼呼，粗重的呼吸聲隱隱約約地傳遍樹林。被奔跑聲嚇到的飛禽閃進灰濛濛的黑暗中，數十支手電筒在山下搖曳，緊跟在後。

砰！砰！

兩聲槍響傳來，正在爬坡的安課長膝蓋瞬時彎曲。一發子彈擊中他的大腿，鮮紅的血液沿著小腿流下。他咬緊牙齒，立刻支起腰身、抓住樹枝，想要重新往上爬，此刻又響起了槍聲，這次是腰際。安課長沒能抓住重心，撲倒在地，再也沒有前進的力量，也沒有站起來的力氣了。他連呼吸都很吃力，儘管如此，他還是趴在地上，雙腿用力，雙臂伸直。肚子底下的落葉雜亂，流出的血把地上染成紅色。

「你還想去哪裡？」

此時，沾滿草屑的皮鞋擋在眼前，安課長躺著，抬起了頭，一個男人手裡拿著手槍，笑著看他，是宇慶俊。山頂上天濛濛地亮了。抵達印度後，他想先去泰姬瑪哈陵參觀，裴中校說想去埃洛拉石窟看看。在印度度過兩年左右的時光之後，他要再次回到祖國，決心成為更強有力的執刑官。

「想活下來嗎？」

宇慶俊的皮鞋緩緩地踩在安課長的頭上，握著槍的手流著汗水。他短暫思考了是要生擒這個傢伙，還是要向他的腦袋開槍。調查官們正從山下蜂擁而至，腦細胞下達了命令，趕快做出決定。事實上，他從一開始就沒有逮捕的念頭。

「你這個怪物！」

宇慶俊對著安課長的後腦勺扣動扳機。

11

今天凌晨，北漢山入口的加油站發生了重大事故。有具屍體被發現，兩人被槍殺。在加油站停靠的車下發現的燒焦屍體確定為延世鉉，而在山中被擊斃的一名嫌疑人則是此次事件的嫌疑人裴東徽，另外一人則被證實是曾擔任青瓦臺行政官的安熙川。

中午時分，調查官趙熙成從派遣到案發現場的閔刑警那裡得到了簡單的報告。裴東徽和安熙川綁架延世鉉的地方是城北洞住宅區的教會附近，追捕裴東徽的調查組擊斃了逃往北漢山加油站後方的凶手。據悉，在加油站被燒毀的車輛是安熙川所持有。

宇檢察官是極其執著的人，他終於找到裴東徽，並將其送到陰間。昨晚，他帶領十名調查官出發時，並沒有想到會發生這樣的事情。總之，這是非常了不起的成就，也是資深檢察官的功力顯現無遺的場面，不過仍然沒能救出延世鉉，留下了瑕疵。他的屍體被燒得焦黑、無法辨認。

「這件事要保密，只有檢察官您能知道。」

閔警官瞥了一眼宇檢察官的房間，好像還有話要說。宇檢察官爲了報告在加油站發生的事情，跑去了文檢察長的辦公室。

「宇檢察官就在我眼前射穿了安熙川的頭部。」

「……」

「我的眼睛看得清清楚楚。」

閔刑警留下這句話後笑眯眯地消失了。不知道他的微笑意味著什麼。

調查本部一整天都亂糟糟的，調查官們三三五五聚在一起，對這次事件的發展議論紛紛。從宇檢察官的個性來看，絕對不會就此罷休。國立科學調查研究所發來了延世鉉在被火燒死之前已經被勒死的意見書。不管是被火燒死還是被勒死，死因都不重要，延世鉉是第六個犧牲者，這一點不會改變。

「在宋教授別墅裡看到的那個娃娃。」

正要離開調查本部的時候，朴刑警走了過來。

「大廣寺也有。」

「我知道。」

「因為對那個娃娃感到好奇，所以打聽了一下……。」

朴刑警在手機螢幕上開啟了一個小娃娃的照片，就是在宋教授別墅裡看到的那個娃娃。娃娃下面附上了以下說明。

被稱為「曇摩（正義的教誨）娃娃」。

紀元三世紀印度笈多(**Gupta**)王朝在戰爭中獲勝後，將此娃娃作為正義和服從的象徵。笈多王朝在這個娃娃上刻下了征服的國家首領之名，這有著服從笈多王朝的意義，因此這個娃娃意味著「正義的教誨」，也被稱為曇摩玩偶。特別是笈多王朝為作為正義和懲戒的證明，舉行將曇摩娃娃吊在繩子上，在其身上進行插針的儀式，這蘊含著渴望正義的笈多王族們的懇切願望。古代印度王族認為用針刺進這個娃娃身體，代表著不可能在來世復活，因此這種儀式是最殘酷、最可怕的刑罰。

這是一個蘊含著有趣故事的娃娃。宋教授為什麼把這種娃娃放在身邊呢？趙熙成本想離開調查本部，但後來又回到座位上。

「他想把它當作正義的證明。」

朴刑警似乎讀懂了趙檢察官的內心想法，露出了白牙。正義的證明……，好像說得過去，又好像有點過分了。

宋教授死了，再也沒有確認的方法。

現在這個時候，重溫這些娃娃的意義又有什麼用呢？即便是為了那些自願犧牲的人，他也不願意侮辱，這對死者很不禮貌。

12

療養院沒有什麼變化，與第一次踏進這裡的時候一樣。崔柱浩向石牆獨院方向邁出步伐。之所以選擇這裡作爲最後的朝聖地，也是有理由的。執刑會議的資料、執刑對象的非法行爲報告書、執刑官們熾熱的心臟，還有表達憤怒的方法……，不忍心拋下這些就此離開。

他們是具有強大力量的戰士，也是向人渣強力攻擊的執刑官。而崔柱浩自己就是把想像變成現實的魔法師，無論如何他都想用最眞實的紀錄復原他們留下的足跡。這本來也就是交給自己的任務。石牆獨院內還留有淡淡的熱氣。

現在只要拿到執刑官們留下的資料後離開這片土地就可以了。昨晚給在芝加哥的妻子打了電話，簡短地問候後，觀察著妻子的反應。妻子口氣似乎有些厭煩，說她正在洗碗，讓自己一個小時過後再打電話。調查組似乎還沒有對妻子動手，幸好。又過了一個小時，再給妻子打電話，說自己已經向學校提交停職申請。

在妻子詢問理由之前，他便說會去旅行半年左右。

「你要去哪裡啊？」

妻子的聲音依然很枯燥無趣。崔柱浩說安定下來之後再與她聯絡後就掛斷了電話，實在不忍心說要去印度。

但是在那麼多的地方中，爲什麼偏偏是印度呢？那是自己不怎麼樂意去的地方。很久以前，妻子爲了紀念結婚十週年，率先購買了去印度的機票。而因爲受不了妻子的請託，當時他和妻子曾一起去印度旅行過。

但自己從進入印度的第一天開始就開始消化不良，妻子用針扎他的指甲下方來緩解也沒用。天氣悶熱、食物不合胃口，即便在妻子的帶領下去了很多地方，但沒能記住任何一處。在旅行拍攝的照片中，妻子總是露出燦爛的笑容，本人卻像剛跑完全程馬拉松的人一樣。

一進獨院，崔柱浩就打開了書櫃抽屜。但這是怎麼回事？抽屜裡是空的，執刑官們帶來的資料和自己整理的資料夾都不見了。手和腳立即開始反應，他打開儲物櫃，查看桌子下面，能翻的地方都翻遍了。但是，即使翻找整個房子，也沒有任何執刑官留下的痕跡。B組使用的原木獨院也是如此。他抱著一線希望，走進八角屋頂建築物下面的洞穴。掛在洞窟頂上的娃娃也不見了，所有資料都神不知鬼不覺地消失無蹤。唯一剩下的就是娃娃身上的針，只有幾十根針在洞穴地板上孤獨地滾動著。

腦子裡一片空白，崔柱浩花費了相當長的時間才清醒過來。冷靜下來之後，開始過濾會是誰拿走了資料夾。頓時，熟悉的面孔一一地浮現在眼前。除了執刑官還有誰？爲了集中執刑官的熱情，爲了重新燃起火苗而拿走了。如果是這樣的話，他也可以心甘情願地交給他們，因爲他擁有更熾熱的心臟。

走出石牆獨院，手機大聲響起，是許東植。

「裴中校好像去不了了。」

手機裡傳來他低沉的呼吸聲。

「安課長也……。」

瞬間，一種不祥的預感刺痛了他的後腦。從許東植那平淡的語氣中，猜測到他們發生了不好的事情，難道最後的執刑出現了問題？執刑失敗也沒關係，只是懇切地希望兩位不要失去性命。

「兩個人都死了。」

「……」

「你別遲到，準時過來。」

心裡一陣悲戚，一陣風吹進乾涸的內心。他想起離開庵堂時安課長和裴中校的悲壯臉孔，他們解決一個再離開韓國的願望破滅了，想要有始有終的願望也泡湯了。他們不斷地進行戰爭，最終也在戰爭中喪生，但這並不意味他們的熱情就會消失。

崔柱浩用熾熱的眼神在療養院周圍摸索著。他想起夏天開始的短暫旅程，曾一度往返於夢想和現實的墊腳石之間，同時窺探過兩個世界。因爲是夢境，所以曾希望儘快擺脫這個殘酷的祕密集團的枷鎖。回首一看，其實都是多餘的擔憂。

活到現在，從沒嚐過那麼激烈的興奮。和他們一起度過的時光是最激烈、最迷人的日子。

崔柱浩望著以超然的姿態蜷縮著的療癒殿堂許久。

13

溫暖的陽光灑落在雨後的街道上，柏油路上的積水像銀箔紙一樣閃閃發光。

文基旭將手在背後交握，看向大樓外頭。在大樓正門，五十多名市民團體會員正在舉牌示威。

「是要成爲權力的侍女，還是成爲國民的檢察機關？」

從事檢察官這個工作已經超過二十五年。無論是過去還是現在，橫幅上的文字都沒有改變過。雖然可以稍微變化一下，但句子總是那樣。

心裡的某個角落又再次無聲地坍塌了。宋教授的死亡是一件令人惋惜的事情，只能接受他想獨自承擔一切的願望。宋教授在自殺之前發來了一條簡訊，螢幕上出現的是陌生的號碼。

「先走了，我會等待更強有力的審判官。」

剛開始不知道發簡訊的人是誰，後來才知道是宋教授的果園朋友。他與宋教授的長期緣分也畫上了句號。從趙檢察官祕密訪問果園的時候開始就猜到了，他們之間應該互相交換了不可拒絕的提案。收尾要乾淨俐落，才會留有餘韻。宋教授最討厭亂七八糟的東西，也許他最後的提議也像他的性格一樣簡短而強烈。

從一開始就沒有選擇的餘地。離開這片土地，或者永遠消失在這片土地上，只有兩者之一。只能這樣，宋教授才能更長久地留下與眾不同的熱情。另外，這也是將所有痕跡都乾淨地加以清除的方法。

今天早上，文基旭去了宋教授的墓地。尚未成形的墳墓孤零零地躺臥在荒山上。作爲長久歲月志同道合的同志，去向他的墳墓行禮。

——用熾熱的心臟與不義進行對抗。

他很喜歡宋教授的墓誌銘。直到離開墓地爲止，他一直感到孤獨和空虛，因爲好像沒能成爲他的後盾，所以心情十分沉重。

篤篤。

敲門聲傳來，北極星走了進來。他把一個大紙箱放在桌子上。

「剩下的我會搬到車上。」

北極星無論何時都是值得信賴的，把他留在身邊已經十多年了，從來沒見過他搞砸任何事情。

「大家都走了嗎？」

「是的，我剛從仁川港回來。」

「裴東徽和安熙川呢？」

「在國立科學調查研究所的屍體保管所。」

非常喜歡他們。在環境不允許的情況下，他們最後還是送走了一個大人物，把他送到另一個世界。雖然失去了寶貴的生命，但這種程度的結局還算不錯。

文基旭打開北極星帶來的紙箱。從最上面的資料夾開始，一個一個地拿出來。這些資料夾完整地記錄了執刑官們的汗水和熱情。這是要交給繼他們之後擔任執刑官們的資料。絕對不能忽視宋教授最後的願望，箱子最下面躺著宋教授作爲審判官標誌留下的娃娃。

許東植、尹敏旭、裴東徽、安熙川、嚴基石、李基浩、梁世宗、鄭潤周、崔柱浩還有審判官宋基白。文基旭把他們的名字一個一個地低聲呼喊出來，他們作爲這片土地的執刑官，留下了明顯的足跡。他們降下裁判的刀刃，燃起了巨大的火柱，掀起了雄偉的海嘯。那是一種從未經歷過的陌生而又神祕的滋養。他雖然從未去過療癒的殿堂，但從未忘記他們的熱情。

「明天您和盧夏淵少將約了晚餐。」

北極星離開辦公室之前，回頭看了看。從宋教授被調查組追蹤開始，他就一直在找尋新的審判官。

「我知道。」

「您也打算……送盧少將娃娃嗎？」

「這次我們找找別的吧。」

沒有必要重新挖出宋教授的痕跡，這對新的審判官是不禮貌的。不，現在比起審判的象徵，更應該注意執刑官的挖掘，再也沒有比執刑官的熱情更重要的東西了。

預備役陸軍少將，盧夏淵……。現在他將與新的執刑官一起，跳進審判的廣場。以此，華麗地復原之前執刑官們未能實現的夢想、願望和熱情。

執刑永遠不會停止。

作者的話

積弊的抵抗不容小覷。

不管怎麼擊打，這些社會之惡還是像毒菇一樣悄悄爬出來。土生土長的倭寇們絲毫不在乎地恣意妄爲，檢察機關、司法部門、媒體、祕密犯罪組織（Mofia）、捏造和操作的設計者們……，他們各個都有一技之長，執著地鑽進法律的死角，有時還會買通重量級律師，使司法體系無力化。既得利益者的互助聯合太堅固了，即便如此，我們絕不能對這些人無恥的行爲袖手旁觀。

「檢方手中的刀柄是國民借給我們的，讓我們嚴懲那些藐視法律、肆意妄爲的腐敗掌權者。」

一位檢察幹部如是說道。

然而檢察機關是否有公正地揮舞著「刀柄」？事實並非如此，現實也並非那麼簡單。此時此刻，貪腐的賤種們也像鰻魚一樣順利地從法網脫逃，他們既踐踏法律，又玩弄著法律，但法律應對萬民平等。

確立法律支配權後，禁止私人的報復，因爲法律即是被第三者任命爲報仇的代理人。儘管如此，現代人仍然渴望上演慘烈的復仇劇。

在這本書裡讓十多名「執刑官們」登場的理由很簡單。坦率地說，希望用拙筆來體現現實中無法實現的社會正義。同時，我不能否認自己想徹底懲罰像是癌細胞的那些人渣的願望。

哪怕只是一點點，如果能夠理解「執刑官們」的純粹熱情，在與積弊的戰爭中，能不能得到一絲安慰？真如他們所希望的，能夠改變世界，那不是一件非常令人快慰的事嗎？

趙完善

【ECHO】MO0080

執刑官們

作　　者❖趙完善（조완선）
譯　　者❖盧鴻金
封面設計❖馮議徹
內頁排版❖HAMI
總 編 輯❖郭寶秀
編　　輯❖江品萱
行銷企劃❖許弼善

發 行 人❖凃玉雲
出　　版❖馬可孛羅文化
10483臺北市中山區民生東路二段141號5樓
電話：(886)2-25007696
發　　行❖英屬蓋曼群島商家庭傳媒股份有限公司城邦分公司
10483臺北市中山區民生東路二段141號11樓
客服服務專線：(886)2-25007718；25007719
24小時傳真專線：(886)2-25001990；25001991
服務時間：週一至週五9:00～12:00；13:00～17:00
劃撥帳號：19863813　戶名：書虫股份有限公司
讀者服務信箱：service@readingclub.com.tw
香港發行所城邦（香港）出版集團有限公司
香港灣仔駱克道193號東超商業中心1樓
電話：(852)25086231　傳眞：(852)25789337
E-mail：hkcite@biznetvigator.com
馬新發行所城邦（馬新）出版集團【Cite (M) Sdn. Bhd.(458372U)】
41, Jalan Radin Anum, Bandar Baru Seri Petaling,
57000 Kuala Lumpur, Malaysia
電話：(603)90563833　傳眞：(603)90576622
E-mail：services@cite.my
輸出印刷❖前進彩藝股份有限公司
初版一刷❖2023年08月
定　　價❖499元
定　　價❖349元（電子書）

國家圖書館出版品預行編目(CIP)資料

執刑官們 / 趙完善（조완선）著；盧鴻金譯. -- 初版. -- 臺北市：馬可孛羅文化出版：英屬蓋曼群島商家庭傳媒股份有限公司城邦分公司發行, 2023.08
面；　公分. --（Echo；MO0080）
譯自：집행관들
ISBN 978-626-7156-98-8（平裝）

862.57　　112009475

ISBN：978-626-7156-98-8（平裝）
EISBN：978-626-7156-99-5 (EPUB)

城邦讀書花園
www.cite.com.tw